The Mister

E L James

ミスター

下

E L ジェイムズ

石原未奈子 訳

早川書房

ミスター

〔下〕

THE MISTER
by
E L James
Copyright © 2019 by
Erika James Limited
Translated by
Minako Ishihara
First published 2019 in Japan by
Hayakawa Publishing, Inc.
This book is published in Japan by
arrangement with
Erika James Limited
c/o Valerie Hoskins Associates Ltd
acting in conjunction with
Intercontinental Literary Agency Ltd
through Japan Uni Agency, Inc., Tokyo.

装幀／早川書房デザイン室

第15章

マキシムはずっしりと上に重なり、必死に呼吸をしている。アレシアのほうは彼の下でぐったりと横たわり、浅く短い呼吸をしていた。初めての感覚と深い疲労に圧倒されていたが、なにより驚かされたのは……彼の〝侵入〟だった。まったく予想もしなかった。マキシムが首を振り、両肘をついて体重を浮かせてから、心配そうな澄んだ瞳でじっと見おろした。「大丈夫か？」

アレシアは横たわったまま、感覚だけでチェックした。正直なところ、少し痛い。男女の営みがこれほど肉体を酷使するものだとは思いもしなかった。初めてのときは痛む、と母は言っていた。

母の言ったとおり。

とはいえ、ひとたび体が彼の存在に慣れてしまうと、楽しめるようになった。大いに。最後には実体を失ってばらばらになり、内側から爆発したかに思えた。とても……すばらしかった。

マキシムが脚のあいだから彼自身を引き抜くと、その不慣れな感覚に思わずアレシアは顔をしかめた。マキシムが羽毛布団で二人を覆い、片方の肘をついて、また心配そうに見おろした。

「返事がまだだぞ。大丈夫か？」

アレシアはうなずいたが、マキシムがまぶたを狭めたのを見れば、納得していないのがわかった。

「痛かったか？」

アレシアは唇を噛んだ。なんと言えばいいのか、よくわからなかった。するとマキシムがとなりでごろりと仰向けになり、目を閉じた。


くそっ。痛い思いをさせてしまった。

絶望の淵《ふち》に沈んでいたところを、地を揺るがすような絶頂まで導かれたものの、人生最高のセックスを終えたあとのバラ色の高揚感は、マジシャンの用いるうさぎのごとく消えてしまった。自己嫌悪を感じつつ、手をおろしてコンドームを外す。それを床に放ったとき、手に血がついているのを見て衝撃を受けた。

アレシアの血。

乙女の証《あかし》。

手を腿にこすりつけてから、愛らしい顔に浮かぶ非難に直面するべく、向きなおった。ところがこちらを見つめるアレシアの表情は、もろく不安そうだった。

なんてことだ。

「痛い思いをさせて、すまなかった」言いながらひたいにキスをした。

「母から痛いと聞いてました。だけど最初のときだけだと」アレシアは言い、布団をあごまで引きあげた。

「最初のときだけ？」

アレシアがうなずくのを見て、胸のなかで希望が芽生えた。やさしく頬を撫《な》でて、尋ねる。

「じゃあ、もう一度挑戦してみる気はあるか？」

「ええ、まあ」そう言ってアレシアがはにかんだ笑みを浮かべると、同感だとばかりに下半身が固くなった。

また？　もう？

「もちろん……あなたが望むなら、だけど」アレシアがつけ足す。

「おれが望むなら？」信じられない気持ちが声に出た。笑ってかがみこみ、唇に激しくキスをする。「かわいいアレシア」唇越しにささやいた。大きな笑みが返ってきたのを見て、急に鼓動が速くなる。たしかめなくては。「その……きみは気持ちよかったのかな？」

アレシアの頬が、蜜の味を知った女のピンク色に染まった。「ええ」ささやくように答える。「とくに、最後のところ、その――」

イッたときか！

にんまりした笑みが浮かび、得意な気持ちでふんぞり返りたくなった。

ああ、ありがたい。

アレシアがいまも布団をつかんでいた両手に視線を落とし、眉間にしわを寄せた。

「どうした？」おれは尋ねた。

「あなたは？」小さな声で問う。「あなたは気持ちよかった？」

笑いが漏れた。「よかったか？」また笑って顔を離した。このうえなく幸せで、こんな気持ちは思い出せないくらい久しぶりだった。「並外れてよかったよ。ここ数年で最高のファッ……いや、セックスだった」

なぜだろう？

アレシアがぞっとしたように目を丸くして息を呑む。「いまのはいけない言葉です、ミスター・マキシム」認めないようなことを言いながら、目は楽しそうに輝いている。

おれは笑顔でかがみこみ、ふっくらした下唇を親指でこすった。「〝マキシム〟と呼んでくれ」魅惑的なあの訛りで、もう一度名前を呼んでほしい。

アレシアの頬がまた赤くなる。

「さあ。呼んでみろ」

「マキシム」ささやくような声だった。

「もう一度」

「マキシム」

「よくなってきた。さて、汗を流そうか、お姫さま。浴槽に湯を張ってくる」

布団をめくってベッドを出ると、床の上のコンドームを拾ってから、大股でバスルームに向かった。

足取りが軽い。

なんだか……浮かれ気分だ。

大の男が、浮かれ気分とは！

アレシアとのセックスは、コカインでハイになるよりよかった。いや、どんなドラッグよりも。間違いない。

避妊具を捨てて浴槽の上方の蛇口をひねり、バブルバスを適量入れてから、甘い香りの泡が立ちはじめるのを眺めた。タオルを一枚取って、浴槽の近くに置く。

勢いよく流れる湯が浴槽を満たしていくそばで、今日のできごとをあらためて思い返した。ついに〝うちの掃除婦《デイリー》〟と寝た。ふだんは女性とコトをすませると、早く一人になりたいと思う。だが今日は違った。相手がアレシアなら、そんな風に思わない。いまも彼女の魔法にかかったままだ。しかも今週と、おそらくは来週も一緒に過ごすことになるだろう。考えただけで胸が躍る。

下半身もぴくりと動いて賛意を示した。

ふと鏡を見ると、幸せいっぱいの笑みを浮かべた男が映っていて、一瞬、自分だとわからなかった。

いったいおれになにが起きているのだろう？

乱れた髪を撫でつけようとかきあげたとき、手についていた血のことを思い出した。

処女か。

いますぐ結婚しなくては。そんな馬鹿げた考えを鼻で笑いつつ手を洗い、先祖のなかにそんな状況に陥った男はいただろうかと考えた。先祖のうちの二人はスキャンダラスな密通をしていたことがしっかり記録に残されているが、一家の歴史に関するおれの知識はどう考えても浅い。キットは一家の歴史と血統に精通していた。関心を払っていた。そうであるよう、父が気を配っていたし、母も気を配っていた。これもまた、後継者としての義務の一部だったのだ。伯爵位に傷をつけないことが一家にとってなにより大事だと、兄は理解していた。

だがその兄はもういない。

ああ、なぜおれは関心を払ってこなかったのだろう？

浴槽が満たされたので、ぶらぶらと寝室に戻った。少し気落ちしていたが、天井を見つめるアレシアの姿に、心は晴れ渡った。

おれの掃除婦《デイリー》。

なにを考えているのか、表情からはまったく読み取れない。アレシアがこちらを向き、おれを見ると同時に目を閉じた。

なにごとだ？

そうか、素っ裸だった。

笑いたかったが、やめておいたほうが賢明だと思いなおした。戸口に寄りかかって腕を組み、アレシアがまた目を開けるのを待つ。

ほどなくアレシアが布団を鼻の上まで引きあげて、その向こうからそっとのぞいた。片目だけを開けて。

おれはにやりとした。「好きなだけ見るといい」そして両腕を広げた。

アレシアはまばたきをして両目を開けた。その目は恥ずかしさと愉快さ、好奇心、そしておそらくは多少の賞賛で輝いていた。アレシアがくすくす笑いながら布団を頭からかぶる。「からかってるんですね」布団越しにくぐもった声で言った。

「そうさ」抑えきれなくなってベッドに歩み寄ると、羽毛布団をつかむアレシアの指に力がこもり、関節が白くなった。そこにかがみこんで、指にキスをする。「離せ」ささやくと、意外にもアレシアはすぐさま手を離した。布団を剝《は》ぎ取るとアレシアは甲高い悲鳴をあげたが、それを無視して腕のなかにさっと抱きあげた。「これで二人とも裸だ」言いながら、耳に鼻をこすりつける。アレシアが首に両腕を回してきたので、おれは笑いながらバスルームに向かい、浴槽のそばに立たせた。たちまちアレシアは両腕で胸を隠した。

「恥ずかしがらなくていい」黒髪を指ですくって、人差し指に巻きつける。「きれいな髪だ。体も美しい」

いまの言葉を聞きたかったのだろう、アレシアがかすかな笑みを浮かべ、おずおずとこちらを見あげた。おれはやさしく髪を引っ張り、されるがままに身を寄せてきたアレシアのひたいにキスをした。「それに、見てごらん」浴槽の奥の見晴らし窓をあごで示した。そちらを向いたアレシアが鋭く息を吸いこんだので、ここからの景色が気に入ったのがわかった。窓からは入り江が見渡せ、地平線では太陽が海にキスしながら、みごとな色彩のシンフォニーを奏でていた。金にオパール、ピンクにオレンジ色が、暗くなっていく海の上でたなびく紫色の雲を裂く。神々しい景色だ。

「サ・ブークル」アレシアの声は驚嘆に満ちていた。「とてもきれい」そして腕の力を抜いた。

「きみもな」おれは言い、黒髪にキスをした。おいしそうなにおい——いつものラベンダーとローズに、営みを終えたばかりの香りが混じっている——に鼻孔を満たされて目を閉じた。この女性は美しいだけではない。あらゆる要素を備えている。賢くて、才能にあふれていて、おもしろくて、勇敢。そう、なにより勇敢。一瞬心臓が止まり、不意に感情に圧倒された。

馬鹿な。

感情を静めようとつばを飲み、アレシアに手を差し伸べた。差しだされた繊細な手を取って、口元に掲げる。指一本一本にキスをしてから、浴槽に入らせた。

「浸かるといい」

アレシアはすばやく髪を頭のてっぺんでまとめて落ちてこないようにし、泡のなかに身を沈めた。とたんに顔をしかめたのを見ておれは罪悪感を覚えたものの、アレシアはすぐにほっとした顔になり、見る者を魅了する夕焼けを眺めはじめた。

おれはあることを思いついた。「すぐに戻る」そう言って、バスルームをあとにした。

湯はたっぷりと熱く、アレシアは身も心も癒された。泡は嗅いだことのないエキゾチックな香りがする。バスジェルのボトルを見てみた。

ジョー・マローン
ロンドン
イングリッシュペアー&フリージア

高級そうな香りだ。

浴槽の縁に背中をあずけて窓の外を眺めていると、体が徐々にほぐれてきた。

この景色。

すごい《ウーア》！

まさに絵のよう。クカスの夕焼けもみごとだけれど、向こうでは太陽は山に沈む。ここではゆるゆると海に沈んでいくから、水面に黄金色の道ができる。

昼に波間で転んだときのことを思い出し、笑みが浮かんだ。あのときのわたし、馬鹿みたいだった。馬鹿みたいで、少なくとも数時間は自由だった。それがいま、こうしてミスター・マキシムのバスルームにいる。こちらはゲスト用寝室のバスルームよりも広くて、豪華な鏡の下には洗面台が二つもある。ここを建てたというマキシムの兄は、もはやこれらを楽しむことができないのだと思うと、胸を刺された。すばらしい家なのに。

スポンジがあるのに気づいて手に取り、太もものあいだをやさしく洗った。ここは少しひりひりする。

してしまった。

あれを。

自分から望んで、自分が選んだ相手と。求めていた相手と。これを知ったら、母は衝撃を受けるだろう。父は……。想像しただけで身震いが起きた。そして相手はミスター・マキシム。イギリス人で、はっとするような緑の目に天使の顔をした男性。自分を抱くように両腕を回し、彼がどれほどやさしく思いやりに満ちていたかを思い出していると、鼓動が少し速くなってきた。あの人によって、体が目覚めた。目を閉じて、彼の清潔な香りを思い出す。肌に触れた指を、髪のやわらかさを……そしてキスを。欲望のみなぎる燃えるような目を。思わず息を吸いこんだ。彼はもう一度したいと思っている。お腹の奥の筋肉がぎゅっと締まった。「ああ」甘美な感覚に、声が漏れた。

わたしも、もう一度したい。

くすくす笑いが起きて、浮き立つような高揚感を抑えようと、もっと強く自分を抱きしめた。恥知らずとは思わない。むしろ、これこそ正しい感じ方だと思う。これが愛、でしょう？ 大きな笑みが浮かび、少し得意な気持ちになった。

戻ってきたマキシムは、ボトルと二つのグラスを手にしていた。いまも裸だ。

「シャンパンを飲まないか」マキシムが言う。

シャンパン！

どこかで読んだことはあるけれど、まさか味わう日が来るとは思ってもみなかった。

「ええ、ぜひ」スポンジを脇に置き、彼の脚のあいだ以外の場所を見ようとした。

興味津々であると同時に気恥ずかしくもあった。

大きくて、帽子をかぶっていて、ふにゃりとしている。先ほどとは違うようだ。

男性器については、芸術作品でしか知らない。実物を見るのは今日が初めてだった。

「これを頼む」マキシムの声に思考を遮られ、アレシアの顔は赤くなった。マキシムがグラス二つを手渡して、笑顔で見おろす。「そのうち慣れるさ」そう言って、愉快そうに目を輝かせた。

慣れるというのはシャンパンのことだろうか、それとも……男性器のこと？ そう思うとますます顔が赤くなった。マキシムが銅色のホイルを剝がして針金の枠を外し、やすやすとコルク栓を抜いた。それから泡立つ液体をグラスに注ぐ。液体がピンク色だと気づいて、アレシアは驚きと喜びに目をみはった。マキシムがボトルを窓枠に置いてから、浴槽の反対側に踏み入れて、ゆっくりと湯のなかに体を沈める。泡が縁まで届きそうになるのを見てにやりとし、湯が浴槽の縁を越えるのを待った――が、そうはならなかった。アレシアが膝を曲げると、両側に大きな足が伸びてきて、挟まれる格好になった。

マキシムがグラスの一つを取り、アレシアが持っているグラスに当てる。「おれが知るなかで、もっとも勇敢でもっとも美しい女性に。ありがとう、アレシア・デマチ」そう言うマキシムの目はもうふざけておらず、真剣そのものだった。じっとアレシアを見つめる瞳は色を増し、もはや輝いていない。

お腹の奥深くが脈打つのを感じて、アレシアはごくりとつばを飲んだ。

「乾杯《ゲズアル》、マキシム」かすれた声で言い、グラスを口につけて、冷えた液体を一口すすった。軽くてシュワシュワして、よく晴れた夏の日と豊かな実りの味がする。おいしい。「うーん」満足の声が漏れた。

「ビールより気に入った？」

「ええ。これのほうがずっと好きです」

「お祝いするべきだと思ったんだ。〝初めて〟に」そう言ってグラスを掲げたので、アレシアも真似をした。

「〝初めて〟に」視線を窓に向けて、沈む夕日を眺める。「空がシャンパンと同じ色」胸を打たれてつぶやくと、こちらを見つめていたマキシムもみごとな景色に目を向けた。

「なんて退廃的」アレシアはほとんど独り言のようにささやいた。男性と湯船に浸かっている。夫でもない男性と。初めての男女の営みを交わしたばかりの男性と。そしてピンク色のシャンパンを飲んでいる。

フルネームさえ知らない男性と。

楽しくなって、驚きの笑いがこみあげた。

「どうした?」マキシムが尋ねる。

「あなたのファミリーネームは、ミロード?」

マキシムはぽかんとしたが、すぐに笑いだした。アレシアは少し青くなって、またグラスに口をつけた。

「すまない」反省した顔でマキシムが言う。「ただ、その……いや、姓はトレヴェリアンだ」

「トレ、ヴェリ、アン」何度か発音してみた。複雑な名前だ。複雑な男性だから? わからない。複雑そうには見えないけれど、ただ、これまでに出会ったどんな男性ともまったく違う。

「そうだ」マキシムがグラスを窓枠に置き、石鹸を取って泡立てはじめた。「足を洗ってやろう」そう言って片手を差しだす。

足を洗う!

「早く」ためらうアレシアに、マキシムがささやいた。アレシアが仕方なく自分もグラスを窓枠に置き、おずおずと片足を彼の手にのせると、マキシムが肌に石鹸を滑らせはじめた。

ああ。

目を閉じて、強い指が念入りに足の甲からかかとへ、足首へ移動していく感覚を味わう。まさに絶妙な力加減で足の裏を押されたときは、声が漏れた。「ああ……」

つま先に来ると、足の指を一本ずつ泡まみれにしてから湯で洗い流し、やさしく引っ張ってはよじる。アレシアは湯のなかで身じろぎし、目を開けた。とたんに熱い視線で迎えられ、息が止まりそうになった。

「気持ちいいか？」マキシムが尋ねる。

「ええ。ものすごく」かすれた声が出た。

「どこで感じる？」

「全身で」

小指をつままれると、体の芯がきゅっと締まって、思わず息を呑んだ。

マキシムがアレシアの足を掲げ、にやりとしてから親指にキスをする。「次は反対側だ」やわらかな声で命じた。

今度はアレシアもためらわなかった。器用な指にまた魔法をかけられて、終わるころには全身が液体になっていた。マキシムが親指から順にキスしていき、小指まで来ると、口に含んで吸った。強く。

「ああ！」お腹がざわめいた。目を開けると、またあの熱い視線に迎えられたが、今回は口元に密《ひそ》かな笑みが浮かんでいた。

マキシムがかかとにキスをして、尋ねる。「これならいいか？」

「ああ……」もはやほかの言葉は出てこなかった。

奇妙な切望が下腹部で燃えていた。

「よし。湯が冷める前に出よう」マキシムが立ちあがり、長い脚で浴槽の縁をまたいだ。アレシアは慌てて目を閉じた。彼の裸を見ることにも、体の奥深くにとどまって去らないうずくような渇望にも、慣れるときなど来ない気がする。

「おいで」マキシムが言った。見ればもう腰にタオルを巻いて、アレシアに紺色のバスローブを着せようとしている。少し恥ずかしさが薄れ、アレシアは立ちあがって彼の手につかまると、浴槽を出た。着せてもらったバスローブは、やわらかいがアレシアには大きすぎた。向きを変えて見あげると、深く長いキスをされた。舌で口のなかを探られ、片手でうなじを押さえられて導かれる。唇が離れたときには、アレシアは息を切らしていた。

「一日中でもキスしていられそうだ」マキシムがつぶやいた。その体には小さな水滴が朝露のごとくついている。ぼうっとしていたアレシアは、舐《な》めたらどんな味がするだろうと思った。

なんですって？

思いがけない自分の思考にぎょっとした。

なんてみだらな。

それでも顔には笑みが浮かんだ。もしかしたら彼の裸を見ることにも慣れるときが来るかもしれない。

「大丈夫か？」マキシムが尋ねた。うなずくと、彼はアレシアの手を取って寝室に戻り、そこで手を離した。床からジーンズを拾って穿《は》き、背中をタオルで拭《ぬぐ》う彼を、アレシアは目を丸くして見ていた。

「いい眺めかな？」マキシムが気取った笑みを浮かべて言う。

急に頬が熱くなったものの、まっすぐ目を見つめ返した。「あなたを見るのは好きです」ささやくように言った。

マキシムの笑みが心のこもったものに変わった。「おれもきみを見るのが好きだよ。おれのことはどうとでも、好きにしてくれ」言った直後に不安そうに眉をひそめ、目をそらした。それでもすぐになんでもなかったかのごとくTシャツとセーターを着ると、歩み寄ってきてアレシアの頬を撫で、親指であごの線をなぞった。「そのままがよければ、服は着なくていい。おれはダニーが夕飯を持ってくるから着ただけだ」

「ええ？」

またダニー？　どういう女性なの？　どうしてマキシムは話してくれないの？

マキシムがかがみこんでキスをした。「シャンパンのお代わりは？」

「いりません。服を着ます」

ああ。その口調から、服を着るあいだは一人にしてほしいのだとわかった。「大丈夫か？」尋ねると、アレシアは小さくほほえんでうなずいた。「そうか」つぶやいてバスルームに戻り、グラスと〈ローラン・ペリエ〉のボトルを拾った。

太陽はついに沈んで、地平線は闇に包まれていた。階段をおりてキッチンに入り、照明をつけてシャンパンを冷蔵庫に収めながら、アレシア・デマチについて考えた。

まったく、意外性のかたまりだ。

以前より楽しそうで緊張もほぐれたように見えるが、それがフットマッサージのおかげなのか、それとも入浴か、あるいはシャンパンか、はたまたセックスによるのか、わからなかった。湯のなかで反応するアレシアを眺めるのは、みだらな目の保養だった。足のマッサージ中に目を閉じて声を漏らす姿には、息を呑まされた。彼女の色気は生まれつきのものだ。

ことによると……。

いや待て。

自分の好色な思考にやれやれと首を振った。

彼女には手を出さないと決めていた。

決めていたのだ。

それなのに、とうとう喪失の痛みに屈したとき、アレシアが痛みを忘れさせ、癒やしてくれた。そしておれは降参した……〈スポンジボブ〉のパジャマズボンとくたびれた〈アーセナルＦＣ〉のシャツを着た女性に。とうてい信じられない。

キットなら、アレシアをどう思っただろう？

〝召使いにちょっかいを出していないだろうな、予備《スペア》〟

いや。キットはおれのしたことにいい顔をしないだろうが、それでもアレシアのことは好ましく思ったに違いない。昔から、きれいな娘には目がなかった。

「この家はとても暖かいですね」アレシアの声で我に返った。見れば彼女はキッチンカウンターの前に立ち、あのパジャマズボンに白い長袖シャツを着ていた。

「暑いか？」おれは尋ねた。

「いえ」

「よかった。もっと泡は？」

「泡？」

「シャンパンのことだ」

「ああ。もらいます」

冷蔵庫からボトルを取りだして、ふたたびグラス二つに注いだ。「なにかしたいことはないかな?」アレシアが一口するのを待ってから尋ねた。自分がしたいことはわかっているが、アレシアが痛みを感じているのなら、いい考えとは思えない。

まあ、もしかしたら今夜遅くに。

アレシアはグラスを手にしたまま、読書エリアに置かれたソファの一つに腰かけ、コーヒーテーブルの上のチェス盤を眺めた。そのときドアホンが鳴った。

「きっとダニーだ」おれは言い、ドアホンのボタンでロックを解除した。

アレシアがソファから跳ね起きた。

「大丈夫。なにも心配いらない」おれは言った。

ガラスの壁の向こうに、照明のついた急な石段をこわごわといった様子でおりてくるダニーの姿が見えた。白いプラスチック製の箱を手にしている。重そうだ。

おれは玄関を開けて、裸足のまま急いで迎えに行き、石段のなかほどで出会った。

おお、地面が冷たい。

「ダニー、持つよ」

「いえ、わたしが持ちます。外に出てきたりして、大風邪を引きますよ、マキシム」怖い顔で叱る。「ではなくて、旦那さま《マイロード》」あとから気づいて言いなおした。

「ダニー、箱をよこせ」反論させるつもりはなかった。ダニーが唇をすぼめて箱を差しだしたので、にやりとした。「届けてくれてありがとう」

「すぐに食べられるように温めましょう」

「いいんだ。自分でできる」

「屋敷に来られたほうがずっと楽でしょうに」

「わかってる。悪いな。ジェシーにもありがとうと伝えてくれ」

「大好物が入ってますよ。ああ、ジェシーがじゃがいも用にポテトベイカーも入れてくれました。おいもは一度レンジにかけてあるので、すぐにかりっとするでしょう。さあ、なかへ入って。靴を履いてないじゃありませんか」怖い顔で言いながら、家のなかへ追い立てる。実際、凍えるほど寒いので、言われたとおりにした。床から天井までの窓越しに、ソファに腰かけたアレシアを見つけてダニーが手を振ると、アレシアも振り返した。

「ありがとう」おれは床下暖房のおかげで快適な戸口にたどり着いてから、ダニーに呼びかけた。アレシアに紹介はしなかった。失礼なのはわかっている。だがもう少しだけ、二人だけのシャボンのなかにとどまっていたかったのだ。紹介はあとでもできる。

ダニーがなんでもないと首を振った。冷たい風に白髪を乱されながら、向きを変えて急な石段をまたのぼっていく。おれはその後ろ姿を見送った。ダニーは昔とまったく変わらない。おれが歩ける年になって以降、すりむいた膝を手当してくれたのも、切り傷に絆創膏を貼ってくれたのも、あざを冷やしてくれたのも、この女性だった。チェックのスカートに頑丈な靴がお決まりの姿で、ズボンを穿いたことは一度もない。そうとも。つい笑顔が浮かんだ。ズボンを穿くのはダニーの十二年来のパートナー、ジェシーのほうだ。ふと、二人は結婚しないのだろうかと思った。

法で認められてからしばらく経つ。しない理由はない。

「いまのはだれですか？」アレシアが尋ね、箱のなかをのぞいた。

「いまのがダニーだ。言っただろう？　近くに住んでいて、夕食を届けに来てくれたんだ」箱のなかから耐熱皿を取りだした。大きなポテトが四つ、それにバノフィーパイまであるのを見て、生つばが湧いた。

　ああ、料理はジェシーにおまかせだな。

「シチューを温めなおして、ベイクドポテトと一緒に食べよう。それでいいかな？」

「ええ。ぜんぜんいいです」

「ぜんぜんいい？」

「はい」アレシアは目をしばたたいた。「わたしの英語、おかしいですか？」

「すばらしいよ」笑顔でそう答え、箱からポテトベイカーを取りだした。

「わたしがやります」アレシアは言ったが、少し自信がなさそうだった。

「いや、おれがやろう」両手をこすりながら言う。「今夜は家庭的な気分なんだ。断っておくと、めったにあることじゃないから、この機会は逃さないほうがいいぞ」

　アレシアは愉快そうに眉をあげた。まるで、まったく知らなかったおれの一面を見つけたかのような顔をしている。好ましい一面だといいのだが。

「じゃあきみには」戸棚の一つからアイスペールを見つけて、差しだす。「これに氷を入れてもらおう。となりの部屋の冷蔵庫にアイスディスペンサーがついている。シャンパンを冷やしておいてくれ」

さらに一、二杯、シャンパンを飲んだアレシアは、ターコイズブルーのソファの上に両足もあげて丸くなり、シチューをオーブンに入れるおれを眺めていた。

「やるのか？」アレシアのそばに行き、腰かけながら尋ねた。アレシアの目がちらりと大理石のチェスセットを見てから、またおれを見る。読みとりにくい表情を浮かべて。

「少しは」そう言って、また一口すすった。

「少し？」今度はおれが眉をあげる番だった。どういう意味だろう？　アレシアから目をそらさないまま、白のポーンと灰色のポーンを一つずつ取り、両手を椀のような形にしたなかで振ってから、左右のこぶしを差しだした。アレシアは上唇を舐め、片手の甲にゆっくりと人差し指を這わせた。手から腕まで、さらには股間まで、ぞくぞくするような震えが走る。

ワーオ。

「こっちにします」アレシアが言い、漆黒のまつげの下から見あげた。おれはソファの上で身じろぎし、自分の体に言うことを聞かせようとしながら、こぶしを広げた。灰色のポーンだった。

「黒か」チェス盤の向きを変えて、灰色の駒《こま》がアレシアの前に来るようにする。「よし。じゃあ、おれから」

四手後、おれは両手で髪をかきむしっていた。「また隠しごとをしていたな？」ひねくれた声で言う。アレシアは上唇を噛んで笑みをこらえ、真顔を保とうとしていた。だがその目は、どうにかアレシアを出し抜こうと四苦八苦するおれの姿を見て、愉快そうに輝いていた。

チェスでも名手と来たか。

まったく、驚きの連続だ。

わざと怖い顔をして、怖気づいたアレシアが失敗することを期待した。ところがアレシアはますます笑顔になって、その美しさをなおも引き立てるばかりだったので、こちらとしてもほほえむしかなかった。

なんてきれいなんだ。

「チェスが得意なんだな」おれは言った。

アレシアは肩をすくめた。「クカスには娯楽が少ないんです。家には古いコンピュータが一台ありましたが、ゲーム機やスマートフォンはありません。ピアノ、チェス、本、あとはたまにテレビを見るくらい」言いながら部屋の端の本棚に向けた視線には、賞賛がこめられていた。

「本？」

「ええ。とてもたくさん。アルバニア語と英語の。わたしは英語教師になりたかったんです」言葉を切り、しばし真剣な顔でチェス盤を見つめた。

それがいまでは、性的人身売買を企む悪党どもから逃走中の掃除婦、か。

「読書は好き？」

「ええ」ぱっと顔が明るくなった。「とくに英語の本が。祖母がアルバニアに持ちこんでくれました」

「前に言っていたね。だけど危険そうだ」

「ええ。祖母にとっては危険なことでした。英語の本は、共産主義政権に禁止されていたんです」

禁書。

またしても、アレシアの故郷についてほとんどなにも知らないことを痛感させられた。

おい、集中しろ。

ナイトを取ったときは、得意になった。だがちらりと見ただけで、アレシアがほくそ笑みたいのをこらえているのだとわかった。アレシアがルークを左に三コマ滑らせて、くすりと笑った。

「シャーフ……じゃなくて、王手《チェック》」

しまった！

「わかったよ。きみとのチェスはこれが最初で最後だ」おれは不満そうに言いながら、自分にうんざりして首を振った。

まるでメアリアンと勝負しているみたいだ。妹には勝てた例《ためし》がない。

アレシアが髪を耳にかけて、もう一口シャンパンをすすり、首からさげた金の十字架を指先でいじった。心から楽しんでいるらしい――おれをこてんぱんにやっつけるのを。

劣等感に苛まれる瞬間だった。

集中しろ。

三手後、やられた。

「チェックメイト」アレシアが言い、じっとおれを見つめた。その真剣な表情に、思わず息が止まった。

「みごとな勝利だ、アレシア・デマチ」欲望で血がたぎるのを感じつつ、言った。「本当に得意なんだな」

アレシアがチェス盤に目を落とすと、魔法が解けた。ふたたび顔をあげたときには、恥ずかしそうな笑みが浮かんでいた。「チェスは祖父と、六歳のときからしていました。祖父は、ええと――超人的？　な名手で、絶対に勝ちたい人でした。たとえ相手が子どもでも」

「教え方がよかったんだな」おれはつぶやき、心の平静を取り戻した。いま本当にしたいのは、ソファの上にアレシアを押し倒すことだった。飛びかかろうかと思ったが、食事が先だと思いなおした。

「おじいさんはいまも生きている？」おれは尋ねた。

「いえ、わたしが十二のときに死にました」

「気の毒に」

「祖父はいい人生を送りました」

「英語教師になりたかったと言ったね。なれなかったのは、どうして？」

「大学が閉鎖されたんです。お金がなくなって。それで、勉強できなくなりました」

「それはひどい《サックス》な（サックは通常、動詞で吸うの意）」

アレシアはくすくす笑った。「ええ。ひどい《サックス》です。でも、子どもたちに教えるのは楽しかった。音楽と、英語の読みを教えてました。だけど教師の――資格？　がないので、週に二日だけ。家では母の手伝いをしてました。もう一勝負しますか？」

おれは首を振った。「その前に、傷ついた自尊心を癒やす時間が必要だ。腹は減ったかな？」

アレシアはうなずいた。

「よし。シチューはすごくいいにおいだし、おれも腹ぺこだ」プルーン入りのビーフシチューは、ジェシーの手料理のなかでもひときわ好物だ。領地で冬の狩猟大会がおこなわれるときに、よく作ってくれた。キットとメアリアンとおれは勢子《せこ》役を命じられて、鳥たちを猟銃のほうへ追い立てたものだ。キッチンからじつにいいにおいが漂ってくる。今日は大いに体を動かしたから、腹が減って死にそうだ。

盛りつけはわたしがやるとアレシアが言い張ったので、そちらは任せることにして、おれはテーブルセットを引き受けた。キッチンで立ち働くアレシアを、こっそり盗み見る。彼女の動きは無駄がなく、優雅だった。作りものではない官能的な優雅さを備えていて、もしやダンサーだったのではと思うほどだ。向きを変えるとつややかな黒髪が妖精のような顔にかかり、それを軽く手で払う。すらりとした細い指でナイフをつかみ、ベイクドポテトをスライスすると、切れ目から湯気が立ちのぼる。集中した様子で眉をひそめ、切れ目にバターを広げてから、溶けたバターを人差し指から舐めとる。

下半身が固くなった。

ああ、神よ。

アレシアが顔をあげ、おれの視線に気づいた。

「なにか?」

「なんでもない」くぐもった声で言い、咳払いをして続けた。「ただ、きみを見ているのが好きなんだ。とてもきれいだから」すばやく歩み寄って、不意打ちのように抱きしめた。「一緒にいてくれてうれしいよ」唇を重ね、短くやさしいキスをした。

「わたしもうれしい」アレシアが内気そうな笑みを浮かべる。「マキシム」

思わずおれは満面の笑みを浮かべた。アレシアの訛りで名前を呼ばれるのが大好きだった。二人の皿を取って言った。「食事にしよう」


プルーン入りのビーフシチューは、においだけでなく味もすばらしかった。「うーん」アレシアは目を閉じてうなった。「イ・シーシェム」

「それはアルバニア語で、〝まずい〟という意味かな？」マキシムが尋ねる。

アレシアは笑った。「いいえ。おいしい、という意味。明日はわたしが料理します」

「きみが？」

「できるのか、ということ？」アレシアはむっとして片手を左胸に当てた。「もちろんできます。わたしはアルバニア人女性です。アルバニア人女性はみんな料理ができます」

「わかった。明日、食材を買いに行こう」マキシムの笑顔にはついつられてしまうが、見つめ合ううちに、笑みが薄れてまじめな表情が浮かんだ。

「いつか」マキシムが言う。「すべて話してくれるか？」

「すべて？」心臓がドキンとした。

「なぜ、どうやってイギリスに来たのかを」

「ええ。いつか」アレシアは答えた。

いつか。いつか？　いつか！

一瞬、心臓が止まった。その短い言葉は、この男性とのたしかな未来を意味しているはず。

でも、どんな?

イギリスでの男女の関係性には戸惑いを覚えていた。クカスでのそれとは明らかに異なる。アメリカのテレビ番組はいろいろと見てきたし——なにを見ているか、母に監視されていないときに——ロンドンでは男女が人前で自由気ままにふるまうさまを目にした。キスしたり、おしゃべりをしたり、手をつないだり。それらの男女が結婚していないことも知っている。彼らは恋人同士。


マキシムとは手をつなぐ。

おしゃべりもする。

男女の営みも……。

恋人同士。

いまのミスター・マキシムとわたしは、きっとそれだ。

恋人同士。

胸のなかに希望が芽生えた。刺激的だが恐ろしくもあった。わたしはこの男性を愛している。伝えるべきだ。けれど内気すぎて思いを言葉にできない。それに、彼のほうがどう思っているか、わからない。それでも、この男性のためなら地球の果てまで歩いていける。

「デザートは?」彼が尋ねた。

アレシアはお腹をぽんとたたいた。「もう入りません」

「バノフィーパイだぞ」

「バノフィー?」

「バナナ、トフィー、クリーム」

アレシアは首を振った。「いりません」

マキシムが空になった二人の皿をキッチンカウンターへ運び、一切れのバノフィーパイを手に戻ってきた。腰かけてテーブルに皿を置き、一口食べる。「うーん……」大げさにおいしそうな声を出した。

「からかってるんですね。あなたのデザートをほしがってほしい？」アレシアは言った。

「いろんなものをほしがってほしい。いまは、デザートを」マキシムがにやりとして指を舐めた。それからクリームに覆われた部分をフォークですくい、アレシアのほうに差しだした。「食べてごらん」ささやくように言った。魅惑的な声と熱い視線に催眠術をかけられたかのごとく、アレシアは唇を開いて一口頬張った。

ああ、絶品《ゾーティ・マーヅ》！

目を閉じて、口のなかで溶けていくパイを味わった。まるで一切れの天国だ。ふたたび目を開けると、マキシムが〝だから言っただろう？〟と言いたげな笑みを浮かべていた。続いてもう一口、先ほどよりやや大きめに差しだされる。今度は迷わず口を開けた。ところがマキシムはそれをひょいと自分の口に入れ、いたずらっぽい顔で咀嚼した。アレシアは笑ってしまった。まったく、ふざけて！　わざと唇をとがらせると、マキシムはにやりとして今度こそもう一口、差しだした。アレシアがそれを口に含むと、彼の視線が唇におりてきて、口の端についたクリームを人差し指で拭い取った。

「忘れ物だ」そう言って、クリームのついた指を差しだす。ふざけた様子はすっかり消えて、いまは暗く静かな気配をまとっている。アレシアの脈は速くなった。大胆になったのはシャンパンのせいか、それとも熱い視線のせいか、わからないが本能に従った。指のほうに身を乗りだし、目を見つめたまま舌先でクリームを舐めとった。マキシムが目を閉じて、のどの奥から満足そうな声を漏らす。その反応に背中を押され、もう一度舐めてから指先にキスをし、そっと歯を立てた。マキシムがぱっと目を開けたので、指を口に含んで激しく吸った。

ああ……さわやかな味。男性的な。

マキシムが驚いたように口を開けた。それでもアレシアが指を吸いつづけていると、その口元を見つめるマキシムの瞳孔が広がった。彼の反応に興奮させられた。まさか自分に、この男性を刺激する力があったなんて。驚きの発見。指先を歯でこすると、マキシムがうめいた。

「パイはもういい」独り言のようにつぶやいて、アレシアの口からゆっくり指を引き抜いた。アレシアの顔をつかまえてキスをし、指の代わりに舌を挿し入れる。熱く濡れたもので探り、奪う。即座にアレシアも応じて、彼の髪に手をもぐらせると、貪欲に唇を求めた。バノフィーパイとマキシムの味がした。陶然とさせられる組み合わせ。

「ベッドがいいか、それともチェスか？」マキシムが唇越しに尋ねた。

もう一度？　ぜひ！　ぞくぞくするような興奮が光の速さで全身を駆け抜けた。「ベッド」

「いい答えだ」アレシアの頬を撫で、親指で下唇をこすってほほえんだ。目が官能的な約束で輝いている。二人は手をつないで階段をのぼった。寝室の戸口でマキシムが壁のスイッチを押して明かりを消し、ベッドサイドランプのやわらかな光だけを残す。それから不意に向きを変えてアレシアの顔を両手で包み、壁際に追い詰めて唇を重ねた。体に体を押しつけられて、アレシアの心臓は高鳴った。求められている。体で感じる。

「触れてくれ」マキシムがささやいた。「いたるところに」そしてまた唇を重ね、貪欲に奪って、アレシアののどの奥から声を引きだした。「いいぞ。もっと声を聞かせろ」そして両手でウエストまで撫でおろした。アレシアはたくましい胸板に両手のひらを当てて、唇を味わいつづけた。唇が離れたときには二人とも息を弾ませていた。マキシムがひたいにひたいをのせると、酸素を求めてあえぐ二人の息が混じりあった。

「きみといると我を忘れる」春のそよ風のようにやわらかな声で言い、アレシアを見おろした。その目に浮かぶ切望は、心に焼きつくようだ。マキシムが白いトップスの裾をつかんで、アレシアの頭から引き抜いた。下にはなにも着けていなかったので、当然ながら胸を隠そうとしたが、マキシムに両手をつかまえられ、じっと目を見つめられた。「きみは目が覚めるほど美しい。隠すな」そしてまた唇を重ね、指と指をからめて手のひらを合わせた。そのままの姿勢で、口のなかに甘美な侵入を続ける。息苦しくなってアレシアが身を引くと、のどに、首筋にキスされて、あごにそっと歯を立てられたと思うや、首の脈打っている部分を激しく吸われた。

血液がどくどくと脈打ちながら全身をめぐる。体が溶けそうだ。いたるところが。指を曲げたものの、マキシムは離してくれなかった。

「おれに触れたいか？」首筋で尋ねられた。

アレシアはうめいた。

「言葉で答えろ」

「ええ」ささやくと、耳たぶをそっと歯で引っ張られた。身じろぎして声を漏らし、また指を曲げる。今度はマキシムも離してくれたが、そのまま両手でヒップをつかみ、そそり立ったものに引き寄せた。

「おれを感じろ」つぶやくように言う。

アレシアは感じた。彼のすべてを。

準備万端で、待ちわびている。このわたしを。

一瞬心臓が止まって、息を呑んだ。

この人に求められている。わたしもこの人を求めている。

「脱がせてくれ」マキシムに言われてTシャツの裾をつかみ、少しためらったものの、勇気を出して頭から引き抜いた。シャツを床に落とすと、マキシムが両手を自分の頭の後ろで組んだ。

「さあ、おれになにをする?」そう尋ねて、セクシーな笑みを浮かべた。

大胆な誘いにアレシアは息を吸いこみ、引き締まった体を眺めた。触れたくて指がうずうずする。肌で肌を感じたい。

「やれよ」魅惑的な挑戦をたたえた声でマキシムがささやいた。胸板に、腹筋に、下腹に触れたい。手だけでなく、唇でも。そう思った瞬間、体の奥をきゅっと締めつける、奇妙で甘美な感覚が生じた。おずおずと手を伸ばし、人差し指で胸板から腹筋まで伝いおりて、へそに至る。アレシアの目を見つめるマキシムの呼吸がつかえても、そのまま下腹を撫でおろして、ジーンズのいちばん上のボタンにたどり着いた。そこで勇気に見捨てられ、動けなくなった。

マキシムがにやりとしてアレシアの手をつかみ、口元に掲げて指先にキスした。裏返して手のひらに唇を当て、手首の脈打っている部分まで舌先で伝う。転がすように舌を動かされて、アレシアは息を呑んだ。マキシムが笑顔で手を離し、アレシアの顔を両手で包むと、また唇を重ねて口を味わいはじめた。

唇が離れたときには、アレシアはあえいでいた。「おれの番だ」マキシムが言い、触れているのがわからないほど軽いタッチで、胸の谷間からお腹まで人差し指を這わせ、おへそを二度なぞってから、パジャマズボンのウエストに到達した。アレシアの心臓は早鐘を打ちはじめ、常軌を逸したリズムを頭のなかで響かせた。

突然、マキシムが目の前に膝をついた。

なにごと？

立たせようと肩をつかんだが、大きな両手を背後に回され、胸のふくらみの下側にキスされた。そこから唇は下へ向かい、やさしく甘いキスでおへそにたどり着いた。

「ああ」舌でおへその縁とくぼみを翻弄され、アレシアはうめいた。指で髪を梳くと、マキシムがこちらを見あげてよこしまな笑みを浮かべる。そしてアレシアの背後に両手を回したまま体重をかかとにあずけ、アレシアを引き寄せるなり、脚の付け根に鼻をこすりつけた。

「そんな――！」アレシアは驚愕して叫んだ。髪にもぐらせていた手に自然と力がこもり、マキシムがうなる。

「いいにおいだ」ささやかれて、アレシアは息を呑んだ。大きな両手がパジャマズボンの内側に滑りこんできてむきだしのヒップを覆い、こねるように愛撫するかたわら、秘めた部分には何度も鼻をこすりつけられる。

まったく予期していなかった展開だ。目の前に膝をついてこんなことをする彼の姿は、いとも刺激的だった。アレシアは目を閉じて首をそらし、うめいた。大きな両手が移動して、パジャマズボンがおりていくのを感じた。

ああ《ゾート》。

彼の鼻は脚の付け根から動かなかった。

「マキシム！」ぎょっとして叫び、押しのけようとした。

「静かに」マキシムがつぶやく。「大丈夫だから」そう言うと、やめさせようとするアレシアの努力もむなしく、鼻に代わって舌を使いはじめた。

「ああ……」器用な舌でいたぶられ、敏感なつぼみを何度も転がされて、アレシアはうめいた。抵抗するのもやめた。感覚に溺れ、与えられるみだらな悦びに浸った。脚が震えはじめたものの、マキシムは容赦なくヒップをつかまえて甘美な拷問を続けた。

「お願い……」すがるように言うと、マキシムが流れるような動きで立ちあがったので、その腰につかまった。髪に手がもぐりこんできてのけぞらされ、またキスされる。アレシアは進んで口を開き、うごめく舌を堪能した。これまでと違う味わいだ――しょっぱくて、つるつるして……そこで気づいた。わたしはいま、自分を味わっている！

なんてこと《オ・ペルンディ》！

マキシムが唇を重ねたまま、片手でアレシアの体を撫でおろし、胸のいただきを親指でこする。ウエストをまさぐり、太もものあいだにおりていくと、ついさっきまで舌があったところを指先でいたぶってから、一本を滑りこませた。アレシアは身をわななかせ、本能に突き動かされるまま、腰を突きだした。彼の手に慰めを求めて。

「いいぞ」マキシムがうれしそうに言って指を動かし、何度も抜き挿しする。アレシアが首をそらして目を閉じると、彼は指を引き抜いて自分のジーンズを押しさげた。ジッパーがおりるのももどかしげに、尻ポケットからコンドームを取りだす。手早くジーンズを脱いで包みを破り、そそり立ったものにコンドームを装着するさまを、アレシアはぼんやりしつつ魅入られたように見つめた。呼吸が激しく、速い。けれど彼に触れたい。そこに。ただ、そうする勇気がない。まだ。それに、ベッドに入ってもいない。彼はどうするだろう？　するとマキシムはもう一度キスをして、アレシアのウエストに両手を当てた。

「つかまれ」ささやいてアレシアを持ちあげる。「脚と腕をおれに回せ」

ええ？　また？

言われたとおりにしながら、自分の敏捷さにあらためて驚いた。即座に大きな両手がヒップを下から支え、壁際に追い詰められる。

マキシムが息を弾ませながら尋ねた。「大丈夫か？」

アレシアは目を見開いてうなずいた。苦しいほど体が彼を求めている。マキシムが唇を重ね、腰を突きだして、太いものをゆっくりとうずめていった。

押し広げられて満たされる感覚に、アレシアはうめいた。

マキシムが動きを止める。「怖いか？」尋ねる声は思いやりに満ちていた。「言ってくれ」切迫した声で言う。「やめたくなったら、すぐにそう言え」

アレシアは太ももに力をこめた。大丈夫。できる。したい。彼のひたいにひたいを当てて、言った。「続けて。お願い」

マキシムがうなり、腰を動かしはじめた。最初はゆっくりだったが、アレシアがあえいで声をあげはじめると、リズムが速くなった。たくましい首にしっかりつかまって、加速するスピードを味わう。突きあげられる感覚が全身で渦を巻く。貫かれるたびに高まっていく。

ああ、すごい。すごすぎる。圧倒的だ。アレシアは彼の肩に爪を食いこませた。

「マキシム、マキシム」すすり泣くように名前を呼んだ。「もう、無理」

即座にマキシムが動きを止めて、何度か肩で息をした。やさしくキスをしてから深く息を吸いこみ、親密につながったまま、向きを変えてベッドのほうに歩きだす。ベッドに腰かけると、アレシアをそっと仰向けに横たえて、春の森の色をした目で見つめた。開いた瞳孔が欲求を物語っている。彼の強さに驚嘆しながらアレシアは手を伸ばし、そっと頰を撫でた。

「これならいいか?」マキシムが言いながらアレシアの脚のあいだで体勢を整え、両腕で体重を支えた。

「ええ」ささやいて、やわらかな髪に指をもぐらせると、マキシムが唇にそっと歯を立てて、ふたたび腰を動かしはじめた。最初は穏やかに、徐々にスピードをあげていく。さっきほど深く貫かれないから、このほうがいい。気がつけば体が勝手な生き物のごとく、マキシムのリズムに合わせて動いていた。腰と腰が出会っては離れ、出会っては離れる。アレシアは我を忘れて彼に溺れ……感覚はどこまでも高まり、体は張り詰めていった。

「いいぞ」マキシムが言い、もう一度突いたと思うや、急にうなり声をあげて動きを止めた。アレシアは彼のものを咥《くわ》えこんだまま爆発の瞬間を迎え、叫んだ。一度、二度、三度、花火があがり、こわばった体の下で自制心の外に放りだされる。

目を開けると、マキシムはアレシアのひたいにひたいを押しつけて、固く目を閉じていた。

「ああ、アレシア」息も絶え絶えに言う。

しばらくしてマキシムがまぶたを開いたので、アレシアは目を見つめて頬を撫でた。なんて愛おしい。とても愛おしい。

「テ・デュア」ささやくように言った。

「どういう意味だ?」

アレシアがほほえむと、マキシムもほほえんだ。その顔がたたえているのは驚きと……おそらくは畏怖の念。マキシムがかがみこんで唇に、まぶたに、頬に、あごにキスをしてから、ゆっくりと下半身を引き抜いた。そこにあったものがなくなる感覚にアレシアはか細い声を漏らし、急に眠気に襲われた。満ち足りているけれど疲れ果て、マキシムの腕のなかで眠りに落ちた。

アレシアはとなりで丸くなり、羽毛布団にくるまっている。

小さくて、もろくて、美しい。

つらい経験を乗り越えてきたこの若い女性はいま、おれのとなりにいる。守ってやれる場所に。彼女のほうを向いて横たわり、一定のリズムで上下するアレシアの胸を見つめた。唇はわずかに開き、濃いまつげは頬の上で扇のように広がっている。肌は白く、唇はバラ色。この美しい女性を見飽きる日は来ないだろう。アレシアに魅了されていた。虜《とりこ》だった。あらゆる面で、彼女は魔法だ。

セックスなら数えきれないほどしてきたが、これほどのつながりを感じたことはない。慣れない感覚、不安にさせられる感覚だ。もっと多くを求める心も。

ただ触れたいがために、ひたいにかかった黒髪を払ってやった。アレシアが身じろぎしてアルバニア語でなにかつぶやいたので、起こしてしまったかと動きを止めたが、アレシアはふたたび穏やかな眠りに落ちついた。ふと、彼女が目を覚ましたら闇を怖がるだろうことを思い出した。起こさないよう慎重にベッドを出ると、急いで階下へ向かい、昼間に買った常夜灯を持って寝室に戻った。電池を入れてスイッチを押し、アレシア側のナイトテーブルに置く。これなら夜に目が覚めても、闇のなかということはない。

布団にもぐって横たわり、アレシアをじっくり眺めた。美しい。頬の曲線も、あごのラインも、小さな金の十字架が鎖骨のくぼみに収まっているところも。すべてがみごとだ。眠っている姿は、若々しいが落ちついて見える。黒髪をつまんで指に巻きつけた。これまでより安全だと思ってくれていたら、どんなにいいか。そして見ている夢が、昨夜のような悪夢でなければ。アレシアが吐息を漏らし、唇がカーブを描いて笑みを作った。その表情に励まされ、見つめつづけていたが、ついにそれ以上目を開けていられなくなった。眠りに落ちる寸前、小さな声で名前を呼んだ。

アレシア。

第16章

完全に目が覚める前に、彼女の存在を感じた。まるで体温が染みこんでくるようだ。肌と肌が触れる感覚を味わいつつ目を開けると、霧深い朝と美しきアレシアに出迎えられた。アレシアはぐっすり眠っていて、シダ植物のごとくおれにからみついている。片手は腹にのせて、頭は胸板の上だ。かたやおれは、我がもの顔で片腕をアレシアの肩に回し、しっかりと抱き寄せている。アレシアは生まれたままの姿で、それに反応して目覚めた自分の体に、思わずにやりとしてしまった。

たった一日で、どれほどの変化が起きることか。

しばし横たわったまま、心地よい体温と髪の香りに浸る。やがてアレシアが身じろぎし、なにやらつぶやいて、まぶたを開いた。

「おはよう、お姫さま」おれはささやくように言った。「これは早朝のモーニングコールだ」そしてアレシアを仰向けにさせた。まばたきをするアレシアの鼻先にキスをして、耳の裏で脈打つ部分に鼻をこすりつける。アレシアがにっこりして首に両腕を巻きつけてきたので、おれは両手で胸のふくらみを覆った。

太陽は輝き、空気は冷たく澄んでいる。カーステレオでブラックストリートの『ノー・ディギティ』を大音量で流しながら、A39をパッドストウ方面に走った。日曜礼拝には行かないことにした。地元の教会には、おれを知る人が多すぎる。おれが何者で、どういう立場の人間かをいずれアレシアに話したら……もしかしたらそのときは。ちらりと助手席を見ると、アレシアは曲に合わせてかかとを踊らせていた。ぱっと笑顔を向けられて、下半身が固くなる。

ああ、なんて魅力的なんだ。

アレシアの笑顔はジャガーの車内を明るくする。車内だけでなく、おれの心も。

今朝と昨夜のあれこれを思い出しながら、よこしまな笑みを返した。アレシアは言うことを聞かない髪を耳にかけつつ、純真そうに頬を染めた。きっと同じように、今朝のことを思い出しているのだろう。そうだといい。おれのベッドにいるアレシアの姿が目に浮かんだ。恍惚として首をそらし、叫びながら絶頂に達して、あの髪がベッドの端から流れ落ちているさまが。思い出すだけで血液が下半身に集中する。幸い、アレシアは楽しんでいるように見えた。大いに楽しんでいるように。窮屈になってきたので運転席の上で身じろぎし、手を伸ばしてアレシアの膝をつかんだ。

「大丈夫か?」

アレシアはうなずき、濃い茶色の目を輝かせた。

「よかった」手を取って口元に掲げ、手のひらに感謝のキスを捧げた。

陽気な気分だった。陽気どころか有頂天だ。これほどの幸せは……キットの死以来初めてだ。いや、キットの死以前にも味わったことはない。ひとえにアレシアと一緒だからだと、自分でも気づいていた。

おれはアレシアに夢中だ。

だが自分の感情について長々考えはしない。というより、考えたくない。新奇で生々しく、少し不安にさせられるから。こんな気持ちは経験がなく、正直に言うと、興奮していた。女性と一緒に買い物に行くのが楽しみだとは。これが初めてではないか？

とはいえ、アレシアとの闘いになるのではという予感もあった。アレシアは誇り高い女性だ。あるいはアルバニア人の特徴なのかもしれない。朝食のとき、新しい服は絶対にあなたには買わせないと言って譲らなかった。それでも助手席に座るアレシアは、一着しかないジーンズに、白がくすみつつある薄い長袖シャツに、底に穴の空いたブーツに、おれの妹が昔着ていた上着という格好だ。この闘い、彼女を勝たせるわけにはいかない。

埠頭のそばの広い駐車場に車を停めた。アレシアは興味津々で、フロントガラス越しに周囲を見まわしている。

「見て回りたいか？」おれは尋ね、二人とも車をおりた。

いかにも絵葉書のような景色だ。古めかしい家々と、コーンウォールの灰色の石でできたコテージが、小さな港に沿って立つ。港に釣り船が何隻かつながれて揺れているのは、今日が日曜だからだ。

「いい景色」アレシアが言う。

おれは上着にくるまった彼女の肩に腕を回し、引き寄せた。「それじゃあ、きみに暖かい服を見つけに行こうか」笑顔で言ったが、アレシアはすぐさま腕のなかから抜けだした。

「マキシム、新しい服を買うだけのお金は、わたしには――」

「おれのおごりだ」

「おごり？」眉間にしわが寄る。

「アレシア、きみはなにも持っていない。おれにとって、それを変えるのはたやすいことだ。頼む。払わせてくれ。そうしたいんだ」

「でもそれは、正しいことじゃありません」

「だれがそんなことを言っている？」

アレシアは指でとんとんと唇をたたいた。こんな口論になるとは思っていなかったのだろう。やがて答えた。「わたし。わたしが言ってます」

ため息が出た。「プレゼントだと思ってくれ。勤勉に働いてくれたことへの――」

「プレゼントするのは、体の関係をもったからでしょう？」

「なんだと？　違う！」おれは笑った。驚きつつも、愉快だった。すばやく埠頭を見まわして、だれにも聞こえないことを確認してから言う。「アレシア、きみに服を買いたいと申しでたのは、セックスの前だ。ほら、自分を見てみろ。凍えているじゃないか。それに、ブーツには穴が開いているだろう？　うちの廊下に濡れた足跡がついているのを見たぞ」

アレシアは口を開けてなにか言おうとした。

おれは片手を掲げて遮り、きっぱりと言った。「頼む。そうさせてもらえると、すごくうれしいんだ」

納得のいかない様子で、アレシアが唇をすぼめる。そこで別の戦略を試みた。「きみがその場にいようといまいと、おれはきみのための服を買う。だから一緒に来て好きな服を選ぶか、おれに任せるかだぞ」

アレシアは腕組みをした。

まったく。アレシア・デマチは強情だ。

「頼むよ。おれのためだと思って」すがるように言って片手を差し伸べた。アレシアににらまれて、とっておきの笑みを返す。するとアレシアは、おそらくはあきらめのため息をついて、おれの手に手をのせた。

よし。


ミスター・マキシムは正しい。新しい服は必要だ。それならどうして寛大な申し出にあれほど頑なになるの？　それは、すでにじゅうぶんしてもらっているから。埠頭を歩く彼のとなりを小走りで進みながら、頭のなかでくり返す母のぞっとした声を無視しようとした。

〝その人は夫じゃないでしょう。その人は夫じゃないでしょう〟

アレシアは首を振った。

もうたくさん！

この場にいない母に罪悪感を覚えさせられてなるものか。いまはイングランドにいるのだ。自由なのだ。イギリス人女性のように。祖母のように。それに、これは休暇だと思えばいいとミスター・マキシムは言った。受け入れることで彼が喜ぶなら……。あれだけの悦びを与えてくれた男性の申し出を、どうして拒めるだろう？　思い出して頬が熱くなった。彼はなんと呼んでいたっけ？

そう、早朝のモーニングコール。

アレシアは笑みをこらえた。毎日でもあんな風に起こしてほしい。

そのあと、朝食も作ってくれた。

すっかり甘やかされている。

甘やかされるのなんて、ずいぶん久しぶりだ。

久しぶりというより……初めて？

パッドストウの中心部へ向かう彼をちらりと見あげると、胸がドキンとした。こちらを見おろしたマキシムの目はいきいきとして、顔には大きな笑みが浮かんでいる。今朝、ちょっとならず者っぽく見えるのは、無精ひげのせいだろう。そこに舌を這わせたときの感覚が気に入った。肌に押し当てられたときの感覚も気に入った。

アレシア！

まさか自分がこれほどふしだらになれるとは、思ってもみなかった。ミスター・マキシムは怪物を目覚めさせてしまったらしい。そう思って、心のなかで笑った。

だれが予想しただろう？

ふと、思いは暗いほうへ向かった。ロンドンに戻ってこの〝休暇〟が終わったらどうしよう？片手でマキシムの二の腕をつかみ、もう片方の手で手を握った。それは考えたくない。いまは。

今日は。

　これは休暇なのだから。

　歩いているうちに、それは呪文になった。

　これは休暇。

　キュ・アーシュタ・プーシム。

　パッドストウはトレヴェシック村より大きいが、古くて小さな家々と細い通りは同じだった。絵のように美しい小さな町。旅行者か地元の人間か、アレシアにはわからないけれど、寒さのなかで陽光を楽しもうとする人でにぎわっている。アイスクリームを食べる子どもたち。マキシムとアレシアのように手をつないだ若者たち。年上の男女は幸せそうに腕を組んでいる。だれもが人前で気兼ねなく愛情を表現できることに、アレシアは驚いていた。クカスでは、こうはいかない。


　婦人服を売る最初の店に入った。地元のチェーン店で、おれは店の中央に立って商品をざっと眺めた。どれも悪くないが、正直に言うと、少し戸惑っていた。アレシアは腕にしがみついて離れようとしないし、おれはなにから始めたらいいのかわからずにいる。アレシアが協力してくれるものと思っていた。それどころか、熱心に興味を示すものと。ところが実際は、服にほとんど関心を示さない。

　若い女性店員が近づいてきた。快活な雰囲気で、気さくな明るい笑みを浮かべ、金髪をポニーテールに結っている。「なにかお探しですか？」

「おれの……ガールフレンドが、全部必要としているんだ。荷物はすべてロンドンに置いてきたし、こっちに一週間は滞在するから」

ガールフレンド?　うん、説得力がある。

アレシアが驚いた顔で見あげた。

「なるほど。どういうのが好きですか?」店員は人好きのする笑顔をアレシアに向けた。

アレシアは肩をすくめた。

「まずはジーンズからだな」おれは口を挟んだ。

「サイズは?」

「わからなくて」アレシアは言った。

店員は戸惑った顔になったが、少しさがってアレシアの全身を眺めた。「この国の人じゃないのね?」楽しそうに言う。

「ええ」アレシアは赤くなった。

「たぶん、いわゆるSサイズ、UKサイズの8か10じゃないかな」店員が期待の顔で言い、肯定を待つ。

アレシアはうなずいたが、おれの見るかぎり、店員に対して失礼にならないようにと思ってのことだろう。

「試着室に入っててもらって、あたしがサイズ8と10のデニムを持っていくから、いろいろ試すというのはどう?」

「いいわ」アレシアはつぶやくように言い、読みとりにくい表情でちらりとおれを見てから、店員について試着室に向かった。

店員がアレシアに言うのが聞こえる。「ちなみにあたし、セーラね」おれは安堵の息をつきながら、セーラが棚から何着かジーンズを選ぶのを眺めた。

「インディゴブルーとライトブルー、それにブラックを一本ずつ頼む」おれが言うと、セーラはポニーテールを弾ませて笑顔で応じ、それぞれを手にした。

おれは一人で店内をさまよってラックをあさり、アレシアに似合いそうなものを探した。女性と買い物をしたことはあるが、みんな自分のほしいものをわかっていた。おれはただ金を払うために、あるいは無視されるとわかっている意見を述べるために、あちこち引っ張りまわされるだけだった。これまでに出会った女性たちはみんな、自分のセンスに自信をもっていた。一瞬、アレシアをキャロラインと買い物に行かせるべきだろうかと考えた。

なんだって?

ロンドンへ帰らせるのか?

いや、それはやめたほうがいい。

まだ早い。

しかめっ面が浮かんだ。おれはなにをしているんだ?

なにをしているって。うちの掃除婦《デイリー》と寝ている。

オーガズムに達したアレシアの叫び声が、頭のなかで聞こえた。とたんに下半身が固くなる。

ろくでなしめ。

そう、おれは彼女と寝ているし、また寝たい。

だからここにいる。

アレシアが好きだ。本当に好きだ。彼女が耐えてきたあらゆる困難から守りたいとも思う。そして……おれはあまりに多くを持っていて、彼女はなにも持っていない。

嘲《あざけ》るような笑いが漏れた。富の再分配か。なんと利他的で社会主義的なことだ。母が知ったらいい顔をしないだろう。そう思うと、笑みが浮かんだ。

よさそうなワンピースを二着見つけた。一着は黒で、もう一着はエメラルドグリーンだ。両方を先ほどの店員に渡した。

アレシアは気に入るだろうか？

試着室の外の椅子に腰かけて、不穏な考えを追い払おうとしながら、待つ。

やがて、アレシアがエメラルドグリーンのワンピースを着て出てきた。

おお。

軽いめまいを覚えた。

ワンピース姿のアレシアを見るのは初めてだ。

流れるような黒髪は胸の下まで届き、胸のふくらみはやわらかな布にぴったりと包まれている。

布はいたるところに吸いつくかのようだ。

胸だけでなく、平らなお腹にも、腰にも。ワンピースは膝丈で、アレシアは裸足だ。目をみはるほど美しい。少し大人っぽく見える。より女らしく、洗練されて。

「開きすぎじゃないかしら」アレシアが言い、襟ぐりをつまむ。

「いや」かすれた声が出たので、咳払いをした。「いや、問題ない」

「悪くない？」

「ああ。悪くないどころか、すごくいい。よく似合ってる」

アレシアが内気そうにほほえんだ。おれは人差し指を立て、回ってと仕草で伝えた。アレシアはすぐにそのとおりにして、楽しそうに笑った。

布はヒップにも吸いついていた。

ああ、すばらしい。

「買おう」おれが言うと、アレシアは試着室に戻っていった。


四十五分後、アレシアは数々の新しい服を手に入れていた。ジーンズ三本、色の異なる長袖のトップス四枚、スカート二枚、地味なシャツ二枚、カーディガン二枚、ワンピース二着、セーター二枚、コート、靴下、タイツ、下着。

「お会計は、一三五五ポンドです」セーラが笑顔でマキシムに言った。

「ええ！」アレシアは悲鳴をあげた。

マキシムがクレジットカードを店員に渡し、アレシアを腕のなかに引き寄せて、長く熱いキスをする。唇が離れたときには息が切れていて、アレシアは床を見おろした。恥ずかしくて、セーラと目を合わせられなかった。アレシアの生まれ育った町では、人前で手をつなぐことさえ過激とみなされる。キスなんて。人前で。とんでもない。

「なあ」マキシムが言い、アレシアのあごを片手ですくって上を向かせた。

「お金がもったいないです」アレシアは小声で言った。

「きみのためなら、もったいないということはない。頼む、怒らないでくれ」

アレシアの視線はしばしおれの顔に向けられていたが、彼女がなにを考えているのか、わからなかった。

「ありがとうございます」結局、アレシアは言った。

「どういたしまして」ほっとして答えた。「さあ、次はちゃんとした靴を探すぞ」

アレシアの顔は夏の日のように輝いた。

やっぱり、靴はどんな女性の心もつかむらしい。

近くの靴店でアレシアが選んだのは、頑丈そうな黒のアンクルブーツだった。

「一足じゃ足りないだろう」おれは言った。

「これでじゅうぶん――」

「ほら、これなんかすてきだぞ」そう言って、バレエシューズを手にした。品揃えのなかに、男心を刺激するようなハイヒールがあればよかったのだが、この店にあるのは実用的な靴ばかりだった。

アレシアは躊躇した。

「おれは好きだが」自分の意見が彼女の判断に影響を及ぼすことを期待して、言った。

「まあ、それなら……すてきな靴だし」

おれはにんまりした。「これも好きだな」茶色の革製でヒールのついた、ニーハイブーツを手にした。

「マキシム」アレシアが異を唱えるように言う。

「いいだろう?」

あきらめの笑みを浮かべてアレシアが言った。「わかりました」


「きみのブーツは、リサイクル品として店に置いていけばいい」靴店のレジに立ったとき、マキシムが言った。アレシアはすでに履いている新しいブーツを見おろしてから、古いブーツを見た。故郷から持ってきた〝身に着けるもの〟のうち、手元にあるのはこれだけだ。

「取っておいてもいいですか?」アレシアは言った。

「どうして?」

「アルバニアから持ってきたものだから」

「そうか」マキシムが驚きの顔になる。「だったら、靴底の張り替え《リソール》をしてもらおう」

「リソール?」

「修理さ。靴の底を直す。わかるかな?」

「ええ」アレシアはうれしくなって言い、単語をくり返した。「リソール」

またしてもマキシムがクレジットカードを店員に渡すのを、アレシアは見つめた。

どうやったらお金を返せるだろう?

しっかり稼いで、いつかかならず返す。それまではマキシムのためにできることを考えなくては。「料理がしたいと言ったのを覚えてますか?」

これもその一つ。

「今日？」マキシムが言いながら、靴の入った袋を手にする。

「ええ。あなたのために料理がしたいです。お礼のしるしに。今夜」

「いいよ。ひとまずこの袋を車に運んで、ランチをとったら、食料品を買いに行こう」

車の小さなトランクに袋を収めてから、手をつないでレストランに向かった。マキシムの寛大さについて、アレシアはあまり考えないようにしていた。故郷の文化において、贈り物を拒むのは失礼にあたるけれど、いま自分のしていることを父が知ったら、どうなるかはわかっている。きっと父は娘を殺すか、心臓発作を起こすに違いない。あるいは両方。すでに父には面目を失わせているし、少し前まで、体にはそれを証明するあざが残っていた。あらためて、父がもっと心の広い人だったならと思った。そして、あれほど暴力をふるわない人だったならと。

父さん《ババ》。

気分が急降下した。

ランチは〈リック・スタインズ・カフェ〉でとった。アレシアは静かで、注文するときも沈んでいるように見えた。服や靴の代金をおれが支払ったせいだろうか。ウエイトレスが注文をとってテーブルを離れるのを待ってから、手を伸ばしてアレシアの手を取り、励ますようにぎゅっと握った。「アレシア、金のことは気にするな。服代のことは。頼むから」アレシアは固い笑みを浮かべて、炭酸水を一口すすった。

「どうした？」

アレシアが首を振る。

「話してくれ」おれは食いさがった。

アレシアはまた首を振り、目をそらして窓の外を眺めた。

なにかがおかしい。

くそっ。怒らせるようなことをしてしまったのか？

「アレシア？」

おれのほうに向きなおったアレシアは、取り乱した顔をしていた。

そんな。

「どうしたんだ？」

おれを見つめる色濃い目が悲しみで陰るさまに、ナイフで胃をえぐられた気がした。

「話してくれ」

「休暇中だなんて思えなくて」ついにアレシアがそっと切りだした。「こんなにたくさん買ってもらったのに、わたしは絶対にお金を返せない。ロンドンへ戻ったらなにが起きるかわからない。それから父のことが頭に浮かんで、もしわたしたちのしたことが知られたら、父になにをされるか——」言葉を切ってつばを飲む。「——父があなたになにをするか。自分がなにを言われるかは、だいたいわかります。もう疲れた。怖がることに疲れてしまった」痛々しい声で言い、目に涙を光らせる。そしてまっすぐおれを見た。「そういうことを考えてました」

おれは彼女を見つめ返した。麻痺したように動けなかったが、アレシアの苦しみを思うと、胸が虚《うつ》ろで痛かった。

「考えることがたくさんだな」つぶやくように言った。

ウエイトレスが料理を手に戻ってきて、カリフォルニアチキンサンドイッチをおれの前に、バターナッツかぼちゃのスープをアレシアの前に置いた。「ご注文は以上ですか？」ウエイトレスが問う。

「ああ。ありがとう」おれが言うと、ウエイトレスは去っていった。

アレシアがスプーンを取ってスープを混ぜるあいだも、おれは非力さを感じつつ、言うべきことを探していた。するとアレシアが、どうにか聞こえる声で言った。「マキシム、迷惑をかけてごめんなさい」

「おれがいつ迷惑だなんて言った？」

「そういう意味じゃなくて——」

「どういう意味かはわかっている。アレシア、おれたちのあいだでなにがあろうと、きみには苦しまないでほしい」

アレシアは悲しい笑みを浮かべた。「感謝してます。ありがとう」

その返事におれはかっとなった。感謝してほしいのではない。きっとアレシアは、おれの愛人になるという時代遅れの考え方をしているのだろう。彼女の父親がおれたちのことをどう思おうと、関係ない。いまは二〇一九年だ。一八一九年ではなく。

アレシアはなにを望んでいる？

おれ自身はなにを望んでいる？

スプーンを口に運ぶアレシアの顔は、青ざめて悲しげだった。

だが少なくとも、食事をしている。
おれはなにを望んでいる？　アレシアになにを求めている？
美しい肉体は手に入れた。
しかしそれでは足りない。
急に頭を殴られた気がした。がつんと一発、食らったような。
ほしいのはアレシアの心だ。
なんということ。

第17章

愛。わけがわからなくて、非合理的で、もどかしくて……うきうきさせられる。これがそうなのだ。おれは狂おしいほど熱烈に、滑稽なほど激しく、向かいに座った女性を愛している。

おれの掃除婦《ディリー》、アレシア・デマチを。

フラットの玄関ホールにほうきを握って立っている姿を一目見たときから、こんな気持ちだった。あのとき自分がどれほどうろたえたか、よく覚えている。どれほど腹が立ったか。周囲の壁が狭まってきた気がして逃げださずにはいられなかったのは、自分の感情の深さを理解できなかったからだ。おれはこれから逃げていたのだ。アレシアには闇雲に惹かれているだけだと思っていた。だがそうではない。あの肉体が欲しいだけではなかったのだ。最初からずっと。こんな風に惹かれた女性は、これまで一人もいない。アレシアを愛している。だから彼女が逃げたとき、ブレントフォードまで追ったのだ。だからここへ連れてきたのだ。アレシアを守りたい。幸せにしたい。一緒にいたい。

驚いた。

まったく気づいていなかった。

アレシアはいまも、おれが何者で、どういう立場の人間かを知らない。おれのほうも、彼女についで知っていることは少ない。もっと言えば、アレシアがおれをどう思っているのかわからない。それでもこうして一緒にいるのだから、嫌悪されてはいないはずだ。むしろ好かれていると思う。とはいえ、アレシアにどんな選択肢があるというのか？ 唯一の選択肢がおれではないか。悪党に怯えていて、行くあてはどこにもない。頭のどこかでそれがわかっていたから、アレシアからは離れていようとしたものの、できなかった。なぜなら、とっくに心の奥まで入りこまれていたから。

おれは掃除婦を愛してしまった。

なんと厄介な。

そしていま、ついにアレシアは心を開こうとしているが、おれがこれだけのことをしてきたにもかかわらず、まだ怯えている。足りないのだ。そう思うと、食欲が失せた。

「ごめんなさい。こうざめするようなことを言って」アレシアの声で我に返った。

「こうざめ？」

アレシアが眉をひそめる。「英語がおかしいですか？」

「たぶん、興ざめのことだな」

気の入らない笑みがアレシアの顔に浮かんだ。

「なにも興ざめするようなことは言っていないよ」励ますように言った。「二人で解決しよう。まあ見ていろ」

アレシアはうなずいたが、納得したようには見えなかった。「お腹が空いてないんですか？」チキンサンドイッチに目を落とすと、腹が鳴った。アレシアがくすくす笑う――この世でもっとも美しい音だ。

「よかった」楽しそうなアレシアがうれしくて、つぶやいた。ユーモアセンスを取り戻してくれたことにほっとして、意識をふたたび食事に向けた。

アレシアは緊張を解いた。自分の感情について、初めてマキシムに話してみたけれど、いまの彼は怒っているようには見えない。ちらりとこちらに向けられた目は温かく、表情はやさしい。

〝二人で解決しよう。まあ見ていろ〟

バターナッツかぼちゃのスープを見おろすと、食欲が戻ってきた。ここへ来るまでの一連のできごとを思い出し、あらためて驚嘆する。凍えるほど寒いクカスの裏道で母に小型バスに乗せられたときは、人生が様変わりすると思っていた。イングランドでの新生活に大きな希望をいだいていた。旅があれほどつらく危険なものになるとは予想もしなかった。アレシアは危険から逃れようとしていたのだから、皮肉な話だ。

それでも、そのすべての結果、ここにいる。

ミスター・マキシムのそばに。

整った顔で屈託なく笑う、笑顔のまぶしい男性。食事をする彼を観察する。非の打ち所のないテーブルマナーだ。器用な手つきできれいに頬張り、口を閉じて咀嚼する。イギリス人の祖母はマナーにうるさい人だったけれど、これなら賞賛するだろう。

ときおりこちらに向けられる目は、輝く緑色だ。はっとするほどきれいな色。ドリン川の色。故郷の色。

一日中でも見ていられる。

マキシムが励ますような笑みを浮かべた。「大丈夫か？」

アレシアはうなずいた。この人が投げかける笑顔の温かさが好きだ。あの目がたたえる情熱が好き……求められるときの情熱が。赤くなってスープを見おろした。まさか自分がだれかを愛するとは思っていなかった。

恋だの愛だのは愚か者のすること、と母はよく言っていた。

愚か者かもしれないけれど、わたしはこの人を愛している。本人に言いもした。けれどもちろん、アレシアの母国語をマキシムは解さない。

「なあ」

マキシムの声で顔をあげた。見れば彼は食べ終えている。

「スープはうまいか？」

「ええ。おいしいです」

「じゃあ食べてしまえ。きみを家に連れて帰りたい」

「はい」アレシアは言った。〝家〟という言葉が気に入った。この人と一緒に家を築きたい。永遠のわが家を。それが無理なことは知っているけれど。

歌にあるとおり、女の子は夢を見ていいはずだ。

トレヴェシックに帰る車中は、行きより静かだった。マキシムは上の空で、カーステレオから流れる奇妙な音楽に耳を傾けている。パッドストウを出る途中、〈テスコ〉というスーパーマーケットに寄って、タブコシを作るのに必要な材料をすべて揃えた。父の好きな料理だ。マキシムも気に入ってくれるといい。窓の外を流れていく田舎の景色を眺めていると、まだ冬に閉ざされているその風景に、故郷を思い出す。ただしこちらの木々は短く刈られ、コーンウォールの厳しい風でねじれているけれど。

ブレントフォードにいるマグダとミハウは元気だろうか。今日は日曜だから、ミハウはきっと学校の宿題をしているか、オンラインゲームに興じているかで、マグダは料理をしているか、婚約者のローガンとスカイプを通じておしゃべりをしているか、あるいはカナダへ引っ越す準備に追われているかだろう。二人とも、無事でありますように。ちらりと運転席を見ると、マキシムは考えごとにふけっているようだった。彼が友人に連絡をとってくれれば、マグダとミハウの様子がわかるはずだ。あとで電話を貸してもらえるだろうか。そうしたら家の様子を直接訊けるのだけど。

違う。ブレントフォードはわたしの家じゃない。

次の家はいったいどこになるのだろう?

暗い気分になるまいと、それについて考えるのはやめて、ステレオから流れる不思議な音楽にまた耳を傾けた。色がぶつかり合う。紫、赤、ターコイズブルー……こんなものは聞いたことがない。

「この音楽は?」思い切って尋ねた。

『メッセージ』のサントラだ」

「メッセージ？」

「映画さ」

「ああ」

「見ていない？」

「見てません」

「すばらしい映画だよ。脳を刺激される。時間と言語、コミュニケーションの難しさについての作品だ。家に帰ったら見ようか。音楽は気に入った？」

「はい。不思議な音楽ですね。表現力があって、カラフル」

マキシムの顔に笑みが浮かんだものの、ほんの一瞬で消えてしまった。なんだかずっと思い悩んでいるようだ。考えているのはレストランでの会話だろうか。本当のことが知りたい。「わたしに腹を立ててますか？」

「まさか！　どうしてきみに腹を立てなくちゃいけない？」

アレシアは肩をすくめた。「わからないけれど、ずっと静かなので」

「きみが山ほど考えることをくれたからね」

「ごめんなさい」

「謝る必要はない。間違ったことはなにもしていないんだから。むしろ……」言葉を濁した。

「あなたも、間違ったことはなにもしてません」アレシアは言った。

「そう思ってくれているなら、うれしいよ」マキシムがそう言って、すばやく心からの笑みを投げかけたので、アレシアの疑念は晴れた。

「そうだ、食べられないものはありますか?」買い物をする前に訊けばよかったと思いつつ、アレシアは尋ねた。

「ないな。ほぼなんでも食べるよ。寄宿学校に通っていたからね」それだけで食べ物に関する考え方をすべて説明できるかのごとく、マキシムは答えた。だがアレシアが寄宿学校について知っていることといえば、エニド・ブライトンの『マロリータワーズ学園』シリーズから得た情報に限られている。祖母の大好きな児童文学シリーズで、寄宿学校を舞台にした作品だ。

「寄宿学校は好きでした?」アレシアは尋ねた。

「最初の学校は嫌いだった。放校処分にあってね。二つ目は好きだったな。いい学校だったし、いい友達もできた。きみも会った連中だ。覚えている?」

「ええ」下着姿の男性二人を思い出して、アレシアは赤くなった。

その後は心地よい会話が続き、家に着くころには、アレシアも明るい気分になっていた。


二人で買い物袋を家に運び、アレシアが食料品を取りだすあいだ、おれは衣類を上の階へ持っていった。ゲスト用の寝室に置こうとして考えなおし、自分の寝室のウォークインクローゼットにおろす。彼女には同じ部屋で過ごしてほしい。

図々しくないか?

うるさい。

考えすぎて頭がこんがらがっていた。アレシアに対してどうふるまえばいいのか、わからない。

ベッドに腰かけて頭を抱えた。ここへ来る前に戦略は立てたか？

答えはノー。

あのときは、下半身で考えていた。いまは……願わくば頭で考えていて、心に従っていると信じたい。家に帰る車中で、今後について熟考した。愛していると伝えるべきか、伝えないべきか。アレシアのほうはおれをどう思っているかについて、なんのヒントも示さないが、それを言えば彼女はほとんどのことについて話したがらない。

それでも一緒にここにいる。

そこにはなにかしらの意味があるんじゃないか？

あのままマグダの家にいることもできただろうが、そうすれば悪党どもがまた追ってきたはずだ。血が凍った。そうなったら連中がアレシアになにをするか、考えただけで身震いが起きる。やはりおれが唯一の選択肢だ。ほかに手段はない。逃げつづけることはできないのだから。

それでもアレシアはイギリスにたどり着き、身一つで生き延びた。機知に富んだ女性ではあるが、どんな代償を払っただろう？　その思いが重くのしかかってきた。イギリスに着いてからマグダを見つけるまでに、いったいなにをした？

レストランでアレシアが目に浮かべた苦悩。ひどく……胸が締めつけられた。

〝怖がることに疲れてしまった〟

いつからそんな風に感じていたのだろう。イギリスに着いてから？　アレシアがいつこの国に来たのかさえ、おれは知らない。彼女について知らないことは山ほどある。

それでも、アレシアには幸せでいてほしい。

考えろ。どうする?

まず、イギリス滞在を合法的なものにしなくてはならない。そのためにどうしたらいいのかはわからないが、顧問弁護士に訊けば答えを教えてくれるだろう。密入国者をかくまっていると告げたら、ラジャがいったいどんな顔をすることか。

アレシアの祖母はイギリス人だというから、それが役に立つかもしれない。

ああ、おれはなにも知らないな。

ほかにできることは?

結婚するとか。

なんだと?

結婚だよ。

声に出して笑った。あまりにも馬鹿げた考えだった。

なぜいけない?

そんなことをしたら母がかんかんになるだろう。それだけでも、プロポーズをする価値はある。

パブで過ごした夜にトムが言っていたことを思い出した。〝なあ、伯爵になったからには、跡継ぎと予備を作らないといけないぞ〟

アレシアをおれの伯爵夫人にするのはどうか。

心臓が激しく脈打ちはじめた。実現するとしたら、じつに大胆な行動だ。

それに、いささか急でもある。

アレシアがおれに好意をもっているかどうかも知らない。

じゃあ訊けばいい。

思わず天を仰いだ。これでは堂々めぐりだ。要は、アレシアについてもっと知らなくてはならないということ。このままでは妻になってくれと言えるわけがない。地図上でアルバニアを指すことはできても、そこまでだ。ならばその状況を変えよう。いまから。

心が決まり、ポケットから携帯電話を取りだして、グーグルを開いた。


携帯電話が充電の残量に不平をこぼしはじめたときには、外は暗くなっていた。おれはベッドに寝転がり、アルバニアについて見つけられるかぎりの情報を読んでいた。魅力的な国で、現代的な部分と古風な部分の両方があり、動乱の歴史をたどってきた。アレシアの生まれた町も見つけた。北東部の山中にいだかれ、首都からは車で数時間の距離だ。そしていろいろ読んだかぎり、あちらの生活はずいぶん伝統的なものらしい。

それで多くのことに説明がつくというものだ。

アレシアは下で料理をしている。なにを作っているにせよ、じつにおいしそうなにおいだ。起きあがって伸びをし、階段をおりた。

アレシアはいまも白い長袖シャツにジーンズという姿で、こちらに背中を向けてコンロの前に立ち、フライパンのなかでなにかを混ぜていた。本当にいいにおいなので、自然とつばが湧く。

「順調かな」声をかけてから、キッチンカウンターのそばのスツールの一つに腰かけた。

「順調です」短くほほえんだアレシアは、髪を三つ編みにしていた。おれはキッチンカウンターの下に設置されている充電器に携帯電話をつないでから、ワイヤレススピーカーを立ちあげた。

「聞きたい音楽はあるかな」

「あなたが選んでください」

穏やかなプレイリストを選んで、再生ボタンを押した。オーストラリアのシンガーソングライターＲＹ　Ｘの曲が頭上のスピーカーから大音量で流れはじめ、二人同時に飛びあがった。慌てて音量をさげる。「すまない。ええと、夕飯はなにかな」

「できてからのお楽しみです」アレシアは言い、肩越しにいたずらっぽい笑みを投げかけた。

「そういうのは大好きだ。いいにおいだね。なにか手伝うことはないかな」

「なにもしないでください。これはわたしからの〝ありがとう〟だから。飲むのは好き《ライク・トゥ・ドリンク》？」

おれは笑った。「ああ。一つ、英語の間違いを指摘してもいいかな」

「もちろんです。もっとわかるようになりたい」

「英語ではふつう、〝飲み物はいかが《ライク・ア・ドリンク》？〟と言う」

「なるほど」アレシアはもう一度ほほえんだ。

「というわけで、飲み物をもらうよ。ありがとう」

アレシアはフライパンを脇に置いて、栓の開いた赤ワインのボトルをカウンターから取ると、グラスに注いだ。

「アルバニアについて、いろいろ読んでいた」

ぱっとおれの目を見たアレシアの顔は、日の出のように輝いていた。「わたしの故郷」ささやくように言う。

「クカスでの生活について、もっと話してくれないか」

夕食を作ることで気が紛れていたのか、アレシアはついに心を開き、両親と住んでいた家について話しはじめた。大きな湖のそばにあり、樅の木に囲まれていて……。おれは話に耳を傾けながら、調理台の前で立ち働くアレシアの、流れるような優雅な動きに見とれた。まるで何年も前からこのキッチンで料理をしてきたかのようだ。ナツメグをすりおろすときも、オーブンのタイマーを設定するときも。プロの料理人に見える。そうして料理をしながらも、おれのワインが減ると注ぎ足し、皿を洗い、クカスでの息が詰まりそうな生活についておれの知らなかったあれこれを語る。

「車の運転は?」

「しません」アレシアがテーブルセットをしながら答えた。

「お母さんも?」

「母はするけれど、ごくまれです」おれの驚いた顔を見て、笑う。「たいていのアルバニア人が車を運転するようになったのは、一九九〇年代のなかごろから。共産主義政権が倒れるまで、自分の車はなかったんです」

「へえ。知らなかった」

「わたしもできるようになりたい」

「車の運転?　おれが教えよう」

アレシアはのけぞった。「あなたの速い車で?　それは無理!」まるでおれが月面でのランチに誘ったかのごとく、笑った。

「教えることはできるぞ」土地ならじゅうぶんにあるし、公道に出る必要もないから、安全だ。

アレシアがキットのヴィンテージカーコレクションの一台、モーガンあたりのハンドルを握る姿が頭に浮かんだ。うん、伯爵夫人にふさわしい。

伯爵夫人？

「あと十五分くらいで完成です」アレシアが言い、人差し指で唇をとんとんとたたいた。なにか考えているらしい。

「なにかしたいことがあるのか？」おれは尋ねた。

アレシアが下唇を噛む。

「言ってみろ」

「マグダと話がしたいんです」

言われてみれば当然だ。アレシアにとって、マグダはおそらく唯一の友達なのだから。こちらで思いつくべきだった。

「いいよ。ほら、使って」携帯電話を充電器から外し、マグダの連絡先を探した。呼出音が鳴りはじめたので電話を差しだすと、アレシアは感謝の笑みを浮かべて受け取った。

「マグダ……ええ、わたし」アレシアはソファに移動して腰かけ、おれは聞き耳をたてないよう努力したが、難しかった。アレシアの無事を知って、マグダはほっとしているだろう。「いいえ、大丈夫」アレシアが輝く瞳でちらりとこちらを見る。「ぜんぜん大丈夫」そう言ってにっこりしたので、おれも自然と大きな笑みを返した。

正しい英語でなかろうと、〝ぜんぜん大丈夫〟なら大歓迎だ。

マグダの言ったなにかでアレシアが笑うのを聞いて、胸がいっぱいになった。彼女の笑い声が聞けるのはすばらしい。なかなかあることではないから。

話すアレシアを見るまいとしたが、無理だった。三つ編みからほつれた髪の毛を無意識で指に巻きつけながら、海のこと、昨日いきなり海に浸かったことなどをマグダに語って聞かせる。

「いいえ、きれいな場所よ。わが家を思い出す」そう言ってアレシアがまたちらりとこちらを見たとき、おれはその目に魅了された。

わが家。

おれならここをアレシアの家にできる……。

口のなかがからからに渇いた。

おい、先走りすぎだ！

顔を背けて、アレシアの瞳の魔法から逃れた。思考が向かう先に動揺させられて、ワインを一口すする。おれの反応はあまりにも新奇で、あまりにもでしゃばりだ。

「ミハウは元気？　ローガンは？」アレシアは熱心に尋ね、ほどなく荷造りとカナダについて、さらには結婚式についての話題に没頭した。

また笑ったが、声の調子はやわらかなものに変わっていた。やさしいものに。耳を傾けてみると、電話の相手がミハウに替わったらしい。あの少年のことがことさらに好きなのだろう。相手は子どもなのだからもちろん嫉妬する必要はないのだが、もしかしたら、ほんの少し。いままで知らなかった歓迎されざるこの感情を、喜んだものかわからなかった。

「いい子でね、ミハウ……わたしも寂しい……じゃあね」またちらりとおれを見る。「わかった。そうする……さよなら、マグダ」電話を切っておれのそばに戻ってくると、携帯電話を返した。

うれしそうな顔だ。電話がつながってよかった。

「すべて順調？」おれは尋ねた。

「ええ。ありがとう」

「マグダは元気？」

「荷造りをしてるそうです。イングランドを離れるのがうれしくて悲しいって。それから、周りを見張っててくれる人がいてすごく安心してるって」

「よかった。新生活の始まりに胸を躍らせているだろうな」

「ええ。婚約者はすてきな人だから」

「仕事は？」

「コンピュータ関係です」

「きみ専用の携帯電話を買わなくちゃな。そうしたらいつでも話したいときに話せる」

アレシアが驚愕した顔になった。「それはだめ。そこまでは、あなたにもできません」

おれは眉をあげた。余裕でできると知っている。

アレシアも眉をあげて対抗したが、そこへちょうどオーブンのタイマーが鳴った。

「夕飯だ」

アレシアは、こしらえたサラダのそばに耐熱皿を置いた。肉を覆うヨーグルトソースが、黄金《こがね》色のドーム状にかりっと焼きあがったのがうれしい。

「うまそうだな」マキシムが感心した顔で言ったのは、気を使って大げさに反応しているのだろうか。

皿に取り分けてから、席につく。「羊肉とお米とヨーグルト、それにいくつか秘密の……ええと——材料？　が入ってます。タブコシ、という料理です」

「イギリスではヨーグルトは焼かない。ミューズリーにかけて食べる」

アレシアは笑った。

マキシムは一口頬張って目を閉じ、じっくりと味わった。「うーん」目を開けて、熱心にうなずいてから呑みこむ。「うまい。料理ができるというのは本当だったんだな！」

温かな視線を注がれて、アレシアは赤くなった。

「きみの手料理ならいつでも歓迎だ」

「いつでも作ります」アレシアはつぶやくように言った。本当に、いつだって。


二人して、食べて飲んでしゃべった。アレシアにワインを勧めて、質問を浴びせる。それこそ滝のように。子どものころについて、学校について、友達について、家族について。アルバニアに関することをあれこれ読んだせいで、好奇心が刺激されていた。アレシアの向かいに座っていることにも刺激される。語るアレシアは活気に満ちていた。目は輝き、表情は豊か。両手を使ってあれこれ表現する姿はいきいきしている。

じつに魅力的だ。

ときどきほつれた髪をかきあげると、指先が耳たぶに触れる。

その指先でおれに触れてほしい。

あとであの三つ編みをほどき、やわらかく豊かな髪を指で梳こう。これほどリラックスしておしゃべりになっているアレシアを見るのは、心温まるものだった。頬が愛らしく染まっているのはワインのせいだろうか。そんな魔法をかけた美味なるイタリア産のバローロを、おれはもう一口すすった。

腹いっぱいで皿を押しやり、アレシアのグラスにお代わりを注いだ。「アルバニアでのよくある一日というのは、どんな感じ？」

「わたしの場合？」

「ああ」

「話すようなことはほとんどありません。仕事がある日は、父が車で学校へ送ってくれます。家に帰ったら母の手伝い。洗濯とか掃除とか、あなたのアパートメントでしているようなことを」エスプレッソ色の目に見あげられ、心を裸にされる。その訳知りの表情は、恐ろしくセクシーだった。「わたしがするのはそれだけです」

「ちょっと退屈そうだな」聡明なアレシアには退屈すぎるだろう。それに、少し孤独だ。

「ええ、そのとおり」アレシアは笑った。

「あれこれ読んだところでは、アルバニア北部はかなり保守的だね」

「ほしゅ、てき」アレシアは眉をひそめ、軽くワインをすすった。「伝統的、という意味？」

「そうだ」

「わたしが生まれ育ったのは、伝統的な土地です」立ちあがり、テーブルから食器を片づけはじめる。「だけどアルバニアは変わりつつあって、ティラーヌでは――」

「ティラナのこと？」

「ええ。あそこは現代的な町です。それほど伝統的でも保守的でもない」言いながら、皿を流しに置く。

「行ったことは？」

「ありません」

「行ってみたい？」

ふたたび席に着いたアレシアは、首を傾けて、人差し指で唇をこすった。一瞬、切ない表情が浮かぶ。「ええ。いつか」

「旅をしたことは？」

「ないです。でも本のなかでなら」ぱっと浮かんだ笑みで室内が明るくなる。「本のなかで世界中を旅しました。それに、テレビを見てアメリカへも行った」

「アメリカのテレビ番組？」

「そう。ネットフリックスや、ＨＢＯ」

「アルバニアで？」

驚くおれを見てアレシアがにんまりする。「ええ。アルバニアにもテレビがあるんです！」

「じゃあ、向こうでは、うさ晴らしにどんなことを？」おれは尋ねた。

「うさ――？」

「ぱっと楽しみたいときは、どんなことをする？」

アレシアは少し戸惑った顔になった。「本を読んだり、テレビを見たり、ピアノの練習をしたり。たまに母とラジオを聞くことも。ＢＢＣワールドを」

「出かけることは？」

「ないです」

「まったく？」

「ときどきは。夏には夜に町を散歩するけれど、それは家族と一緒で。ああ、たまにピアノを弾いたりも」

「演奏会？　人前で？」

「ええ。学校や結婚式で」

「きっとご両親は誇らしかったに違いない」

アレシアの顔に影がおりた。「ええ、きっと」しばし言葉が途切れたが、やがて悲しげな声でそっと言った。「父は注目を浴びるのが好きなので」雰囲気が変わり、心の扉が閉じていくような気がした。

しまった。「ご両親に会いたいんだな」

「母に。母に会いたい」アレシアは静かに答え、またワインを口にした。

父親には？　だがその点は追及しないことにした。アレシアの態度が変わってしまった以上、話題を変えるべきだが、それほど母親に会いたいのなら、故郷に帰りたいと思っているかもしれない。彼女の言葉を思い出した。

〝仕事をするために行くんだと思ってました。もっといい生活のために。クカスでの生活は、女性にとっては楽じゃないんです。わたしたちは騙《だま》されて――〟

あるいはそれがアレシアの願いかもしれない。家に帰ることが。返ってくる答えを恐れつつも、尋ねないわけにはいかなかった。「帰りたいのか?」

「帰る?」

「家に」

アレシアが恐怖で目を見開く。「いいえ。それはできません。絶対に」動揺した声でささやくのを聞いて、うなじの毛が逆立った。

「どうして?」

アレシアは無言だったが、答えを知らずにはいられなくて、おれはたたみかけた。「パスポートがないから?」

「いいえ」

「じゃあなぜ? そんなに怖いのか?」

アレシアは固く目を閉じて、恥ずかしいかのようにうなだれた。「いえ」そして細い声で言った。「それは……わたしには許婚《いいなずけ》がいるから」

第18章

みぞおちを蹴られたかのごとく、胸が締めつけられた。

許婚?

中世じゃあるまいし。

アレシアがこちらを見あげた。目は見開かれ、苦悩をたたえている。アドレナリンが全身をめぐり、いまにもだれかと戦えそうな気がした。「許婚?」ささやくように尋ねたが、それがなにを意味するかはよくわかっていた。

アレシアには決められた相手がいるということ。

またアレシアがうなだれて、聞こえないくらい小さな声で言った。「ええ」

ライバルがいるということか。忌々しい。

「それで、きみはそのことを……いつおれに打ち明けるつもりだった?」

痛みを覚えたかのように、アレシアがぎゅっと目を閉じる。

「アレシア、おれを見ろ」

彼女が片手を口元に掲げたのは、すすり泣きをこらえるためだろうか。わからない。アレシアはつばを飲んでから、視線をあげておれの目を見た。むきだしの表情に、絶望がありありと浮かんでいる。おれの怒りはまたたく間に消えて、あとには動揺だけが残った。

「いま、打ち明けました」アレシアが言う。

この女性を手に入れることはできない。

鋭い痛みに内臓をえぐられ、真っ逆さまに落ちていく気がした。

なんてことだ。

世界が傾《かし》ぐ。考えていたあれこれや、ぼんやりと描いていた計画が流れていく。アレシアと一緒にいることは……結婚することは……できないのだ。

「その男を愛しているのか？」

アレシアがさっと身を引き、衝撃に口を開けておれを見た。「いいえ！」熱のこもった否定だった。「彼とは結婚したくない。だからアルバニアを出たんです」

「その男から離れるために？」

「ええ。一月に結婚する予定でした。わたしの誕生日のあとに」

彼女の誕生日？

呆然としてアレシアを見つめた。不意に周囲の壁が狭まってくる気がして、息苦しさを覚える。初めてアレシアと出会ったときのようだ。疑念と混乱が渦巻いて、息が詰まりそうになる。考えなくては。立ちあがってテーブルを回り、おもむろに片手をあげて、髪をかきあげつつ思考をまとめようとした。同時にアレシアがびくんとした。縮こまって両手で頭を抱え、まるでなにかを待っているような――。

まさか。

「おい、アレシア！　おれが殴ると思ったのか？」大声で言い、彼女の反応にぞっとして後じさった。アレシア・デマチというパズルのピースが、また一つはまった。だからいつもおれの手が届かない距離にさがっていたのか。「その男に殴られたのか？　そうなのか？」許しがたい卑劣漢をいますぐにでも殺してやりたい。

アレシアは自分の膝を見つめた。きっと羞恥心のせいだろう。あるいはそのろくでなしに無用の忠誠心をいだいているせいか。おれの大切な女性に、偽りの所有権を有している男に。

させてたまるか。

深い怒りに燃えて、両手をこぶしに握りしめた。アレシアは身動き一つしない。頭を垂れて、縮こまっている。

落ちつけ、相棒。冷静に。

深く息を吸いこんで心を静め、腰に手をついた。「悪かった」

アレシアがさっと顔をあげ、真剣な顔でまっすぐこちらを見た。「あなたはなにも悪いことをしてません」

こんな状況でも、おれの怒りを静めようとするのか。

二人のあいだのほんの数歩が、はるか遠くに思えた。警戒しているような目に見つめられながら歩み寄り、ゆっくりとかたわらにしゃがむ。「悪かった。怖がらせるつもりはなかったんだ。

ただ驚いてしまって……まさかきみに……決まった相手がいて、おれにはきみの愛情を競うライバルがいたとは」

アレシアがすばやくまばたきをしたと思うや、表情がやわらいで、頰がバラ色に染まった。

「ライバルなんていないわ」ささやくように言う。

その言葉に息がつかえて胸にぬくもりが広がり、残っていたアドレナリンも追い払われた。アレシアからかけられた言葉のなかで、いちばん耳に心地よいものだった。

希望はある。

「その男は、きみが選んだのか?」

「いいえ。選んだのは父です」

アレシアの手を取って口元に引き寄せ、指の関節にそっとキスをした。

「帰ることはできません」アレシアが言う。「わたしは父に恥をかかせてしまった。それに、帰れば無理やり結婚させられる」

「きみの……許婚は、知り合い?」

「ええ」

「愛していないのか?」

「ありえない」吐き捨てるような口ぶりを聞けば、知りたいことはすべてわかった。おそらくその男は年寄りなのか、ひどく醜いのか、あるいはその両方なのだろう。

それともアレシアを殴るのか。

冗談じゃない。

立ちあがって腕のなかに引き寄せると、アレシアはおとなしく身をゆだね、おれの胸板に両手をのせた。ぴったりと寄り添って、抱きしめる。アレシアを慰めているのか、それとも自分を癒やしているのか、わからなかった。アレシアが別の男のものになる、それも彼女を虐待するような男のものに——考えただけでぞっとする。かぐわしい髪に顔をうずめて、アレシアがここに、おれのそばにいることを感謝した。「そんなくそみたいな目に遭って、かわいそうに」つぶやくように言った。

アレシアが見あげ、人差し指でおれの唇をこすった。「いまのは悪い言葉」

「そうさ。悪い状況を表すための悪い言葉だ。だがきみはもう安全だ。おれがついている」かがんで唇に唇をこすりつけた瞬間、乾いた焚きつけに火花が散らされたかのように体が目覚め、思わず息を呑んだ。アレシアが目を閉じて首をそらし、唇を差しだす。抵抗できなかった。後ろではいまもＲＹ　Ｘが物悲しげなかすれたファルセットで、ただ恋に落ちることについて歌っている。情熱的で、刺激的で、ふさわしい。

「おれと踊ってくれ」しゃがれた声で言った。華奢な体に回した腕に力をこめると、アレシアは驚いた声をあげたが、おれはかまわず一緒に体を揺らしはじめた。アレシアが両手のひらを胸板に当てて、やさしく滑らせる。シャツの上からおれを感じ、触れて、励ます。やがて二の腕につかまって、彼女も体を揺らしはじめた。

ゆっくりと。

軽やかな歌ののんびりした魅惑的なリズムに合わせて、二人で左右に体を揺らす。アレシアが両手を腕から肩へ這わせ、髪のなかにもぐらせてから、胸板に鼻を押し当てた。

「こんな風に踊るのは初めて」ぽつりと言う。

おれは片手でアレシアの背中を撫でおろし、そっと引き寄せた。「きみと踊るのは初めてだ」

もう片方の手でそっと三つ編みを引っ張り、唇を呼ぶ。そうして長くゆっくりとキスをした。

舌でふたたび甘美な口を知りながら、一緒に体を揺らす。三つ編みを結わえているヘアゴムをほどくと、アレシアが頭を揺すって髪を背中に解き放ったので、おれはうめいた。そっと顔を手で包み、またキスをする。もっと欲しかった。もっと、もっと。この女性を取り戻したかった。アレシアはおれのものだ。遠く離れた田舎町の乱暴者には渡さない。

「ベッドへ行こう」低い声でささやいた。

「お皿を洗わないと」

なんだって？

「皿なんかどうでもいい」

アレシアが眉をひそめる。「でも――」

「だめだ。いまは放っておけ」

ふと思った。もしおれと結婚したら、アレシアは二度と皿洗いをしなくてすむ。

「愛し合おう、アレシア」

息を吸いこんだアレシアの口元に、誘うようなおずおずとした笑みが浮かんだ。

おれたちは一つに溶け合った。両手でアレシアの頭を抱いて腰を動かし、ゆっくりとすべてを味わう。組み敷いたアレシアはやわらかで強く、美しい。重ねた唇に、心のすべてを注ぎこむ。

こんな感覚は初めてだ。腰を振るたびに二人の距離が縮まる。しなやかな脚が腰にからみつき、小さな両手は背中を這いまわって、爪は肌に情熱を刻む。おれは上体を起こし、熱に浮かされたようなアレシアの顔を見つめた。目は見開かれ、濃さを増した瞳孔は官能的なエスプレッソの色をしている。アレシアが見たかった。アレシアのすべてが。動くのをやめて、ひたいをひたいに押し当てた。

「きみが見たい」下半身を引き抜いてもろともに向きを変え、アレシアを上にさせる。息を切らしたアレシアは不安そうだ。そのヒップに手をあてがって上のほうへ引き寄せ、ほっそりした両脚が腰の両側に来るようにした。そこで上体を起こすと、アレシアはおれにまたがる格好で両肩につかまった。愛らしい顔を包んでキスをしながら、片手で胸のふくらみを探り当て、親指と人差し指でいただきを転がしつつ、キスであごから首筋まで伝いおりる。アレシアは首をそらし、純粋な快感のかすれた声を漏らした。応じて下半身がうずく。

いいぞ。

「これをやってみよう」かぐわしい首筋にささやいてウエストに片腕を回すと、目を見つめたままアレシアを持ちあげて、そそり立ったものにゆっくりとおろしていった。

ああ。

よく締まって濡れている。すばらしい。

アレシアが口を開いて息を呑み、大きな目に切望をたたえた。「ああ……」吐息混じりにつぶやいた唇におれは唇を重ね、髪に指をもぐらせて、ふたたび口を奪った。

唇を離したときには、アレシアは息を切らし、おれの肩を強くつかんでいた。

「大丈夫か？」

アレシアが必死に首を振って言う。「ええ」おれは一瞬混乱したものの、彼女がアルバニア式の〝イエス〟に戻ってしまったのだと気づいた。白い両手を取って仰向けに横たわり、自分にまたがった女性を眺めた。愛する女性を。

肩と胸のふくらみに流れ落ちる黒髪は、官能的な滝のようだ。アレシアが身を乗りだして、おれの胸板に両手を広げた。

そうだ。触れてくれ。

アレシアがそっと肌に手を滑らせて、おれを感じる。胸毛を味わって乳首をこすり、快感にとがらせる。

「ああ」思わず声が漏れた。

アレシアは下唇を噛み、いたずらっぽい勝利の笑みをこらえた。

「そうだよ、お姫さま。きみに触れられるのが大好きだ」

きみが大好きだ。

アレシアがかがみこんできて、キスをした。「わたしはあなたに触れるのが好き」内気そうにそっと言われて、下半身がますます固くなる。

「奪ってくれ」つぶやくように言った。

理解できなかったのだろう、アレシアの動きが止まったので、手がかりを与えるべく腰を突きだした。すぐさまアレシアが声をあげる。のどから発された快楽の叫びに、おれは危うく達しそうになった。アレシアがまた胸板に両手を当てて、バランスを失うまいとする。その腰をつかまえて、食いしばった歯のあいだから絞りだすように言った。「動いてみろ。こんな風に」そしてアレシアの体を上下させた。アレシアは息を呑んだものの、おれの腕につかまると、おそるおそる腰を上下に動かしはじめた。

「その調子だ」おれは目を閉じて官能的な感覚に浸った。

「ああ……」アレシアの声が刺激する。

頼む。

もう少しもってくれ。

最初はゆっくりこわごわ動いていたアレシアだが、自信がついてくると、リズムを見つけたらしい。アレシアが腰を浮かせると同時におれは目を開け、今回は腰を動かして出迎えた。体の奥から発されたかのような快感の叫びに、全身の感覚が鋭敏になる。

もう我慢できない。たまらずアレシアの腰をつかんで、猛烈な速さで上下させた。アレシアはあえぎ、酸素を求めて必死に息をしながら、おれの腕を握りしめた。突きあげられるたびにがくがくと首を左右に転がしながら。

のけぞって神の名を呼ぶアレシアこそ、女神だった。腕をつかむ手にますます力がこもったと思うや、アレシアは絶叫しておれの上で凍りつき、達した。

おれの引き金を引くにはそれでじゅうぶんだった。こちらも叫び声をあげながら、しっかり体をつないだまま、何度も精をほとばしらせた。

愛の行為の余韻に包まれて、アレシアは仰向けで横たわっていた。マキシムは頭をアレシアのお腹にのせ、両腕を体に回している。その髪をのんびりと指で梳いた。彼の髪の感触がたまらなく好きだ。男女の営みがこれほど楽しく満たされるものだなんて、母からは一度も教わらなかった。きっと、父との関係はこういうものではないのだろう。アレシアは眉をひそめた。両親のセックスについては考えたくなかったが、思いはさまよい、祖母のバージニアにたどり着いた。祖母は愛する人と結婚した。祖父母は幸せだった。年齢を重ねても、アレシアが赤面してしまうような視線を交わしていたものだ。祖父母のような結婚をしたいと願っていた。両親のようなのではなく。両親が互いに愛情を示すところは見たことがない。

マキシムは人前でも躊躇なく手をつないだりキスしたりする。そして話をする。夜にゆっくりくつろいで男性ときちんと会話をしたことなど、一度もない。生まれ育った土地では、男性が少しでも女性に話しかけると、それは弱さの証とみなされる。

ナイトテーブルに置かれた小さなドラゴン型のランプを見やった。そっと闇を照らしている。アレシアが闇を怖がるのを知っていたから、マキシムはこれを買ってくれた。守るためにここへ連れてきてくれた。料理をしてくれた。服を買ってくれた。なにより愛し合って……。

鼻の奥がつんとして涙がこみあげ、不安と切望があふれだした。言葉にならない感情でのどが焼ける。この男性を愛している。その思いに圧倒されるあまり、髪にもぐらせた指がこわばった。許婚がいると打ち明けたとき、マキシムは怒らなかった。それよりも、アレシアの心が別のだれかにあるのではと案じた。

まさか。わたしの心はあなたのものよ、マキシム。

そして彼は、殴られるのではと思ったアレシアに衝撃を受けた。自然と手が頬に向かう。父は口数の少ない人で、むしろ行動で示す人だった……。

マキシムの肩を撫で、タトゥーの輪郭をなぞった。もっとこの人を知りたい。あれこれ質問するべきだろうか。仕事については曖昧にしか聞いていない。あるいは複数の仕事をしているのかも――。首を振った。質問など、できる立場ではない。そんなことをしたら母になんと言われるか。いましばらくは、ここコーンウォールで分かち合っている小さなシャボンのなかの時間を楽しもう。

マキシムがお腹に鼻をこすりつけてキスをしたので、胸騒ぎのする考えから呼び覚まされた。こちらを見あげるマキシムの目は、小さなドラゴンが投げかけるやわらかな光のなかで、鮮やかなエメラルドグリーンに輝いている。「おれのそばにいてくれ」マキシムが言った。

ひたいにかかった髪をやさしく払って、眉をひそめた。「こうしてそばにいるわ」

「よかった」マキシムはそう言ってまたお腹にキスをしたが、今回その口はさらに下へ、下へとおりていった。


目を開けると、早朝の光がブラインドの隙間から射しこんでいた。そしておれはいつの間にかアレシアを包みこんでいた。頭は胸にのせ、腕は腰を抱いている。ぬくもりと肌の甘い香りに感覚を刺激されて、体を起こした。首筋にそっと鼻をこすりつけ、のどにやさしくキスをする。

アレシアが身じろぎして、まぶたを開いた。

「おはよう、お姫さま」おれはささやいた。

ほほえむアレシアの表情は、眠たそうだが満ち足りている。「おはよう……マキシム」やさしい口調で名前を呼ばれ、そこに愛が聞こえた気がした。それともこれは、聞きたいと思っているおれの勝手な妄想だろうか。

そう。アレシアの愛がほしい。

ありったけの愛が。

もう自分に認める覚悟はできた。

だが、アレシアに打ち明ける覚悟は？

今日はまるまる予定がない。そして二人は一緒にいる。「今日はベッドで過ごそう」寝起きのかすれた声で言った。

アレシアの指があごに触れた。「疲れてる？」

おれはにやりとした。「まさか……」

「そのまさか」アレシアが言い、おれの顔を映したような笑みを浮かべた。


彼の舌、彼の口。彼にされること。アレシアは感覚の嵐に呑まれた。たくましい手首に両手でしっかりつかまって、断崖絶壁にぶらさがる。もう近い。すぐそこだ。巧みな舌で何度もいたぶられ、指をゆっくりうずめられていくと、ついに落下した。オーガズムに全身を貫かれ、悲鳴をあげた。

マキシムがお腹に、胸のふくらみにキスをしながら体をのぼってきて、上に重なる。

「すばらしい声だった」ささやいてコンドームを装着し、ゆっくりと沈めていった。

バスルームから戻ってみると、ベッドのアレシアの側は空《から》だった。

なんだ。

がっかりだ。まだまだ楽しみにしていたのに。アレシアに飽きるときなど、永遠に来そうにない。

部屋に射しこむ灰色の光で、午前もなかばとわかった。雨が降っている。ブラインドをあげたとき、アレシアの足音が聞こえたので、急いでベッドに戻った。皿をかたかた言わせながら、アレシアが寝室に入ってくる。おれのパジャマシャツを着て、手にしたトレイには朝食をのせていた。「おはよう」黒髪をおろしたまま、まばゆい笑顔で言う。

「おはよう。お、コーヒーか！」香りだけで目が覚める。ドリップコーヒーは大好きだ。起きあがると、アレシアが膝の上にトレイを置いてくれた。たまごにコーヒー、トーストまで。「ごちそうだな」

「今日はベッドで過ごしたいみたいだったから」アレシアが言いながらとなりにもぐってきて、バターを塗ったトーストを一片、取った。

「ほら」おれはスクランブルエッグをフォークですくい、差しだした。アレシアが口を開けたので、食べさせる。

「うーん……」目を閉じて味わう姿に、下半身がぴくりとした。

待て。食事が先だ。

たまごは絶品だった。たぶん、フェタチーズが入っている。

「すごくうまいよ、アレシア！」

頬をピンク色に染めて、アレシアはコーヒーをすすった。

「音楽がほしかったの」

「ピアノを弾きたかったということか？」

「そうじゃなくて、聞きたかったの」

「そういうことか。携帯電話が必要なんだ。これを使うといい」手を伸ばし、ｉＰｈｏｎｅを取った。

やはり専用の携帯電話が必要だ。

「これが暗証番号」パスコードを入力して、ロックを解除する。「で、このアプリを使う。〈Ｓｏｎｏｓ〉だ。家のなかなら、どこにいても音楽が聞けるぞ」そう言って携帯電話を差しだした。

アレシアはアプリ内をチェックしはじめた。「曲がたくさん」

「音楽が好きでね」

アレシアがにっこりする。「わたしも」

おれはコーヒーをすすった。

うわっ！

「どれだけ砂糖を入れた？」咳きこみながら尋ねる。

「あっ、ごめんなさい。あなたは砂糖を入れないんだった」アレシアが顔をしかめたのは、彼女のほうは砂糖なしのコーヒーなど耐えられないからだろうか。

「これがきみたちの飲み方？」

「アルバニアでの、ということ？　ええ」

「まだ歯が残っているのが不思議なくらいだ」

アレシアはにこっとして、完璧な白い歯を見せた。「砂糖なしのコーヒーは飲んだことがないわ。待ってて。淹れなおしてくるから」そう言うと、むきだしの長い脚と流れるような黒髪を踊らせて、ベッドから飛びだした。

「いいんだ。行くな」

「やりたいの」そして今度はおれの携帯電話とともに、また階段をおりていった。数分後、デュア・リパの歌う『ワン・キス』が階下から聞こえてきた。アレシアが好きなのはクラシック音楽だけではないらしい。そう思ってにやりとした。たしか、このアーティストもアルバニア系だ。


アレシアはキッチンで踊りながら、マキシムのためにもう一杯、コーヒーを淹れた。これほど満ち足りた気分になったことなど、いままであっただろうか。クカスの家の台所で母と踊ったり歌ったりしたときに、近い気分を味わったことはある。けれどここには踊れる空間がたっぷりあるし、明かりがついているので、バルコニーへ続くガラスの引き戸に映った自分も見えた。自然と笑顔が浮かぶ。ガラス戸に映る自分はとても幸せそうだった。コーンウォールに着いたときとは正反対。

今朝の外は、雨で寒そうだ。窓に歩み寄って、景色を眺める。空も海もどんよりした灰色で、風は吹きすさび、ビーチへおりる小道の両側に並んだ、銀色を帯びた木々をなぶっている。けれどそれでも、魔法のような光景だった。波は海岸に打ち寄せ、白く泡立っているものの、ガラス戸越しではかすかなとどろきしか聞こえないし、隙間風さえ入ってこない。たいしたものだ。この家はしっかり建てられている。暖かく快適なその家で、マキシムと一緒にいられることに感謝した。

エスプレッソマシーンがこぽこぽ言いはじめたので、さっそうと部屋を横切ってコーヒーを注いだ。


マキシムはまだベッドのなかにいたが、朝食は食べ終えて、トレイは床におろしていた。「おかえり。寂しかったよ」淹れたての甘くないコーヒーを持って戻ったアレシアに言う。そしてカップを受け取ると、アレシアがベッドのなかに戻るより早く、一気に飲み干した。

「これなら大丈夫だ」

「おいしかった?」

「とてもね」カップを脇に置く。「だがきみのほうが、もっとおいしい」アレシアには大きすぎるパジャマシャツの、いちばん上のボタンに指を引っかけて、ぐいと引っ張った。ボタンが外れてやわらかな胸のふくらみがあらわになると、じっと目を見つめながら肌にやさしく指を走らせ、胸のいただきをこする。アレシアの息はつかえ、胸のいただきは固くとがった。


アレシアの開いた唇は声もなくあえぎ、熱い視線は誘っている。下半身が反応した。

「もう一回?」ささやくように尋ねた。

この女性に飽きる日は来るだろうか?

アレシアのはにかんだ笑みだけで、じゅうぶんだった。身を乗りだして唇を重ね、残りのボタンを外してから、パジャマシャツを取り去る。「とてもきれいだ」祈りのようにささやいた。

おれの目を見つめたまま、アレシアがおずおずと片手をあげて、あごの輪郭をなぞり、無精ひげに触れる。開いた唇の奥で、舌先が上の歯の先をかすめるのが見えた。「ふうん……」アレシアが低い声を漏らした。

「これは好きか？　それとも剃ってほしいか？」ささやくように尋ねる。

アレシアは首を振った。「好きよ」そう言って、指先であごを撫でた。

「本当に？」

アレシアはうなずき、身を乗りだして口の端にキスをすると、先ほど指で触れたのと同じように、無精ひげに舌を這わせた。おれはそれを下半身で感じた。

「ああ、アレシア」両手で顔を包み、一緒にベッドに倒れこみながらキスをした。唇と唇、舌と舌でむつみあう。今朝のアレシアはこれまで以上に貪欲で、おれの与えるすべてを奪った。おれはやわらかな首筋を片手で撫でおろし、胸のふくらみからウエストへ、腰からヒップへ伝いおりて、みずみずしい桃をぎゅっとつかんだ。手がたどった道を唇で追いかけるようにして、左右の胸を交互に崇《あが》めていると、ついにアレシアが身をよじりだした。呼吸を整えようと顔をあげたときには、アレシアは息を弾ませていた。

「新しいことに挑戦したい」おれは小声で言った。

アレシアの口がOの字を作る。

「いいかな」答えがほしくて尋ねた。

「ええ……」アレシアは言ったが、目を見開いた表情は不安を物語っていた。

「心配ない。きみも気に入ると思う。もし気に入らなかったら、すぐにやめてと言え」

アレシアはおれの顔を撫で、そっとささやいた。「わかったわ」

もう一度、キスをしてから命じた。「向きを変えろ」

困惑の表情が浮かぶ。

「うつ伏せになれ」

「ああ」アレシアはくすくす笑いながら、言われたとおりにした。おれは両肘をついて、アレシアの髪を背中から払いのけた。美しい背中に、愛らしいヒップ。背骨の曲線をヒップまで撫でおろし、肌のやわらかさとなめらかさを味わってから、身を乗りだして、首の付根の小さなほくろにキスをした。

「本当にきれいだ」耳元でささやき、そこからやさしいキスで首へ、肩へとおりていく。そのあいだも片手は動きを止めず、丸いヒップの割れ目をなぞりつづけた。身じろぎするアレシアの脚のあいだに手を滑りこませ、感じやすいつぼみを指先で転がしはじめる。アレシアはベッドに頭を置いたまま、シーツに頬を押し当てているので、こちらからは容易に観察できた。目を閉じて、開いた口で呼吸をし、おれの指がもたらす快感に酔いしれているさまを。

「いい子だ」ささやいて親指を滑りこませると、アレシアが猫のような声を漏らした。なかはじゅうぶんに濡れて熱を放っていた。すばらしい。手にヒップを押しつけられたので親指を動かすと、アレシアが息を呑む。その音は、爆発しそうなおれの下半身をますます刺激した。一定のリズムで親指を動かす。アレシアは目を固く閉じてシーツを握りしめ、うめき声をあげる。もうすぐ。もうすぐだ。親指を引き抜いて、コンドームに手を伸ばした。

アレシアがまばたきをしてこちらを見あげた。欲して、待っている。

「そのまま」小声で命じてから、膝で脚を分かち、あいだに陣取った。膝の上に抱きあげて腿の外側に脚を垂らさせ、壁と向き合う格好にさせる。そそり立ったものはヒップの割れ目にぴったりと挟まれていた。

いつか……。

「後ろからしよう」ささやくように言った。

アレシアが首だけぱっと振り返り、警戒したように眉をあげた。

おれは笑った。「いや、そうじゃなくて、こういう風にだ」アレシアのウエストをつかんで持ちあげ、そそり立ったものにゆっくりとおろしていった。太いものを咥えこむにつれて、アレシアが腿に爪を立て、首をそらしておれの肩にあずける。このときとばかりにおれは耳たぶにそっと歯を立てた。アレシアは浅い息をしていたが、両脚に力をこめて、腰を上下させはじめた。

ああ、すばらしい。

「いいぞ」ささやいて両手を前に回し、胸のふくらみを覆って、親指と人差し指で先端をいたぶる。

「ああ！」アレシアの叫び声は、原始的でこのうえなくセクシーだった。

そそられる。

「どうだ？」

「いい！」

ゆっくりとアレシアを抱えて前のめりにさせ、ベッドに両手をつかせた。その後ろにぴったりくっついて、激しく突きあげる。アレシアは悲鳴をあげてくずおれ、頭と肩をマットレスに押し当てた。

すばらしい光景だった。黒髪がシーツに広がり、目は固く閉じて、口をわずかに開き、ヒップを宙に突きだしている。見ているだけで達しそうだ。

おまけに感覚もすばらしい。

アレシアのすべてが、余すところなくすばらしい。

ヒップをつかんでもう一度、貫いて引き抜いた。

「すごい……」アレシアがうめくのを聞いて、おれは腰を動かしはじめた。激しく、速く。

昇天しそうだ。

アレシアが悲鳴をあげたので、動きを止めた。

「だめ！」かすれた声でアレシアが言う。「お願いだから、やめないで！」

任せておけ。

ついに抑制を解いて奪いはじめた。汗がひたいににじみ、全身を伝う。そうして絶頂をこらえていると、ついにアレシアが叫び声をあげて解き放たれ、咥えこんでいたおれを何度も締めあげた。もう一度突きあげて、おれも達した。アレシアを愛し、満たし、名前を呼びながら上に倒れこんだ。

アレシアはうつ伏せのまま息を切らし、絶頂の高みからゆるゆるとおりてきた。マキシムは上に重なっている。その重みは……心地よい。自分の肉体がこれほどの快楽を感じられるとは、思ってもみなかった。全身汗まみれでだるく、満ち足りて、すさまじいオーガズムのせいでへとへとだ。

それでも冷静さが戻ってくると、この怠惰なありさまに少し罪悪感を覚えてしまうのが本当のところだった。正午までベッドのなかで過ごしたことなど一度もない。

マキシムが耳に鼻をこすりつけてきた。

「きみはすばらしい」ささやいてとなりに寝そべり、腕のなかに抱き寄せる。

アレシアは目を閉じて返した。「すばらしいのはあなたのほうよ。知らなかった……つまり、その……」言葉を止めて、彼を見あげる。

「行為がこれほど激しくなりうるなんて？」

「ええ」

マキシムの眉間にしわが寄った。「そうだな。言いたいことはわかる」窓の外に目を向けて、雨に濡れた灰色の景色を眺めた。「出かけたいか？」

アレシアは彼にすり寄って、感覚を満たした。肌のにおいや、ぬくもりで。「いいえ。あなたとここにいたい」

「おれもだ」マキシムは言い、アレシアの頭のてっぺんにキスをして、目を閉じた。

うたた寝から覚めると一人だった。階下から、ラフマニノフの曲が聞こえる。彼の協奏曲のなかでもお気に入りの曲だ。しかしなにかがおかしい……と思って気づいた。聞こえるのはピアノの音だけで、オーケストラがいない。

これは拝見しなくては。

ベッドから飛びだしてジーンズを穿いたが、セーターは見つからなかったので、ベッドの端からブランケットをつかみとって肩にはおり、階段をおりていった。

アレシアはおれのクリーム色のセーター一枚という姿でピアノを弾いていた。どこかでイヤホンを見つけたのだろう、おれのｉＰｈｏｎｅにつないで、目を閉じて弾いている。楽譜なしで。オーケストラもなしで。聞いているのは協奏曲だろうか。

そうに違いない。

指は鍵盤の上を舞い、感情のこもったみごとな演奏は部屋全体に広がる。圧倒された。アレシアに圧倒された。頭のなかでオーケストラの演奏が聞こえる気がした。

どうやっているのだろう？

アレシアは真の天才だ。

ものも言わずに見つめた。響き渡る音に包まれて、その場に立ち尽くしていた。

じつに……心を動かされた。

楽章最後のクレッシェンドにたどり着くと、アレシアは曲に合わせて首を上下に動かし、背中に流れ落ちる黒髪はさざ波を立て……そして演奏が終わった。アレシアはしばしじっとしていたが、やがて両手を膝の上に置き、最後の音が消えていった。おれは侵入者になった気がした。独特の生息環境にいる異国の生物をのぞき見ているような。だが抑えきれず、魔法を破って両手をあげると、大きな拍手をした。

アレシアが驚いて目を開け、おれのほうを向いた。

「すばらしかった」

アレシアが耳からイヤホンを取り、恥ずかしそうにほほえむ。「ごめんなさい。起こすつもりはなかったんだけど」

「起こしていないよ」

「この曲は二、三回しか弾いたことがないの。まだ練習していたときに出発したから……」言葉を切った。

「いや、とても上手だった。オーケストラが聞こえた」

「携帯電話から?」

「そうじゃなくて、頭のなかでという意味だ。それくらい上手だった。曲を聞きながら演奏していた?」

アレシアは赤くなった。「ほめてくれてありがとう。ええ、聞きながら」

「舞台にあがるべきだ。きみの演奏が聞けるなら、喜んで金を出す」

アレシアはにっこりした。

「どんな色が見えた?」

「いまの曲で?」

おれはうなずいた。

「そうね……この曲は、虹」熱もあらわにアレシアが言う。「たくさんの色。さまざまな色」両腕を広げて、自分が見たものの複雑さを伝えようとする……が、悲しいかな、おれにはわからない。

「その……なんて言えばいいか……」

「カレイドスコープのような？」

「そう。それ」アレシアが大きな笑みを浮かべて熱心にうなずく。きっとアルバニア語でも同じ単語なのだろう。

「ふさわしいな。この曲は大好きだ」

きみのことが大好きだ。

歩み寄って唇にキスをした。「きみの才能に畏敬の念をいだくよ、ミス・デマチ」

アレシアが立ちあがっておれの首に腕を回したので、はおっていたブランケットで二人とも包んだ。

「わたしはあなたの才能に畏敬の念を、ミスター・マキシム」そう言うと、おれのうなじで両手の指を組み、唇を唇に引き寄せた。

もう一度？


アレシアはおれの上で腰を振った。前回よりも優雅に、堂々と。胸のふくらみを弾ませながらそうするさまは、美しいとしか言いようがない。じっとおれを見おろすアレシアは、みずからの力を楽しんでいる。じつにセクシーな光景だ。テンポは完璧で、おれを高みへ高みへと連れていく。アレシアがかがみこんできて指に指をからませ、ぎゅっと握ってからキスをした。唇を開いて、熱く濡れた舌を挿し入れる、激しく求めるキスを。

「ああ、アレシア……」うめくように言った。もうすぐだ。

そのときアレシアが体を起こして首をそらし、おれの名前を叫びながら達した。それがとどめを刺した。限界を超えて、おれも一緒に達した。

目を開けたときには、驚きに満ちた顔でアレシアが見おろしていた。


アレシアはマキシムの上に重なり、二人はリビングルームの床の上、ピアノのそばにいた。胸の鼓動はゆっくりになってきたし、呼吸も落ちついてきたけれど、アレシアは身震いした。少し寒い。

「ほら」マキシムがブランケットで覆ってくれた。「きみにはへとへとにさせられる」顔をしかめてコンドームを外し、笑顔でアレシアを見あげた。

「あなたをへとへとにさせるのが好き。あなたを見おろすのも」アレシアはささやいた。

「おれはきみを見あげるのが好きだ」

マキシムにまたがった状態で彼が達するのを見ていると、力を得たような気がした。自分にあるとは思ってもみなかった力で、なんだかめまいが起きそうになる。あとはただ、勇気を出して彼のすべてに触れるだけ……。

輝く緑の目にじっと見つめられた。「きみは本当にたいした女性だ、アレシア」そう言って、アレシアの顔から黒髪をかきあげる。一瞬、なにか言うのかと思ったが、マキシムはまたあのまぶしい笑みを浮かべただけだった。そして切り替えた口調でこう言った。「腹が減ったな」

アレシアは慌てて答えた。「なにか作るわ」

立ちあがろうとしたものの、マキシムの手に引き止められた。「行くな。こうしていると暖かい。火をおこしたほうがいいな」そう言ってアレシアのあごにキスをする。そこでアレシアはぴったりと寄り添い、あるとも知らなかった安らぎに浸った。

「食事は外でしよう」マキシムが言う。「もう四時を回っているはずだ」外はいまも土砂降りだ。

「あなたのために料理がしたいの」

「本当に？」

「ええ。料理は好きだから」アレシアは答えた。「あなたのためなら、なおさら」

「わかった」


おれの上で体を起こしたアレシアが、小さく顔をしかめた。

「どうした？」尋ねてすばやく起きあがり、鼻と鼻とを突き合わせる。ブランケットがアレシアのウエストまでずり落ちたので、つかんで肩を覆ってやった。

アレシアは赤くなって答えた。「少し痛くて」

なんだと！「どうして言わなかった？」

「言ったら、あなた、しなかったでしょう……？」視線がそれて、声が小さくなる。

「当たり前だ！」目を閉じて、ひたいにひたいを当てた。「悪かった」小声で言う。

おれは大馬鹿者だ。

アレシアの指が唇に触れた。「そんな。謝らないで」

「しなくたって、いいんだぞ」

おれはなにを言っている？

「わたしはしたいの。本当よ。すごく好きだから」アレシアは言い張った。

「アレシア、これからはちゃんと話してくれ。なんでも言ってくれ。正直、きみとなら一日中でもしていられるが、今日のところはここまでだ。出かけよう。だがその前に、シャワーを浴びるぞ」アレシアをおろして立ちあがり、床から服を拾って、一緒に階段をのぼった。

シャワーの栓をひねるおれを、アレシアはブランケットにくるまって見守っていた。目は色濃く、謎めいている。午後の陽光が薄れはじめたので、照明のスイッチを押して明るくしてから、湯の温度をたしかめた。じゅうぶんに熱い。

「準備は？」アレシアに尋ねた。

するとアレシアはうなずいてブランケットを床に落とし、おれの前を駆け抜けて、熱い湯の下に入った。おれもあとに続き、二人で全身に湯を浴びながら、温まった。シャワージェルに手を伸ばしつつ、アレシアがそのみごとな裸体をさらすことに慣れてきたのをうれしく思う。

まあ、一日セックスして過ごしたら、そうなるのも当然か……。

おれはにやりとして、両手のひらでジェルを泡立てはじめた。


だれかと一緒にシャワーを浴びるのは初めてだ。背後でマキシムが動くのを感じる。流れる湯の下に立っていると、彼の……あの部分が肌をかすめた。まだ触れる勇気の出ない、あの部分が。触れてみたいとは思う。あとは自信を手に入れさえすれば。

湯は心地よい温度だった。目を閉じたアレシアは、筋肉の疲れを癒やして肌をほんのりピンク色に染める湯の感覚を味わった。

背中に垂らした髪をマキシムがかきあげて、そっと肩にキスをした。

「すごくきれいだ」彼が言う。

大きな両手が首のあたりに触れ、円を描くようにして泡を肌にこすりつけながら、強い指で筋肉をほぐしていく。

「ああ」自然と声が漏れた。

「気持ちいいか？」

「ええ。とてもに」

「とてもに？」

「英語がおかしい？」

マキシムがにやりとするのがわかった。

「きみの英語はおれのアルバニア語よりずっとましだ」

アレシアはくすくす笑った。「そうね。だけど不思議。わたしが間違った単語を言ってもおかしくは聞こえないのに、あなたが同じ単語を口にすると、おかしく聞こえるの」

「おれのアクセントのせいだろう。さて、全身洗ってほしいか？」低くかすれた声でマキシムが言った。

「全身？」アレシアの息はつかえた。

「ああ」耳元で答えた声は、低くセクシーだった。たくましい両腕が後ろから伸びてきて、体の前で両手がジェルを泡立て、肌を泡だらけにしていく。手は首から胸のふくらみへ、お腹へとおりていき、太もものあいだにそっと滑りこんできた。アレシアは首をそらして彼の胸板に頭をあずけ、やさしい指に身をゆだねた。ヒップのてっぺんにマキシムの興奮を感じて声を漏らすと、耳元で聞こえるマキシムの呼吸が深まり、ざらついた音になった。

急に手の動きが止まった。「おしまいだ。あがろうか」

「ええ?」手が離れてしまうと、置き去りにされた気がした。

「ここまでだ」シャワールームのドアを開け、マキシムが出ていく。

「でも」アレシアは抗議した。

マキシムがタオルをつかんで腰に巻き、そそり立ったものを隠す。「意志の力は限られているし、驚いたことに、体のほうはもう復活している」

アレシアが唇をとがらせると、マキシムは笑った。「その気にさせるな」そう言って、あの青いバスローブを掲げてアレシアを待つ。アレシアが湯を止めてシャワーを出ると、マキシムがバスローブでくるんで抱きしめてくれた。「きみは本当に魅力的だ。だがどれだけ欲しくても……今日はここまで。それに、腹が減っている」頭のてっぺんにキスしてから腕をほどいた。バスルームを出ていく背中を見送りながら、アレシアは彼への愛で胸がいっぱいになるのを感じた。

伝えるべきだろうか?

けれどあとに続いて寝室に入ると、勇気はくじけた。いまの二人の関係性が好きだ。マキシムがどんな反応を示すかわからないし、この心地よいシャボンを壊したくない。

「服を着て、食事を作るわ」

マキシムが眉をあげた。「服は着なくてもいいんだぞ」

頬が染まるのを感じた。まったく、恥知らずな人! それでもマキシムがほほえむと、そのまぶしさにアレシアの息は止まった。

もうすぐ真夜中。おれはベッドに横たわり、となりでぐっすり眠るアレシアを眺めていた。

なんとすばらしく、怠惰で、愛の深まる月曜だったことか。

完璧な一日だった。

愛し合って、食事をして、愛し合って、酒を飲んで、愛し合って、アレシアがピアノを弾くのを聞いて……料理を作るところを眺めて。

そのとき、アレシアが身じろぎしてなにやら寝言をつぶやいた。小さなドラゴンの投げかける光のなかで、その肌は透きとおるように白く、呼吸はやわらかで落ちついている。きっとくたくただろう。なにしろ、あれだけのことをした……が、それでもアレシアにはまだ恥じらいが残っている。近いうちに、触れてほしい。すべてに。

考えただけで体がこわばった。

そこまで！

いずれ触れてくれる。アレシアのタイミングで。こちらはただ待っていればいい。今日は一歩も外に出なかった。一日中。そしてアレシアがまたおれのために料理を作ってくれた。これまた絶品で、健康的な食事を。明日は二人でなにか特別なことがしたい——天気さえ回復すれば、屋外で。

育った場所を案内しろ。

いや、それはまだだ。おれは首を振った。

打ち明けろ。

ある考えが浮かんだ。明日、天気が回復すれば、きっと楽しめるし、おれが何者なのかを打ち明ける機会にもなるかもしれない。さて、どうなるか。

愛らしいこめかみにそっとキスをして、甘い香りを吸いこんだ。アレシアはまた身じろぎして寝言をつぶやいたが、そのまま眠りつづけた。

アレシア、きみを愛してしまったよ。

心のなかでつぶやいて、目を閉じた。

第19章

マキシムの声の低い響きで、アレシアは目を覚ました。まぶたを開けるとマキシムはとなりで上体を起こし、電話で話している。笑顔でこちらを見おろしてから、会話を続けた。「ミス・チェノウェスが許可してくれて、よかった」マキシムが言う。「レディには20番がいいだろう。おれは専用のパーディを使う」

いったいなんの話だろう？　なんにせよ、マキシムの目は興奮で輝いている。

「簡単な鳥にしよう。小鴨がいい」マキシムがウインクをよこす。「十時ごろでどうだ？　よし。じゃあ、ジェンキンスによろしく。ありがとう、マイケル」電話を切って布団のなかに戻ってくると、枕に頭をのせてからアレシアのほうを向いた。「おはよう、アレシア」首を伸ばして軽くキスをする。「よく眠れたかな」

「ええ。ありがとう」

「今日もきれいだ。腹は減ったか？」

アレシアがうーんと伸びをすると、マキシムの目が色を増した。

「じつに魅惑的だ」

アレシアはほほえんだ。

「だが痛むと言っていたものな」そう言って、鼻のてっぺんにキスをする。「それに、今日はきみにサプライズがあるんだ。朝食をすませたら出かけよう。ただし暖かい服装で。ああ、髪は三つ編みにしたほうがいいかもしれない」

マキシムがベッドから出たので、アレシアはふくれっ面になった。昨日は痛かったけれど、今朝はなんともない。それでも、もう少しベッドで過ごすよう丸めこむ前に、マキシムは裸のまま足取りも軽くバスルームに入っていってしまった。そうなるとこちらは、立派な肉体に見とれることしかできない。歩くのに合わせて波打つ背中の筋肉、長い脚……そして引き締まった尻。マキシムが振り返っていたずらっぽい笑みを浮かべ、バスルームのドアを閉じた。

アレシアはにんまりした。

どんな一日になるのだろう？


「どこへ行くの？」アレシアが尋ねた。今日の彼女は緑色の帽子に新しいコートを着て、その下には何枚も重ね着をしている。じゅうぶんに暖かいはずだ。

「着いてからのお楽しみだ」おれは横目で見てから、車のギアを入れた。

今朝、アレシアが起きる前に屋敷に電話をかけて、領地管財人のマイケルと話した。からりとよく晴れたので、手配したことを楽しむにはうってつけといえる。昨日は体を酷使したから、今日は休息と新鮮な空気が必要だ。

ロスペランファームは、ジョージ王朝の時代からトレヴェシック領の一部だ。百年以上にわたり、チェノウェス家が代々そこの小作人を任されている。そして目下の家長、アビゲイル・チェノウェスが、南のほうの休閑地の使用を許可してくれたというわけだ。目的地に近づけば近づくほど、車がランドローバーディスカバリーだったらと思ってしまった。ジャガーは野原向きではない。まあ、路上に停めればいいだろう。停車したときにはゲートはもう開いていて、なかにジェンキンスと彼の車、ランドローバーディフェンダーが見えた。こちらに気づいて、ジェンキンスが陽気に手を振る。

おれは満面の笑みで助手席を見た。「今日はクレー射撃をするぞ」

アレシアが戸惑った顔になる。「クレー……?」

「狙った的を撃ち落とす遊びだ。知らないかな」

戸惑いの表情は変わらなかった。

自分の思いつきは正しかったのだろうかと不安になってきた。「きっと楽しめる」

アレシアは不安そうな笑みで応え、おれは車をおりた。寒いが、息が白くなるほどではない。

「おはようございます、旦那さま《マイロード》」

「おはよう」いまの呼びかけをアレシアに聞かれたかと振り返ったが、ちょうど助手席から出てくるところだった。「〝サー〟でいいよ、ジェンキンス」アレシアが近づいてくる前に小声で言った。「こちらはアレシア・デマチ」ジェンキンスが差しだした手を、アレシアが握る。

「おはようございます、お嬢さん」

「おはようございます」アレシアがそう言って愛らしい笑顔を浮かべただけで、ジェンキンスは赤くなった。ジェンキンスの一家は三代前からトレヴェリアン家に仕えているが、主にオックスフォードシャーの領地、アングウィンでだ。ジェンキンスは四年前に家を出て、その後はトレシリアンホールで猟場管理人の助手をしている。おれより少し年下で、サーフィンが大好きだ。ボードに乗っているところを見たことがあるが、キットもおれも、とうていかなわない腕前だった。おまけに射撃の名手で、有能な猟場管理人でもあり、領地内での狩猟大会を数多く取り仕切っている。ハンチング帽と、陽光で色あせたもじゃもじゃ頭の下には、陽気で人好きのする笑顔だけでなく、すぐれた脳みそもあるのだ。

アレシアが困惑した顔でおれを見あげた。「鳥を撃つの？」

「そうじゃない。クレーを撃つんだ」

ますます困惑顔になる。

「クレーというのは、素焼きの円盤のことだよ」

「ああ」

「レディが選べるように、いくつか散弾銃を持ってきました。パーディと、あとはミズ・キャンベルがどうしてもと言うので、狩猟用ジャケットも用意しましたよ」

「すばらしい」

「それからコーヒーとソーセージロールと、ハンドウォーマー」ジェンキンスがにっこりする。

さすがダニーだ。

「発射機はセットしてあります。小鴨です」ジェンキンスが続ける。

「完璧だな」おれは言い、アレシアのほうを見た。「いいサプライズになったかな？」不安な気持ちで尋ねる。

「ええ」アレシアは言ったが、やはり不安そうな声だった。

「銃を撃ったことは？」

アレシアが首を振る。「父は銃を持っていたけど」

「そうなのか」

「狩りをするから」

「狩り？」

アレシアが肩をすくめる。「銃を持って出かけて、帰るのは朝。狼を撃つの」

「狼！」

おれの表情を見て、アレシアは笑った。「ええ。アルバニアには狼がいるの。わたしは一頭も見たことないけれど。父も見たことないんじゃないかしら」にっこりしてつけ足した。「撃ってみたい」

ジェンキンスが温かい笑みを浮かべ、アレシアを彼の車の後部へうながした。銃と、その他必要な道具がすべて積まれている。

ジェンキンスの言葉に、アレシアは注意深く耳を傾けた。安全に関する説明、銃の使い方、どうすればいいか、など。そのあいだに、おれはベストとジャケットに着替えた。寒い日だが、着慣れたこの服ならじゅうぶんに暖かい。ショットガンケースを開けて、パーディ社製の12番散弾銃を取りだす。貴重なヴィンテージ銃で、祖父が所有していたものだ。祖父は一九四八年、揃いの上下二連散弾銃の製作をパーディ社に依頼した。銀の彫刻はみごとで、トレヴェシック家の紋章がからめられており、背景にはトレシリアンホールが刻まれている。銃床は色濃くつややかなクルミ材だ。二丁の銃は祖父の死にあたり父へ受け継がれ、キットが十八歳になったとき、誕生日プレゼントとして一丁が父からキットに贈られた。父が死ぬと、キットは父のものだったこの一丁をおれに与えた。

そしてキットがこの世を去ったいま、両方がおれのものになった。

突然、悲しみの波が押し寄せてきた。三人でガンルームにいたときの光景がよみがえる。父はこの銃を掃除し、兄は兄の20番を掃除し、おれは八歳でようやくガンルームに入れてもらえた興奮に目を輝かせて二人を見ていた。父は穏やかに説明してくれた。どうやって銃を分解し、銃床にオイルを塗り、鉄の部分にグリースを塗り、銃身と機関部を掃除するか。父は几帳面で、キットもそうだった。おれは夢中になって目を見開き、二人に見入っていた。あのときのことはいまも覚えている。

「準備はいいですか?」ジェンキンスの声で我に返った。

「ああ。万端だ」

アレシアはシューティンググラスと耳栓を装着していたが、それでも愛らしく見えた。いま、そのアレシアが首を片方に傾けた。

「どうした?」おれは尋ねた。

「そのジャケット、すてき」

おれは笑った。「このおんぼろが?　ハリスツイードだよ」弾薬筒とシューティンググラスと耳栓をつかみ、銃身を開いた。

「準備は？」尋ねると、アレシアはうなずいた。

そこで彼女のブローニング散弾銃も銃身を開いてから、ジェンキンスが干し草の梱《こり》で用意してくれた間に合わせの射撃場まで、三人で歩いた。

「あの丘のすぐ向こう側に発射機をセットしました」ジェンキンスが言う。

「一羽見せてくれるか？」

「もちろん」ジェンキンスがリモコンのボタンを押すと、前方百メートルほどの空中にクレーが射出された。

アレシアが息を呑む。「あんなの、絶対に当たらない！」

「いや、当たるさ。まあ見ていろ」

なんだか見せびらかしている気分だった。たしかにアレシアのほうがピアノはうまいし、料理も上手だし、チェスも強いが……。

「二羽頼む、ジェンキンス」

「わかりました」

シューティンググラスとイヤーマフを装着し、銃身を開いて弾薬筒を二つこめ、構えた。用意。

「はい《プル》！」

おれのかけ声でジェンキンスが前方に二枚の標的を射出した。引き金を引いてまず一発、続けて二発目を放ち、どちらにも命中させると、クレーは砕けて、かけらがあられのごとく地面に落ちた。

「おみごとです」ジェンキンスが言う。

「当たった！」アレシアが楽しげな声をあげる。

「どうだ！」抑えきれずにおれは得意顔になった。「よし、次はきみの番だ」銃身を開き、脇にさがる。

「足を開いて。体重は後ろ足にかける。そうだ。視線は発射機に。的がどんな風に動くかは見たな？　その動きをスムーズに追うんだ」アレシアは熱心にうなずいた。「銃床はできるだけしっかり肩に当てる。反動が怖いからな」

「わかった」

アレシアが話についてきていることに驚いた。

「右足をもう少し後ろに、お嬢さん」ジェンキンスが言う。

「こうね」

「これが弾薬筒だ」二つ渡すと、アレシアは銃に装塡した。おれは一歩さがった。

「準備ができたら、大声ではい《プル》と言う。するとジェンキンスが的を一つ発射するから、二発でそれを狙う」

アレシアは不安そうにおれを見てから銃を構えた。毛糸の帽子にバラ色の頰、三つ編みを背中に垂らした姿は、どこから見ても地元の女性だ。

「はい《プル》！」アレシアが叫び、ジェンキンスが鳥を放った。

的は前方高くあがり、アレシアは一発、続けてもう一発撃った。

当たらなかった。

二発とも。

足元から数メートル離れた地面にクレーが落ちて砕けると、アレシアは不満そうな顔になった。

「じきにコツをつかむさ。もう一回、やってみろ」

アレシアの目がぎらりと光り、ジェンキンスは前に出ていくつか助言をした。

四つ目の的で、命中した。

「やった！」おれが叫ぶと、アレシアは跳びはねるようにこちらへ来た。

「ちょっと待った！　銃身をさげろ！」ジェンキンスとおれは同時に叫んだ。

「ごめんなさい」アレシアはくすくす笑って銃身を開いた。「もう一回やってもいい？」

「もちろん。時間ならたっぷりある」

アレシアはにっこりした。鼻はピンク色だが、目は初めての経験を味わう興奮でいきいきと輝いている。アレシアの笑顔はどんなに硬い心も溶かすだろうし、おれの心を有頂天にする。たいへんな目に遭ってきた彼女がこうして楽しむ姿を見るのは、じつにうれしいことだった。


アレシアは、マキシムと二人でジェンキンスの車の後部にいた。後部ドアを開けてトランクの端から脚を垂らして座り、魔法瓶に入ったコーヒーをすすりながらペストリーを食べる。なかに詰めてある肉は、おそらく豚肉だろう。

「なかなかの腕前だ」マキシムが言う。「四十発のうち二十も命中させるとは、初めてにしては悪くない」

「あなたはもっと当てたわ」

「前にもやったことがあるからね。何度も」マキシムはコーヒーをすすった。「楽しかったか？」

「ええ。またやりたい。できたらあまり寒くないときに」

「同感だ」

その言葉に心臓が一瞬止まり、アレシアはほほえんだ。彼もまたやりたいと思っている。きっといい兆候だ。そう思いつつ、コーヒーを口にした。「あっ！」小さく叫んで顔をしかめた。

「どうした？」

「砂糖が入ってなくて」

「そんなにまずいか？」

おそるおそる、もう一度口をつけて、飲んでみた。「あ、そんなに悪くない」

「いずれきみの歯が感謝するさ。さて、これからなにがしたい？」

「またビーチを散歩してもいい？」

「もちろん。そのあと、ランチに出かけよう」

ジェンキンスが戻ってきた。「発射機はすべて回収しました」

「よかった。今朝はありがとう、ジェンキンス」

「どういたしまして、マイ――サー」

「おれの銃は〈ハイドアウト〉へ持っていって、向こうで掃除をしたいんだが」

「わかりました。必要な道具はすべてケースに入ってます」

「助かるよ」

「それでは、ごきげんよう」そう言っておれと握手をする。「お嬢さんも」つけ足してハンチング帽に軽く触れたとき、頬にゆっくり赤みが広がった。

「今日はどうもありがとう」アレシアが言ってまぶしい笑みを向けると、ジェンキンスの頬はますます赤くなった。どうやら新たなファンを獲得したらしい。

「行こうか」おれは言った。

「それはあなたの銃？」

「ああ」

アレシアは眉をひそめた。

「ジェンキンスは代わりに保管してくれているんだ。法律で、鍵をかけて保管しなくてはならないと決められているからね。〈ハイドアウト〉にはガンキャビネットがある」

「ああ」アレシアは言ったが、混乱しているのは明らかだった。

「出発できるかな？」気をそらさせるために言った。

アレシアはうなずいた。

「これを家に持って帰らないと」言いながらガンケースをつかむ。「そのあと、ビーチを散歩して、どこかでおいしいランチをとろう」

「わかったわ」

助手席のドアを開けると、アレシアは短くほほえんで乗りこんだ。

危ないところだった。

いいから言ってしまえよ。

日々、自分が何者であるかを言わずに過ごせば過ごすほど、嘘を重ねたことになる。

単純な話だ。車のトランクを開けてガンケースを収めた。

とっとと打ち明けろ。

運転席に乗りこんでドアを閉め、ちらりととなりを見た。

「アレシア――」

「見て！」アレシアが叫んでフロントガラスの向こうを指差した。目の前には、堂々とした雄鹿が立っていた。灰色の毛は冬の気候に合わせて長く、ふだんは見える白い斑点を隠している。いったいどこから現れた？　大きさからすると四歳以下のようだが、みごとな角を――今後二、三カ月のうちに落ちるだろう角を生やしている。屋敷のほうで管理している休閑地の鹿の群れからはぐれたのだろうか、それとも野生？　屋敷からだとしたら、どうやって出てきた？　鹿は立派な鼻面をこちらに向けて、黒い目で見つめていた。

「すごい《ウーア》」アレシアがささやく。

「鹿を見たことは？」おれは尋ねた。

「ないわ」

二人して見つめていると、鹿は鼻孔を広げてにおいを嗅いだ。

「狼が全部食べてしまったのかもしれないな」おれはささやいた。

アレシアがこちらを向いて笑った。首をそらしてのびのびと。耳に心地よい音だった。

笑わせることに成功した！

近くの野原でジェンキンスがランドローバーを発進させた音に、雄鹿が驚いて後足で立ち、向きを変えるなり、石垣を飛び越えて林のなかに駆けていった。

「この国に野生の動物がいるなんて、知らなかった」アレシアが言う。

「少しはいるよ」エンジンをかけて車を出し、打ち明ける機会を逸したことを思った。なんだ、言い訳か？

あとでちゃんと打ち明けるさ。

心の奥では、先送りにすればするほど難しくなるのはわかっていた。

そのときジャケットのなかで携帯電話が鳴った。メッセージの受信だ。おそらくキャロラインからだろう。

これもまた、いつかの時点で対処しなくてはならない問題。だがいまは、おれのレディをまたビーチへ散歩に連れていかなくては。


アレシアは小さなドラゴンを手にした。ベッドに横たわる二人を照らすランタンだ。「ありがとう」アレシアはささやいた。「今日のこと。昨日のこと。これのこと」

「どういたしまして、アレシア」マキシムが答える。「今日は楽しかった」

「わたしも。終わってほしくない。最高の一日だったもの」

マキシムが人差し指でアレシアの頬を撫でた。「最高の一日か。それを一緒に過ごせて、うれしいよ。きみは本当にきれいだな」

アレシアはつばを飲んだ。明るすぎない光が赤面をごまかしてくれるのがありがたい。「もう痛くないわ」そっと言った。

マキシムの動きが止まり、じっと目を見つめた。

「ああ、ベイビー」そう言った直後には、二人の唇は重なっていた。

いまは真夜中過ぎ、アレシアはとなりで寝息を立てている。自分が何者なのか、早くこの女性に打ち明けなくては。

おれはトレヴェシック伯爵だと。

ああ、なんと厄介な。

だがアレシアには知る権利がある。おれは顔をさすった。

なぜそこまでためらう？

それは、アレシアがおれをどう思っているか、わからないからだ。

それに、肩書を別にしても、財産という問題がある。

うんざりだ。

母の疑り深い性分は、次男のおれにも爪痕を残していたらしい。

〝あなたに女性が寄ってくるとしたら、その目的は財産だけよ、マキシム。覚えておきなさい〟

まったく、ロウィーナはいやなことを言う。

アレシアを起こさないよう、そっと黒髪をつまんで、人差し指に巻きつけた。アレシアは、おれが服を買ってやるのをいやがった。ろくな服を持っていなかったのに。携帯電話を買ってやると言っても拒むし、飲食店ではいつもメニューのなかでいちばん安いものを選ぶ。そういうのは、金目当ての女性がとる行動ではないのでは？

それにこのあいだは、おれにはライバルなどいないと言ってくれた。彼女に好かれていると思う。だとしたら、そう言ってほしい。そうしたら状況がずっと楽になるのだが。アレシアは才能にあふれていて、賢くて勇敢で——積極的だ。あの情熱と貪欲さを思うと、自然と笑みが浮かぶ。そう、積極的。身を乗りだして、髪にキスをした。

おまけに料理上手。

「愛しているよ、アレシア・デマチ」ささやいて枕に頭をのせ、アレシアを見つめた。果てしなく魅力的なこの女性。美しき宝物を。

携帯電話の音で目が覚めた。夜は明けているようだが、ブラインドの隙間から射しこむ光の淡さからすると、まだずいぶん早いらしい。からみついているアレシアを起こさないよう、手を伸ばして携帯電話をつかむ。表示を見ると、かけてきたのはミセス・ベクストロム、ロンドンの隣人だった。

なぜあの婦人がおれに電話を？

「もしもし、ミセス・ベクストロム。どうしました？」低い声で尋ねた。

「ああ、マキシム。出てくれてよかった。こんなに早くに申し訳ないんだけど、どうやらあなたの部屋に泥棒が入ったらしいの」

第20章

「なんだって？」全身がひやりとして総毛立ち、一瞬で完全に目が覚めた。指先で頭皮をかきあげる。

泥棒？　いつ？　どうやって？

思考は駆けめぐり、心臓は早鐘を打った。

「本当よ。わたし、ヘラクレスを朝の散歩に連れていこうとしたの。お天気がどうであれ、朝早くに川沿いを散歩するのが大好きでね。すごく静かで心が安らぐから」

おれは天を仰いだ。早くその先を、ミセス・B！

「そうしたら、あなたの部屋のドアが開いていたの。もしかしたら二、三日前から開いていたのかもしれない。わからないけれど。ともかく、おかしいなと思って、今朝なかをのぞいてみたら、あなたは留守だった」

アレシアを追って飛びだしたとき、慌てていたせいで鍵をかけ忘れたのか？

思い出せない。

「気の毒だけど、部屋のなかはひどいありさまよ」

そんな。

「警察に電話しようとしたんだけど、まずはあなたに知らせるべきだと思って」

「そうか。ありがとう。あとはおれが対処します」

「悪い知らせでごめんなさいね」

「とんでもない、ミセス・B。感謝していますよ」おれは言い、電話を切った。

なんてことだ！　信じられない！

いったいなにが盗まれた？　たいしたものは置いていない。貴重品はすべて金庫のなかだ。金庫が見つかっていないといいのだが。

忌々しい。腹が立つ。

まったく、なんて厄介な。ロンドンへ戻らなくてはならないかもしれないが、戻りたくはない。アレシアと二人きり、じつに楽しい時間を過ごしているのだ。おれはベッドのなかで上体を起こし、アレシアを見おろした。眠そうにまばたきをしてこちらを見あげていたので、安心させようとほほえんだ。

「電話をかけてくる」悪い知らせで心配させまいと、起きあがって腰にブランケットを巻き、携帯電話を手に別の部屋へ移動した。床の上を行ったり来たりしながら、オリバーに電話をかける。

なぜ警報装置は鳴らなかった？

そもそもおれはセットしたか？　大慌てで出てきてしまったから、断言できない。

「マキシムか」驚いた声でオリバーが応じた。「なにかあったのか？」

「朝早くにすまない。ロンドンの隣人からたったいま電話があった。おれの部屋に泥棒が入ったらしい」

「なんだって？」

「おれも同じ反応を示したよ」

「すぐに向かう。この時間帯なら、十五分ほどで行けるだろう」

「助かるよ。二十分後にかけなおす」そして電話を切った。

気分が急降下していた。盗まれたくないものはなんだろうと考えてみる。カメラ。レコードプレーヤー。パソコン……。

そうだ、父のカメラ！

ああ、むしゃくしゃする。どこかのならず者だか悪ガキだかに、部屋を荒らされたかと思うと。耐えられない。

今日はアレシアと過ごすつもりだった。自然環境を模した巨大なドーム型植物園、〈エデン・プロジェクト〉にでも連れていこうかと思っていた。まあ、こうなったいまもそうできなくはないが、まずは被害を確認したい。それには携帯電話では不十分だ。屋敷にあるiＭａｃを使ってオリバーとビデオ通話ソフトウェア〈フェイスタイム〉でつながれば、もっとよく見えるだろう。オリバーには携帯で部屋全体を映してもらうのだ。

腹立ちと暗い気持ちを抱えて寝室に戻ると、アレシアはいまもベッドにいた。

「なにかあった？」アレシアが尋ねて上体を起こすと、黒髪が胸に流れ落ちる。寝起きの姿は色っぽく、いますぐにでも押し倒したい気にさせられた。その姿を見ただけで、たちまち気分が向上する。それでも悲しいかな、しばらくのあいだ一人にさせなくてはならない。アレシアにはこんな知らせを聞かせたくなかった。この数週間で、もうさんざんな目に遭っているのだから。「用事ができたから、ちょっと出かけてくる。もしかしたら一緒にロンドンへ戻ることになるかもしれない。だがいまはそのまま寝ていてくれ。疲れているだろう？　すぐに帰るよ」アレシアは羽毛布団を引き寄せて、不安そうに眉をひそめた。おれは短くキスをして、シャワーを浴びに向かった。

バスルームから出てきたとき、ベッドにアレシアの姿はなかった。すばやくジーンズと白いシャツを着て階段をおりると、彼女はおれのパジャマシャツ一枚でキッチンにいた。昨夜の皿を洗っている。おれを見て、エスプレッソの入ったカップを差しだした。「目覚ましに」そう言って愛らしい笑みを浮かべたものの、目は不安そうに見開かれていた。

おれはコーヒーを一気に飲み干した。熱《ホット》くて濃《ストロング》くて、じつにうまい。どこかアレシアに似ている。

「心配ない。あっという間に戻ってくる」もう一度キスをしてコートをつかみ、玄関を出ると、雨粒をよけながら急な階段をのぼった。車に乗りこんで、小道を走りだした。

階段を駆けあがるマキシムが見えなくなると、アレシアはゲートを閉じた。深刻な顔をしていたが、どこへ行くのだろう？　きっとなにか悪いことが起きたのだ。背筋がぞくりとしたものの、理由はわからなかった。ため息が出る。マキシムについて、知らないことが多すぎるのだ。

それに、一緒にロンドンへ戻ることになるかもしれないと言っていた。そうなれば、自分が置かれている状況に直面しなくてはならない。

宿なしという状況に。

神さま《ゾート》。

ここ数日はすべてを頭の外に追いやっていたが、数々の問題は未解決のままだ。どこに住めばいい？　ダンテはわたしを探すのをあきらめた？　マキシムはわたしのことをどう思っている？　息を吸いこんで不安を振り払おうとし、今朝起きたことがなんにせよ、マキシムが早く解決して戻ってきてくれるよう祈った。彼が出かけてすぐだというのに、もう家のなかが空っぽに思える。この数日は幸せの一言だったし、ロンドンに戻ることにならないよう、祈るばかりだ。現実に戻る心の準備はまだできていない。マキシムとここで過ごした数日は、人生でもっとも幸せな時間だ。いまはただ、皿を洗い終えて、シャワーを浴びよう。


トレシリアンホールまで、裏道を進んだ。そのほうが、表通りを行くより早いからだ。雨足が強まって、フロントガラスと屋根を雨粒がたたきつけるなか、細い道に車を走らせる。領地の南側の入り口にある門番小屋を過ぎて、家畜の脱走防止用のでこぼこした溝で速度を落とし、私道に入るとふたたび速度をあげて南の牧草地を抜ける。冬の雨のなかでは、あたりはもの寂しく湿って見え、ところどころに羊がいた。春になればまた家畜が出てきて草をはむだろう。葉を落とした木々のあいだから屋敷が見えた。広い谷にいだかれた濃い青灰色のゴシック様式の屋敷は、ブロンテ姉妹の小説のどれかから抜けだしてきたかのように、あたりの景色を支配している。もともとの家は、ベネディクト修道会の小修道院の敷地に建てられたのだが、その土地と修道院は、ヘンリー八世による修道院解散の際に没収された。それから一世紀を経た一六六一年、王政復古に続いて、領地はトレヴェシック伯爵の肩書とともに、チャールズ二世に仕えた褒美としてエドワード・トレヴェリアンに与えられた。彼が建てた屋敷は一八六二年の火事で全焼し、その後、小尖塔や模造の銃眼つき胸壁などで飾りたてられた、このネオゴシック様式の奇怪な建物が建てられた。代々のトレヴェシック伯爵の邸宅であり、四方八方に広がるこの大きな屋敷を、おれは昔から愛してきた。

それがいまや自分のもの。

おれの管理下にある。

もう一つの家畜脱走防止用の溝を越えて屋敷の裏手を進み、キットの車のコレクションが収められている古いガレージの外で、停車した。ジャガーをおりて厨房のドアに駆け寄ると、ありがたいことに開いていた。

ジェシーが朝食を作っており、キットの犬二匹がその足元にいた。「おはよう、ジェシー」声をかけて厨房を駆け抜けたおれに、ジェンセンとヒーレーが跳ね起きてついてくる。

ジェシーの声が廊下を追ってきた。「マキシム！　じゃなくて、旦那《マイロード》さま！」

それを無視してキットの書斎を目指した。いや、おれの書斎を。部屋に入ると、まるでいまも兄がいるような感覚とにおいがして、どこからともなくこみあげた喪失の痛みに貫かれ、思わず足が止まった。

ああ、キット。どうして逝ってしまった。

実際は、この書斎はまるでいまも父がいるように見えた。キットはいっさい変化を加えず、ただｉＭａｃだけを導入した。ここは父の避難所だった。壁は血のように赤く塗られ、父が撮った写真で飾られている。風景写真、人物写真、母の写真も数枚。家具は戦前にさかのぼるもので、おそらくは一九三〇年代の品だ。犬たちはしっぽを振って舌を垂らし、机に歩み寄るおれに飛びついてきた。

「おはよう、ジェンセン、ヒーレー。ようし、よし。いい子だ」二匹を撫でてやる。

「旦那《サー》さま、お会いできてうれしいのですが、なにかあったんですか？」ジェシーが尋ねながら入ってきた。

「チェルシーの部屋に空き巣が入った。ここから対処しようと思う」

「まあ、たいへん！」ジェシーが片手で口を覆った。

「けが人はいない」安心させようとして言う。「いまオリバーが現地に行って、被害を確認してくれている」

「ひどい話ですね」ジェシーは両手をもみしだいた。

「まったくむしゃくしゃするよ」

「なにかわたしにできることは？」

「コーヒーをもらえるかな」

「すぐにお持ちします」ジェシーが急ぎ足で出ていくと、ジェンセンとヒーレーは悲しげな顔でおれを見てから、あとを追って出ていった。おれはキットの——いや、おれの机についた。

ｉＭａｃを立ちあげてログインし、〈フェイスタイム〉を開くと、連絡先一覧からオリバーの名前を選択してクリックした。

強力なシャワーヘッドの下で、アレシアは全身を流れ落ちる湯を楽しんでいた。ロンドンに戻ったら、これが懐かしくなるだろう。髪を洗っていると、だんだん気が滅入ってくる。コーンウォールで過ごした二人だけの時間は、本当に夢のようだった。このすてきな家で彼と分かち合った一秒一秒を、きっと一生忘れないだろう。

マキシム。

シャンプーで髪を洗いながらも、不安を拭えなくて片目を開けた。バスルームのドアには鍵をかけたが、落ちつかない。一人でいることには慣れていないし、マキシムがいないと妙な感じだ。存在を感じることが当たり前になってしまった。いたるところで。そう思うと同時に頬が染まって笑みが浮かんだ。

そう、いたるところで。

あとはただ、勇気を出して触れるだけ……彼のいたるところに。

空き巣の被害はほとんどなかった。暗室は手つかずだったのでカメラは無事だし、感傷的な言い方をすれば、父のカメラを失わずにすんだ。また幸いなことに、空き巣は金庫を見つけていなかった。盗まれたのは靴数足にジャケット数枚だが、寝室には服が散らかっているので、はっきりしたことはわからない。

一方、客間はひどいありさまだった。壁にかけられた写真はすべて引き裂かれ、ｉＭａｃは床に落として壊され、ノートパソコンとミキサーはなくなり、レコードは床に撒き散らされている。運よく、ピアノは無傷だった。

「被害の状況はこんなところだ」オリバーが言う。携帯電話を掲げてカメラ機能を用いながら、おれがパソコンで全体をチェックできるようにしてくれている。

「ひどいことをするやつがいるな。いつ押し入られたのか、わかったか？」おれは尋ねた。

「いや。隣人はなにも見ていないそうだ。まあ、週末のあいだならいつでも可能だっただろう」

「金曜の、おれが出たあとかもしれないな。しかし、どうやって入ったんだ？」

「玄関の状況は見せたな？」

「ああ。なにか重いもので無理やり開けたんだろうな。むかつく連中だ。おれも急いで出たから、警報装置をセットし忘れたに違いない」

「警報装置は鳴っていないから、十中八九、そうだろう。だがセットされていたとしても、犯人があきらめたとは思えない」

「すみません……」フラットのどこかから聞こえた姿のない声に、会話を遮られた。

「きっと警察だ」オリバーが言う。

「通報したのか？　仕事が速いな。よし。じゃあ警察の見解を聞いてから、折り返し電話をくれ」

「わかった」オリバーは言い、電話を切った。

おれは沈んだ気持ちで画面を見つめた。ロンドンへは戻りたくない。アレシアと一緒にここにいたい。

ドアをノックする音がして、戸口にダニーが現れた。「おはようございます。空き巣に入られたそうですね」

「おはよう、ダニー。そうなんだ。だが部屋を荒らされただけで、取り返しのつかない被害はなかったらしい」

「荒らされただけなら、ミセス・ブレイクがきっときれいにしてくれますよ。それにしても、腹の立つこと」

「まったくだ」

「朝食はどこで召しあがります？」

「朝食？」

「ええ、ジェシーが用意しました。好物のフレンチトーストですよ」

困ったな。用事がすみしだい、アレシアのところへ戻るつもりだったのだが。

迷いを感じとったのだろう、ダニーが眼鏡の上から〝あの表情〟でおれを見た。こうされると、子どものころはおれだけでなく、キットもメアリアンも怖気づいたものだ。

〝さあ、いい子にしてお食事をなさいませ。さもないとお母さまにご報告しますよ〟

ダニーはいつも母を切り札にしたものだ。

「召使い全員と一緒に厨房でいただこう。ただし、手短に」

「かしこまりました」

　シャワーを浴び終えたアレシアは、タオルを体に巻きつけた。ウォークインクローゼットに入り、数日前にマキシムが買ってくれた服のなかから着るものを選ぶ。どうにも不安が拭えない。

聞き慣れない音がするたびに、跳びあがってしまう。これまで、一人になったことはめったにない。クカスの家では常に母がそばにいたし、夜には父もいた。ブレントフォードの家でも一人だったことはほとんどなく、たいていマグダかミハウがいた。

目の前の作業に集中しよう。なにしろ、新しい服を手に入れたのだから。ブラックデニムと灰色のトップスに、きれいなピンク色のカーディガンをはおることにした。選んだ組み合わせを、マキシムが気に入ってくれるといいのだが。

服を着たら、ドライヤーを取ってスイッチを入れた。高音のうなりが静寂を満たした。


厨房に入ってみると、人が多く、早朝のやりとりでにぎわっていた。なかにはクレー射撃で世話になったジェンキンスもいる。おれを見るなり全員が立ちあがり、いかにも封建的に敬意を示した。おれは妙に苛立《いらだ》ったが、なにも言わないことにした。「おはよう、みんな。どうぞ座って、食事を楽しんでくれ」

召使いたちは口々に、旦那さま《マイロード》と笑顔でつぶやいた。

全盛期のトレシリアンホールは三百五十人以上の召使いを雇っていたが、いまでは十二人の常勤者と、二十人前後の非常勤者でやりくりしている。小作人は八人いて、先だっての領地訪問では全員と顔を合わせた。一万エーカーの土地で、家畜と作物を育てている。すべて有機だ。父のおかげで。

トレヴェシックの伝統により、屋外の召使いと屋内の召使いはテーブルをともにしない。いまは領地管財人助手と猟場管理人と庭師がジェシーの作った朝食を味わっている。見ればフレンチトーストがのっているのは、おれの皿だけだった。

「空き巣にやられたそうですね」ジェンキンスが言う。

「残念ながら、そうなんだ。まったく腹が立つよ」

「お気の毒に、ミロード」

「マイケルは？」

「今朝は歯医者です。十一時ごろには来ると言ってました」

おれは朝食にかぶりついた。口のなかで溶けるようなジェシー自慢のフレンチトーストに、子どものころを思い出す。キットと二人、クリケットの試合結果について話したり、テーブルの下で蹴った蹴られたと言い合いをしたり。かたや幼いメアリアンは本に没頭していて……そしてジェシーのフレンチトーストにはいつも、とろとろに煮た果物が添えられていた。今日はシナモンを効かせたりんごだ。

「こちらにいらしてくださって、うれしいんですよ、旦那さま《マイロード》」ダニーが言う。「急いでロンドンへお戻りにならなくてすむといいんですけど」

「まだ警察が到着したばかりだ。もう少ししたら状況がわかるだろう」

「ミセス・ブレイクに空き巣のことを知らせておきました。アリスと一緒にお部屋へ行って、片づけをするそうです」

「ありがとう。彼女に連絡をとるよう、オリバーに伝えておくよ」

「〈ハイドアウト〉では楽しんでらっしゃいます？」

おれはにっこりしてみせた。「大いにね。ありがとう。おかげでとても快適だ」

「昨日は大活躍だったと聞きました」

「楽しかったよ。きみのおかげだ、ジェンキンス」

ジェンキンスはうなずき、ダニーはほほえんだ。「それで思い出しました」ダニーが続ける。

「昨日、とてもいやな感じの男二人が旦那さまを訪ねてきたんです」

「ええ？」おれだけでなく、その場にいた全員が耳をそばだてた。ダニーが青ざめる。

「旦那さまがどこにいらっしゃるのか、しつこく訊くので、追い返しました」

「いやな感じの男？」

「荒っぽい印象で、喧嘩腰でした。東欧出身だと思います。とにかく――」

「まずい！」アレシア！


アレシアは髪にブラシをかけた。ようやく乾いたので、ドライヤーのスイッチを切る。依然として落ちつかない。なにか音がしたような気がするものの、きっと下の入り江にぶつかる波の音が聞こえただけだろう。立ちあがり、窓から海を見おろした。

ミスター・マキシムが海をくれた。

ビーチではしゃいだことを思い出すと笑みが浮かぶ。雨足が弱まってきたから、今日も海岸を散歩できるかもしれない。それから、またあのパブでランチ。あの日は楽しかった。ここで彼と過ごす毎日が楽しい。

そのとき階下から、家具が木の床をこする音と抑えた男性の声が聞こえた。

どういうこと？

マキシムがだれかを連れて戻ってきたの？

「静かに《ウルテ》！」ひそひそ声でだれかが言った。母国語だ！　恐怖とアドレナリンが全身を駆けめぐり、アレシアは寝室に立ち尽くした。

ダンテとイーリィだ。

見つかってしまった。

第21章

猛スピードで車を走らせ、家畜脱走防止用の溝も音をたてて越え、もっと速く走れとジャガーに念を送った。家に帰らなくては。息をするのも苦しい。不安で胸がつぶれそうだ。

アレシア。

なぜ一人にさせてしまったのだろう？　もし彼女になにかあったら……一生自分を許せない。

脳みそがフル回転する。

あの連中だろうか？　アレシアをイギリスへ連れてきた男たち？　吐き気がする。どうしてここにいるのがわかった？　どうやって？　フラットに押し入ったのも同じ連中かもしれない。それでトレヴェシックの領地とトレシリアンホールに関する情報をつかんだのか。そうしてここへたどり着き、あれこれ訊いて回った。屋敷を訪ねてくるとは、なんたる神経。おれはハンドルを握りしめた。

急げ、急げ、急げ。

もし〈ハイドアウト〉にいるアレシアが連中に見つかってしまったら……二度と会えなくなる。

動揺が広がった。

アレシアはおぞましい裏社会に引きずりこまれ、絶対に見つけだせなくなる。

いやだ。絶対に。

ハンドルを切ってカーブを曲がり、生垣に砂利を散らした。


アレシアの心臓は早鐘を打ち、耳のなかでは血管が脈打つ音が聞こえ、頭からは血の気が引いた。一度、二度、部屋が旋回し、脚がくがくと震えだす。

もっとも恐れていた悪夢が訪れた。

寝室のドアが開いているので、階下のささやき声が聞こえる。どうやって入ってきたの？　階段がきしる音で、呪いが解けたかのごとく行動に移った。バスルームに駆けこんで静かにドアを閉じ、必死に息をしながら、汗ばんだ震える手で鍵をかける。

どうしてここがわかったの？

どうして？

恐怖でめまいがする。無力感に襲われつつ、バスルームを見まわして武器になりそうなものを探した。なんでもいいから、身を守れそうなものを。マキシムの剃刀？　わたしの歯ブラシ？　両方をつかんで、お尻のポケットに滑りこませた。

続いて引き出しを開けたが、空だった。なにも入っていない。

できることといえば、隠れることだけ。そしてドアが持ちこたえるのを祈るだけ。マキシムが戻ってくるまで。

ああ、マキシム！

とうてい相手にならないだろう。マキシムは一人で、向こうは二人だ。マキシムが怪我をするかと思うと涙がこみあげてきて、アレシアはずるずると床にうずくまった。二人が押し入ってこようとしたときのために、人間の重しになろうと、ドアに寄りかかる。

「なにか聞こえた」イーリィだ。もう寝室のなかにいる。ああ、いつから母国語がこれほど恐ろしくなったのだろう？ 「あのドアをチェックしろ」

「そこにいるんだろう、くそアマ」ダンテが大声で言い、バスルームのドアの取っ手をつかんで開けようとする。アレシアはこぶしを口に押し当てて悲鳴をこらえ、頬を伝う涙を感じた。体が震えだし、恐怖に呑まれそうだ。呼吸が乱れ、浅く速いものになる。これほどの恐怖を感じたことはなかった。イングランドへ向かうトラックのなかでも、ここまでではなかった。いまのアレシアは完全に無力。戦い方は知らないし、この部屋には逃げ道がない。そしてマキシムに警告する術《すべ》はない。

「出てこい！」ダンテの大声に、アレシアは飛びあがった。ドアを挟んでいるとはいえ、声は耳から数センチのところで聞こえた。「ドアを壊して入ってこいと言うなら、おまえがもっと苦しむことになるんだぞ」

アレシアはぎゅっと目を閉じて、すすり泣きをこらえた。突然、ドアの向こうから穀物袋が床に落ちるようなどしんという音が聞こえて、大声の悪態が続き、アレシアは後ろに飛びすさった。

ああ、そんな。

体当たりでドアを壊そうとしている。けれどドアは持ちこたえてくれた。アレシアは立ちあがってドアに足をあてがい、靴も靴下も履いていないことを悔やんだ。石灰石の床を足の指でつかみ、全体重をドアにかけて、なんとしても破らせまいとする。

「そっちに行ったら殺してやるからな。おい、聞いてるか？　おまえのせいでいくら損をさせられたか、わかってるのか？　なあ？」

またドアに体当たりをする。

そのとき、アレシアにはわかった。もはや時間の問題だ。絶望に襲われて、すすり泣きが漏れそうになる。結局、勇気を出してマキシムに愛していると伝えられなかった。

ジャガーで通りを疾走し、ついに〈ハイドアウト〉が近づいてきたとき、少なくとも一年分の汚れがこびりついた古いＢＭＷが、ガレージの外にでたらめに停められているのが見えた。

くそっ、見つかったか。

いやだ。いやだ！

恐怖と怒りが過熱状態になり、呑みこまれそうになる。

アレシア！

落ちつけ。冷静になって考えろ。考えるんだ。

ゲートのすぐそばに車を停めた。これなら連中もここからは出られないだろう。正面の階段をおりていけば敵に見つかって、不意打ちの機会を失ってしまう。車のドアを開けて、めったに使われることのない横手のゲートに走ると、洗濯室のドアを目指した。呼吸が浅く速いものになる。アドレナリンが血管に流れこみ、心拍数を倍にする。

落ちつけ。冷静に、だ。

洗濯室のドアは細く開いていた。

連中はここから忍びこんだのかもしれない。息を吸いこんで心を落ちつかせると、心臓が早鐘を打つのを感じながら、そっとドアを押し開けてなかに入った。アドレナリンで感覚が研ぎ澄まされている。自分の息遣いがうるさいほどだ。

静かに。静かにしろ。

そのとき叫び声が聞こえた。上階から。

だめだ、やめろ。

髪の毛一本でも触れたら殺してやる。壁の高い位置にあるガンキャビネットに向かい、鍵を開けた。昨日、ビーチへ散歩に行く前に、ここに散弾銃を収めた。どうにか冷静さを保ちつつ、できるだけ静かにパーディ社製の一本をつかみとる作業に集中した。なめらかな動きで手に取り、銃身を開いて弾薬筒を二つこめる。さらに四つをコートのポケットに収めた。父が銃の撃ち方を教えてくれたことに、いまほど感謝したことはなかった。

冷静にだぞ。彼女を救えるとしたら、冷静さを失わなかったときだけだ。

呪文のように、くり返し頭のなかで唱えた。安全装置を外し、銃を肩に押し当てて、メインルームに入っていく。この階にはだれもいないようだが、上の階から激しくぶつかる音と、外国語の怒声が聞こえた。

そして、アレシアの悲鳴。

ついにドアが破られてアレシアは悲鳴をあげ、バスルームの床に弾き飛ばされた。ダンテが転がりこむように入ってくる。アレシアは恐怖で身動きもできず、体を丸めてただすすり泣いた。膀胱《ぼうこう》が緩んで液体が脚を伝い、新しいジーンズに染みる。

終わりだ。

のどが狭まり、短く浅い息しかできない。恐怖で目が回る。

「こんなところにいやがったとはな」髪をつかんで上を向かされた。

悲鳴をあげると、頬に平手打ちが飛んでくる。

「おまえのせいでどれだけ損をさせられたか、わかってるのか？　その体で全額きっちり返してもらうぞ、この売女が」顔と顔は数センチと離れていない。目は黒く野蛮で、怒りに満ちている。アレシアは吐き気を催した。息がくさい。舌の上でなにかが死んだかのようだ。それに体臭。不潔なにおいが波のように押し寄せてくる。

また平手打ちが飛んできたと思うや、今度はつかんだ髪で引っ張り起こされた。激痛が走る。頭皮が剝がれそうだ。

「ダンテ！　痛い！　やめて！」泣き声で訴えた。

「べそべそすんな、この汚い売女が。ほら、歩け！」激しく揺すぶってから、寝室のほうへ乱暴に押しだす。そこにはイーリィが待っていた。アレシアはばったりと床に倒れ、すぐにまた体を丸めた。

こんなこと、現実であるわけがない。

固く目を閉じて、かならず来るだろう痛みに身構える。

いいから殺して。早く殺して。死んでしまいたい。

「は！　漏らしやがった。汚えな、くそ女。おれさまが犯してやろうか」ダンテが偉そうに周りを歩き、腹を蹴りつけてきた。

痛みに全身を貫かれ、アレシアは叫んだ。息も絶え絶えになる。

そのときだった。「彼女から離れろ、汚らわしい豚ども！」マキシムの声が部屋中に響き渡った。

ええ？

かろうじてまぶたを開くと、ぼやけた視界にマキシムがいた。

戸口に立ち、黒いコートに身を包んだ姿は、さながら復讐の大天使だ。緑の目は殺意に輝き、手には上下二連式の散弾銃が構えられている。

来てくれた。銃を持って。


悪党がくるりと振り返った。衝撃に青ざめて後ろに飛びすさり、唖然としておれを見つめる。青白いはげ頭に、じわりと汗がにじんだ。細面の仲間のほうも一歩さがり、唇を引きつらせながら両手をあげる。ぶかぶかのパーカーに身を包んだ、薄汚いネズミのような男だ。引き金を引きたい衝動に負けそうになったが、自制心を総動員してこらえた。はげ頭が警戒の目でおれを品定めしている。撃つか？　その度胸はあるか？

「その気にさせるな！」おれは怒鳴った。「両手はあげたままだ。さもないと二人とも殺す。彼女から離れろ。いますぐ！」

はげ頭は慎重にもう一歩さがり、おれとアレシアをすばやく見比べながら、選択肢を吟味している。

おまえに選択肢などない。

愚か者が。

「アレシア、立て。早くこっちへ！」まだ悪党の手が届く範囲にいるアレシアに、大声で言った。即座にアレシアがよろよろと起きあがる。片方の頰が真っ赤なのは、くそ野郎に殴られたからだろう。いますぐ頭を吹き飛ばしてやりたい衝動をこらえた。「おれの後ろに隠れろ」食いしばった歯のあいだから言った。

アレシアが後ろに回ると、背後から怯えた息遣いが聞こえた。「二人とも、床に膝をつけ！」おれは怒鳴った。「早く！　一言もしゃべるな」

悪党どもがすばやく視線を交わした。

おれは引き金に指をかけた。「弾は二発。どちらもすぐに発射できる。つまり二人とも仕留められるということだ。そうだな、タマを吹き飛ばしてやろう」はげ頭の股間に銃口を向けた。

青ざめたひたいに両眉がつりあがり、男たちは床に膝をついた。

「両手を頭の後ろに回せ」

どちらも言われたとおりにしたが、そのとき初めて、拘束するものを持っていないことにおれは気づいた。

しまった。

「アレシア、大丈夫か？」

「ええ」

ポケットのなかで携帯電話が鳴りはじめた。まずい。きっとオリバーだ。

「アレシア、ジーンズの尻ポケットに携帯が入っている。取ってくれるか？」悪党どもに狙いを定めたまま、言った。アレシアがすぐさま従う。「出てくれ」背後でなにをしているかは見えないが、ほどなくアレシアの声が聞こえた。

「もしもし？」そう言って少し間を置いてから、恐怖によるひそひそ声で続けた。「わたしはミスター・マキシムの掃除婦です」

ああ、きみはもうただの掃除婦じゃない。

はげ頭が相棒のねずみ男に、吐き捨てるように言った。「アーシュタ・パストゥルエージャ・エ・ティ。ノセ・メ・パストゥルエーセ・ドテ・スアーシュ・コンクビーネ」

「アーヨ・ヌーク・ヴレン・アースジェ。グルアージャ・アシュート・シャクール・ペルメ・バイト」ねずみ男が返す。

「黙れ！」おれは二人に怒鳴って、アレシアに尋ねた。「電話はだれから？」

「オリバーという男の人」

「オリバーに伝えてくれ、〈ハイドアウト〉で侵入者二人をつかまえたから、警察に通報しろ。ダニーに電話して、いますぐジェンキンスをこちらへよこすよう頼め、と」

アレシアは、つかえながらも伝言をやりとげた。

「説明はあとでする」

アレシアがおれの言葉を電話口でくり返す。「ミスター・オリバーが、すぐに言われたとおりにすると……ええ、はい。それじゃあ」そして電話を切った。

「二人とも、床に伏せろ。うつ伏せだ。両手は頭の後ろに回したまま」はげ頭がちらりとねずみ男を見た。なにかやるつもりか？　おれは前に出て銃口をさげ、頭を狙った。

「どなたか！」階下から声がした。ダニーだ。もう連絡が？　ありえない。

「ダニー、上だ！」おれは悪党二人から目をそらさずに、大声で言った。筒先を動かし、おまえたちは伏せていろと無言の指示を与える。二人が従ったので、寝室の床でうつ伏せになっている悪党どもに歩み寄った。「動くなよ」銃口をはげ頭の背中に押し当てて言う。「少しでも動いてみろ、銃弾が背骨を砕いてはらわたを貫き、おまえは苦痛に悶《もだ》えながらゆっくりと死ぬことになる――まあ、おまえたちのような獣にはふさわしい死だ」

「やめろ。頼む」強い東欧訛りで、はげ頭が哀れっぽく訴えた。

「黙ってじっとしていろ。わかったな？　わかったらうなずけ」

二人とも、がくがくとうなずいたので、ちらりとアレシアを振り返ってみると、青ざめて目を見開き、両腕で自分を抱くようにして、戸口に立ち尽くしていた。その後ろにダニーが現れる。続いてジェンキンスも。

「ええ？」ダニーが驚いて、手で口を覆う。「どうなってるんです？」

「オリバーから連絡は？」

「いえ、ミロード。朝食の席からあんな風に駆けだしてゆかれたので、急いで追ってきたんです。なにかあったに違いないと思って……」

ジェンキンスは、いちばん後ろから室内をのぞきこもうとしている。

「この二人は誘拐目的でここに押し入った。アレシアをさらう目的で」また銃口をはげ頭の背中に押し当てる。「なにか縛るものはないか？」床の上の男どもに視線を据えたまま、ジェンキンスに尋ねた。

「ランドローバーの後ろに梱包用の麻ひもを積んでます」そう言うと、ジェンキンスは急いで階段をおりていった。

「ダニー、すまないがアレシアを屋敷へ連れていってくれないか」

「いやよ」アレシアが言う。

「行くんだ。警察が来たときに、きみはここにいないほうがいい。おれもなるべく早くそっちへ向かう。ダニーと一緒なら安全だ」

「さあ、行きましょう」ダニーが言う。

「着替えがほしいの」アレシアが小声で言った。

おれは眉をひそめた。なぜ？

ウォークインクローゼットに駆けこんだアレシアは、ほどなくこのあいだの買い物袋の一つを手に、駆けだしてきた。おれにはわからない表情でちらりとこちらを見てから、ダニーについて階段をおりていった。

アレシアは、フロントガラスの向こうを見るともなく見つめた。両腕で自分を抱きしめて、ダニーという名の年配の女性が運転する大きな車で、田舎道を揺られる。

どこへ向かっているの？

頭痛がして、頭皮と顔はずきずきした。息をすると脇腹も痛むので、呼吸を浅いものに抑える。別荘のソファにかけてあったブランケットで、ダニーがくるんでくれていた。

「風邪を引いたらたいへんですからね」年配の女性はそう言った。

穏やかなやさしい声で、アレシアの知らない訛りがある。これほど親切にしてくれるとは、ミスター・マキシムの親しい友人に違いない。

マキシム。

助けに来てくれたときの姿を忘れることはないだろう。ロングコートに身を包み、散弾銃を振りまわすさまは、昔のアメリカ映画に出てくるヒーローのようだった。

それなのにわたしは、二人相手ではかなわないと思っていたなんて。

胃が暴れた。

戻しそうだ。

「すみません、車を停めて」

ダニーがブレーキを踏むやいなや、アレシアは転がるように車を出た。腰を折って、道端に朝食を吐く。

ダニーがそばに来て、アレシアが何度も戻すあいだ、髪を押さえていてくれた。胃が空になるまで吐いて、ようやく震えながら体を起こした。

「かわいそうに」ダニーがハンカチを差しだす。「早く屋敷《ホール》へ行きましょう」

ふたたび車で走りだすと、遠くからサイレンの音が聞こえたので、警察が〈ハイドアウト〉に到着したところをアレシアは想像した。身震いが起きて、手のなかのハンカチを握りしめる。

「心配いりませんよ」年配の女性が言う。「もう大丈夫」

アレシアは首を振りながら、ついさっき起きた一連のできごとを理解しようとした。

あの人に救われた。また。

どうやってお礼をすればいいのだろう？


ジェンキンスは手早く悪党二人組の両手を背後に回し、麻ひもで縛った。さらに両足首もきつく縛る。「旦那さま《マイロード》」ジェンキンスが言い、ねずみ男のパーカーがめくれた部分を指差した。ズボンの穿き口から拳銃の握りがのぞいている。

「武器を持っての家宅侵入か。ますます楽しくなってきたな」ねずみ男がその武器をおれにもアレシアにも使わなかったことを、心から感謝した。ジェンキンスに散弾銃を渡し、少し迷ってから、はげ頭の脇腹に強い蹴りを一発お見舞いした。当然の報いだ。「いまのはアレシアのぶん」ジェンキンスの見守る前で、はげ頭が痛みにうなる。おれはさらにもう一発、もっと強く蹴った。

「それからこれは、おまえがこれまでに売ってきた女性たちのぶんだ」

ジェンキンスが息を呑んだ。「そいつ、人身売買を？」

「ああ。こいつもな！　アレシアを追ってきたんだ」おれが言い、憎しみの目でにらみあげていたねずみ男をあごで示すと、ジェンキンスがすばやくねずみ男を蹴りつけた。

はげ頭のそばに膝をついたおれは、耳をつまんでこちらを向かせた。「きさまらは人間のくずだ。刑務所で朽ち果てるがいい。房の鍵はかならず処分させる」はげ頭が唇をすぼめておれの顔につばを吐こうとしたが、的は外れ、唾液ははげ頭本人のあごを伝った。おれは大きな音をたてて、男の頭を床にたたきつけた。割れるような痛みに苦しむといい。立ちあがって、また蹴りつけたい衝動をこらえた。

「ここで片づけて、死体を捨てることもできますよ、旦那さま《マイロード》」ジェンキンスが言い、銃口をねずみ男の頭に押し当てた。「領地内なら、だれにも見つかりません」一瞬、ジェンキンスが冗談を言っているのか本気なのか、おれにはわからなかった。だがねずみ男は本気だと思ったらしい、満面に恐怖をたたえて、ぎゅっと目を閉じた。

ようやくアレシアの気持ちがわかったか。

「惹かれる提案だが、部屋がひどく汚れるし、掃除の者が困るだろう」

そのときサイレン音が聞こえて、全員が顔をあげた。

「それに、法律というささやかな問題もあるしな」おれはつけ足した。


かわいらしい古風な家の角を曲がって細い道に入ると、古い車は道に敷かれた金属製の溝の上をがたがたと進んだ。冬なのに、このあたりは草が青々と生い茂っている。車はなだらかに広がる牧草地をのんびりと進んだ。見たところ、ここへ来てから目にしてきた野原と違って、手入れがされているようだ。ところどころにはよく太った羊もいる。そんななかをがたごとと進んでいくと、前方にそびえる大きな灰色の家が見えてきた。立派なお屋敷だ。これほど大きな家は見たことがないが、煙突には見覚えがある。マキシムと散歩をしていたときに道路から見えた煙突だ。だれかの家の煙突だとマキシムは言っていたものの、思い出せない。おそらくダニーはここに住んでいるのだろう。

ここに住んでいるのなら、どうしてミスター・マキシムのために料理をするの？

ダニーは車を屋敷の裏手に回し、裏口のそばに停めた。

「さあ着きました」ダニーが言う。「トレシリアンホールへようこそ」

アレシアはほほえもうとしたが、うまくいかないまま車をおりた。まだふらつく脚で、ダニーに続いて裏口をくぐると、キッチンのような場所に出る。広々とした空間で、やはりこれほど大きなキッチンは見たことがない。木の食器棚。タイル張りの床。どこも塵一つなく片づいている。古いけれど現代的でもあって、ガス台はなんと二つだ。そして、少なくとも十四人は座れるだろう巨大なテーブルが置かれていた。赤褐色のすらりとした犬が二匹、跳ねるようにこちらへやってくるのを見て、アレシアはたじろいだ。

「やめ、ジェンセン。やめ、ヒーレー！」ダニーの命令で二匹はぴたりと止まった。床に伏せ、大きな目に期待を浮かべて二人の女性を見あげる。アレシアはこわごわ犬を見つめた。きれいな猟犬だ……けれど生まれ育った土地では、犬は家のなかで暮らさない。

「怖くありませんよ。二匹とも、あなたに会えて喜んでるだけ。さあ、こちらへどうぞ」ダニーが言う。「お風呂はいかが？」気遣いとやさしさに満ちた声だったが、アレシアは恥ずかしさのあまり、赤面した。

「ぜひ」小さな声で答える。気づかれているのだ！　ジーンズを濡らしてしまったことを、気づかれている。

「さぞかし怖い思いをなさったんでしょう」

アレシアはうなずき、こみあげる涙をまばたきでこらえた。

「ああ、お嬢《ラシー》さん、泣かないで。旦那さまが悲しまれます。大丈夫、心配いりません」

旦那さま？

ダニーに続いて板張りの廊下を進んだ。両側には古い油絵が飾られていて、風景や馬、建物、宗教的な場面が描かれたもののほかに、肖像画も何枚かあった。閉じたドアの前をいくつも通りすぎて、狭い木の階段をあがり、また板張りの長い廊下を進む。ようやくダニーが足を止めてドアを開けると、白いベッドに白い家具、水色の壁というきれいな部屋が現れた。ダニーが部屋の奥へ進み、専用のバスルームに入って、蛇口をひねる。アレシアはブランケットにくるまったままその背後にたたずみ、湯がどうどうと浴槽に流れこんで湯気がのぼるさまを眺めた。ダニーがいい香りのバブルバスを足した。その香りでアレシアは、〈ハイドアウト〉にあったのと同じ、〈ジョー・マローン〉だと気づいた。

「タオルを持ってきますね。服はベッドのそばに置いておいてもらえれば、すぐに洗いますよ」

ダニーはそう言って同情の笑みを投げかけ、アレシアを一人残して出ていった。

アレシアは浴槽に流れこむ湯を見つめた。泡が立って水面に広がる。古い浴槽だ。猫足のついた浴槽。体が震えだし、ブランケットをつかむ手に力をこめて、さらにきつくくるまった。

ダニーがきれいなタオルを持って戻ってきたときも、アレシアはその場に立ち尽くしていた。ダニーが白い籐椅子にタオルをかけて、蛇口をひねって湯を止め、アレシアのほうを向く。澄んだ青い目は思いやりに満ちていた。「お風呂はやめておきますか？」

アレシアは首を振った。

「ここにいましょうか？」

今度はうなずいた。一人になりたくなかった。ダニーが同情のため息をついた。

「それじゃあ。服を脱ぐのを手伝いましょうか」

アレシアはもう一度、うなずいた。


「あとは、あなたの婚約者から話を聞かせていただきます」ニコルズ巡査は言った。おれと同年代の女性で、背が高くすらりとした体つきに切れ者らしい涼しげな目元をして、おれの言ったことをすべて帳面に書きつけている。おれはダイニングテーブルを指でたたいていた。あとどれくらいかかる？　早くアレシアのもとへ行きたい。おれの婚約者のもとへ……。

ニコルズ巡査も、彼女の上司のナンカロー巡査部長もテーブルについて、アレシア誘拐未遂という忌まわしい事件の顚末《てんまつ》に辛抱強く耳を傾けていた。当然ながら、おれは一部を隠したが、できるかぎり事実に沿った話をした。「もちろん」おれは答えた。「ただし、彼女が落ちついてからにしてほしい。連中にかなり手荒な真似をされたんだ。もしおれがあのタイミングでここへ駆けつけていなかったら……」背筋に震えが走り、つかの間、目を閉じた。

二度と彼女に会えなかったかもしれない。

「お二人とも、たいへんな目に遭われましたね」ナンカロー巡査部長は嫌悪感もあらわに首を振った。「婚約者の女性は、医師の診察を受けられますか？」

「ああ」ダニーがすでに手配してくれているといいのだが。

「早くよくなるよう、祈っていますよ」巡査部長は言った。

ナンカローが来てくれてよかった。彼のことは幼いころから知っている。夜更けのにぎやかなパーティやビーチでの飲み会で何度かばったり遭遇したことがあるが、常に公正な男だ。それにもちろん、キットの悲劇的な事故を知らせに来てくれたのも、彼だった。

「前科があれば、データベースに記録が残っているでしょう。軽犯罪だろうと重犯罪だろうと、すべて検索できますから、ロード・トレヴェシック」ナンカローが続ける。「訊くべきことは全部訊いたか、ニコルズ？」仕事熱心な部下に尋ねる。

「はい。ご協力、感謝します」ニコルズがおれに向けて言った。その顔はどうも興奮しているようで、おそらく誘拐未遂事件を扱うのはこれが初めてなのだろう。

「よし」ナンカローが満足そうにほほえんだ。「しかし、きれいな家ですね」

「ありがとう」

「最近は、どうです？　お兄さんが、その、亡くなられてからは」

「なんとかやっているよ」

「悲しい事故でした」

「本当に」

「立派な方でしたからね」

おれはうなずいた。「まったくだ」携帯電話が鳴ったので、画面を見ると、オリバーからだった。ひとまず電話は無視した。

「われわれはこのへんで失礼します。捜査の進展についてはまたご連絡いたします」

「チェルシーのフラットに押し入ったのも、同じ連中だろうな」

「その点も忘れず捜査します」

玄関まで二人を見送った。

「そうだ、ちょっと気が早いですが、ご結婚おめでとうございます」ナンカローが言い、手を差しだした。

巡査部長の手を握って、おれは言った。「ありがとう。婚約者にも伝えるよ」

その前に、まずプロポーズしなくてはならないが……。


熱い湯に、身も心も安らいだ。ダニーは汚れた服を洗濯しに行った。すぐに戻る、と約束して。それから車に積んだアレシアの残りの服を取りに行き、頭痛のための鎮痛剤も持ってきてくれるという。ずきずき痛むのは、ダンテに髪をつかんで引っ張り起こされたせいだ。震えは治まったものの、不安は残っている。まぶたを閉じると、目の前に突きつけられたダンテの怒った顔しか浮かんでこない。急いでまぶたを開いたが、においを思い出して身震いした。

ああ《ゾート》。あの悪臭。汗と汚れのたまったにおい。それに口臭も。

吐き気がこみあげ、記憶を洗い流すように顔に湯をかけたが、平手打ちされたところがひりひりしただけだった。

イーリィの言葉がよみがえる。

〝ノセ・メ・パストゥルエーセ・ドテ・スアーシュ・コンクビーネ〟

〝掃除婦というのは愛人のことか〟

愛人。

ぴったりの言葉。認めたくはないが、それが事実だ。わたしはマキシムの愛人——そして彼の掃除婦。ますます気が滅入ってきた。わたしはなにを期待していたの？　父に逆らった瞬間から、運命は決まっていたのに。けれどほかに選択肢はなかった。もしもあのままクカスに残っていたら、かっとなりやすくてすぐに手が出る男と結婚させられていた。身震いが起きる。婚約を破棄してと父に頼んでみたものの、父は娘の願いも娘の母親の願いも無視した。父はあの男に、名誉をかけて誓ったのだ。

アルバニア人の誇り、〝ベサ〟にかけて。

そうなると、アレシアにも母にもできることはなかった。父は絶対にこの約束を破らない。そんなことをすれば、家名に大きな傷をつけてしまう。そこで母が思いついたのは、そうと知らずに娘を悪党の手にゆだねるという解決法だった。けれどその悪党たちが警察に逮捕されたのだから、もう怯える必要はないし、自分が置かれた状況の現実を受け止めなくてはならない。コーンウォールに来て、ビーチで笑い、パブでエールを飲み、すてきなレストランで食事をし、ミスター・マキシムと体を重ねて愛を知るうちに、すっかり現実を忘れてしまった。マキシムといると、幻想で頭がいっぱいになってしまう。祖母にもそんな影響を受けた――自立と自由について、馬鹿げた考えを植えつけられた。アレシアが故郷をあとにしたのは許婚から逃げるためだったが、真剣に、仕事を見つけるためでもあった。いまこそ、そうしなくては。仕事を見つけて、自立する。だれかに囲われるのではなく。

浴槽のなかで消えていく泡を見つめた。

恋に落ちるなんて、思ってもみなかった……。

ダニーが大きな紺色のバスローブを手に、いそいそとバスルームに入ってきた。「さあさあ、もうあがって。これ以上浸かっていたら、プルーンになってしまいますよ」

プルーン？

アレシアが機械的に立ちあがると、ダニーがバスローブを肩にかけて、浴槽から出るのに手を貸してくれた。「これでいいかしら？」ダニーが尋ねる。

アレシアはうなずいた。「ありがとうございます。ええと……」

「わたしはダニー。正式に紹介されてはいないけど、ここではみんなにそう呼ばれてます。お水と錠剤を持ってきましたよ。頭に当てる氷のうと、ほっぺにつけるクリームも。あざに効く成分が入ってますからね。それからお医者さまに電話をかけて、脇腹のあざを診ていただけるよう、お願いしておきました。さ、ベッドに入って。疲れたでしょう」そう言って、アレシアを寝室のほうへうながす。

「マキシムは？」

「警察の方とのお話が終わりしだい、旦那さまもこちらにいらっしゃるでしょう。さあ、横になって」

「旦那さま？」

「そうですよ」

アレシアが眉をひそめると、ダニーの眉根も寄った。

「ご存じない？　マキシムさまはトレヴェシック伯爵なんですよ」

第22章

トレヴェシック伯爵？

「ここがお屋敷で」ダニーの口調はまるで子どもに語りかけるようにやさしい。「お屋敷の周りの土地もすべてマキシムさまのものです。村も――」言葉を切って、尋ねる。「お聞きになっていない？」

聞いていないとアレシアは首を振った。

「そうですか」白いものが混じった眉根が寄ったものの、ダニーは肩をすくめた。「まあ、きっと理由がおありなんでしょう。それじゃあわたしは失礼するので、服を着てくださいな。服の入った袋はあちらの椅子の上です」

アレシアがうなずくと、ダニーは小さくお辞儀をして出ていき、ドアを閉じた。アレシアは驚きにものも言えず、閉じたドアを見つめた。頭が爆発しそうだった。イギリス貴族について知っていることといえば、祖母がアルバニアにこっそり持ちこんだジョージェット・ヘイヤーの小説二冊から得た知識に限られている。アレシアの知るかぎり、祖国に貴族はいない。大昔にはいたけれど、第二次世界大戦後に共産主義政権がすべての土地を没収し、そこに住んでいた貴族たちは国を捨てた。

ところが……ミスター・マキシムは伯爵だったなんて。

いいえ、ミスターではない。ロード・マキシムだ。

〝ミロード〟

ああ、どうして話してくれなかったのだろう？

答えは大きく痛々しく、頭のなかで響いた。

なぜならアレシアは彼の掃除婦だから。

〝ノセ・メ・パストゥルエーセ・ドテ・スアーシュ・コンクビーネ〟

掃除婦というのは愛人のことか。

息を吸いこみ、バスローブをぎゅっと引き寄せて、冬の冷気とこの悩ましい事実を追い払おうとした。

どうして秘密にしていたか？

決まっている。なぜならアレシアは彼にとって満足な相手ではないからだ。

アレシアで満足できることがあるとすれば、一つだけ……。

裏切られた思いで胃がよじれた。どうしてこんなに簡単に騙されてしまったのだろう。彼の不誠実さに深く傷ついて、こみあげた涙を手で拭う。そうじゃない。わたしがずっと認めたくなかっただけ。

彼と恋人同士になるなんて、できすぎた話だった。

心の底ではわかっていた。そしていま、真実を知った。けれど彼はなにも約束していない。すべてはアレシアの勝手な妄想。愛しているとは一度も言われていないし……愛しているふりをされたこともない。それでも出会ってからの短いあいだで、アレシアは彼に夢中になった。身も心も。

わたしは馬鹿だ。思い違いで恋をした道化。

胸の痛みに目を閉じると、屈辱と後悔の熱い涙が頬を伝う。腹が立ってその涙を拭い、きびきびと体を乾かしはじめた。

これはいわばモーニングコールだ。夢から醒《さ》める時間を告げる。

深く息を吸いこんだ。もうたっぷり泣いた。募っていく怒りが強さを与えてくれる。もう彼のことを思って泣いたりしない。いまは彼と、愚かだった自分に怒っている。

心のなかでは、怒りで胸の痛みをごまかしているのはわかっていたし、そのことに感謝してもいた。裏切られたという思いより、怒りのほうがつらくない。

バスローブを床に落として、青い椅子から服の入った袋を取り、中身をベッドの上に空けた。考える前に古い服も詰めた自分にほっとしつつ、ピンク色のパンティとブラを着け、古いジーンズと〈アーセナルＦＣ〉のシャツを着て、ぼろぼろのスニーカーを履いた。自分のものはここまで。コートは持ってこなかったが、ミスター・マキシム、もといロード・マキシムが買ってくれたセーターの一枚と、ダニーが〈ハイドアウト〉のソファから取ってくるんでくれたブランケットをつかんだ。

ダンテとイーリィは逮捕されるだろうし、警察によって犯罪行為が裏づけられれば、二人とも刑務所に入れられ、アレシアにとって脅威ではなくなる。

つまり出ていっても大丈夫。

ここにとどまるつもりはない。

自分を騙した男性と一緒にいたいとは思わなかった。飽きたら捨てるような男性とは。追い払われるより、自分の意志で去りたい。

出ていかなくては。いますぐ。

ダニーが置いていってくれた錠剤を二つ、すばやく呑んだ。そして最後にもう一度、優雅な寝室を見まわしてから、ドアを細く開けた。階段の踊り場にはだれもいない。そっと部屋を出て、ドアを閉じる。どうにかして〈ハイドアウト〉へ戻り、わずかな蓄えと荷物を拾わなくては。この屋敷に入ったときのルートで出ていくことはできないだろう。あの広いキッチンにはダニーがいるかもしれない。アレシアは右に曲がり、長い廊下を歩きだした。


古いガレージのそばで、ジャガーは横滑りして停まった。運転席のドアを勢いよく開けたおれは、車をその場に放置して、屋敷のなかに駆けこんだ。アレシアに会いたくてたまらなかった。ダニーとジェシー、二匹の犬が厨房にいた。「いまはだめだ、ごめんな」挨拶しようと飛びついてきた犬たちに言い、撫でてやる。

「おかえりなさいませ、旦那さま。警察の方は帰られました?」ダニーが尋ねる。

「ああ。彼女は?」

「青の間にいらっしゃいます」

「ありがとう」急いでドアに向かう。

「その、旦那さま……」ダニーの声に迷いを感じて、おれは足を止めた。

「どうした？　彼女になにかあったのか？」

「ひどく怯えてらして、ここへ来る途中で吐かれてました」

「いまはもう大丈夫なのか？」

「お風呂に浸かられて、いまはきれいな服を着てらっしゃるところです。それで……」言いよんだダニーは不安そうにジェシーを見たが、ジェシーはじゃがいもの皮むきに戻っていた。

「はっきり言ってくれ」おれは強い口調で言った。

ダニーは青くなった。「わたし、マキシムさまがトレヴェシック伯爵だと言ってしまったんです」

なんだと？

「まずい！」厨房から駆けだして西の廊下を走り、裏手の階段を駆けのぼって青の間を目指した。すぐ後ろからジェンセンとヒーレーがついてくる。おれの心臓は早鐘を打っていた。

打ち明ける勇気のなかった自分が恨めしい。アレシアにどう思われただろう？

青の間の前で足を止め、息を吸いこんだ。新しい遊びが始まったと思って追いかけてきた犬たちのことは、ひとまず無視する。

今日、アレシアは死ぬほど怖い思いをした。そしていま、知らない人に囲まれて知らない場所にいる。きっと心底圧倒されているだろう。

そして隠しごとをしていたおれに、心底怒っているはずだ……。

腹をくってドアをノックした。

そして待った。

もう一度ノックした。「アレシア！」

返事はない。

ああ、本当に怒っているのだ。

慎重にドアを開けた。アレシアの服がベッドに散らかって、バスローブが床に落ちているものの、本人の姿はどこにもない。バスルームをのぞいたが、そこにあるのは残り香だけだ。ラベンダーとローズ。一瞬、目を閉じて香りを吸いこんだ。心が癒やされる。

だがアレシアはどこだ？

屋敷のなかを探検しに行ったのだろうか。

それとも出ていったのか。

そんな。

部屋から駆けだし、彼女の名前を呼びながら廊下を進んだ。先祖の肖像画がかけられた壁に声が反響するものの、応じる声はいっさいない。恐怖が骨まで染みた。アレシアはどこにいる？

どこかで気を失って倒れているのか？

逃げたのだ。

状況に耐えられなくなったのか、あるいはおれにもてあそばれたと勘違いしたか……。

どうしよう。

廊下を足早に進みながら、一つ残らずドアを開けていった。ジェンセンとヒーレーをお供に。

迷ってしまった。出口が見つからない。アレシアは足音を忍ばせて、いくつもドアの前を過ぎ、いくつも絵画の前を過ぎ、いままた新たな羽目板張りの廊下を進んで、ついに両開きドアにたどり着いた。押し開けてみると、緋色と青のじゅうたんが敷かれた壮麗な幅広い階段の上に出た。階段の下にはほら穴のように薄暗いホールが広がっている。踊り場には細い仕切りのついた出窓があり、そのとなりには槍《やり》のようなものを持った甲冑《かっちゅう》が二体、置かれていた。階段脇の壁には巨大な色あせたタペストリーがかかっている。先ほどキッチンで見たテーブルよりも大きい。描かれているのは、一人の男性が国王の前でひざまずいている様子だ。ちなみに国王だと思ったのは、王冠をかぶっているから。反対側の壁には二枚の肖像画。巨大で、どちらも男性だ。一つは大昔のもので、もう一つはつい最近のもの。二人の顔に血縁ならではの類似点を見いだして、はっとした。どちらも同じ、堂々とした緑の目でアレシアを見つめている。彼の緑の目。

これはマキシムの家族だ。彼の先祖。受け止めるのが難しいほど圧倒された。

そのとき、階段のてっぺんの手すりに鎮座する、双頭の鷲の彫刻が目にとまった。階段の曲がり角といちばん下の手すりにも同じものがある。

アルバニアのシンボル。

突然、アレシアの名前を呼ぶ彼の大声が聞こえて、はっとした。

たいへん。

この家に来たんだわ。

また名前を呼ばれた。動揺した声だ。必死の声。立派な階段の上でアレシアは凍りつき、自分を取り巻く歴史を見つめた。胸が引き裂かれていた。階下のどこか遠くから、柱時計が時を告げる低い音が響き、アレシアは飛びあがった。一度、二度、三度……。

「アレシア！」声が近くなってきた。足音も聞こえる。走っている——わたしのほうへ。

時計はまだ鳴っていた。大きな音で、はっきりと。

どうしたらいいの？

階段の手すりを飾る鷲につかまったとき、マキシムが二匹の犬を従えて両開きドアから飛びだしてきた。アレシアを見て、動きを止める。顔から足元まで一瞥して、眉をひそめた。

やっと見つけた。だがそんな安堵も、妙によそよそしいアレシアの表情と、彼女が以前の古い服を着て、セーターとブランケットを手にしているという事実のせいで薄れた。

いい兆候には思えない。

アレシアの態度に、数週間前、フラットの玄関ホールで初めて遭遇したときのことを思い出した。あのときほうきを握りしめていたように、いまは階段の手すりにつかまっている。おれのなかで警戒心が目覚めた。

慎重に進め。

「やっと見つけた。どこへ行くんだ？」おれは尋ねた。

アレシアは彼女らしいさりげない優雅さで髪を後ろに払い、あごをあげた。「出ていくの」

そんな！　腹を蹴られたような衝撃を食らった。

「出ていく？　どうして」

「どうしてか知ってるでしょう」憤然とした表情に、毅然とした声で言う。

「アレシア。悪かった、もっと前に言うべきだった」

「でも言わなかった」

反論できない。おれは無言で見つめるしかなく、コーヒー色の目に宿る傷ついた表情に良心を苛まれた。

「理由はわかるわ」アレシアが片方の肩をすくめた。「あなたにとって、わたしはただの掃除婦だもの」

「違う！」ゆっくりと歩み寄った。「それが理由じゃない」

「旦那さま。なにかお困りですか？」ダニーの声が石の壁に反響し、階段をのぼってきた。手すりから身を乗りだしてみると、ジェシーと召使いの一人、ブロディを連れたダニーが、階下のホールにいた。三人は口を開けてこちらを見あげている。興味津々の池の鯉といった様子だ。

「なんでもない。さがってくれ。三人とも。早く！」手を振って追い払うと、ダニーとジェシーは心配そうに目配せをしたが、散っていった。

やれやれ。

おれはアレシアに意識を戻した。「こうなるのがいやだったから、ここへ連れてこなかった。この屋敷には人が多すぎる」

アレシアがおれから視線をそらし、眉間にしわを寄せて唇を引き結んだ。

「今朝は九人の召使いと朝食をとった。それでも半分以下だ。きみを怖気づかせたくなかったんだ……あれやこれやで」言いながら、父と初代伯爵の肖像画を手で示したが、アレシアは人差し指で精巧な鷲の彫刻をなぞるだけで、なにも言わない。

「それに、きみを独り占めしたかった」小さな声で続けた。

アレシアの頬を涙が伝った。

くそっ。

「彼がなんて言ったか知ってる?」アレシアがささやくように尋ねた。

「彼?」

「イーリィ」

ああ、〈ハイドアウト〉に押し入った悪党の一人か。「いや」話はどこへ向かっているのだろう?

「わたしのことを、あなたの愛人だって」静かな声には屈辱が満ちていた。

「そんな……馬鹿げている! 二十一世紀のこの時代に……」自制心を総動員しなければ、アレシアを腕のなかに引き寄せてしまいそうだった。どうにかこらえてゆっくりと歩み寄り、体温を感じるほどに近づく。なんとか触れずに耐えた。「おれに言わせるなら、きみはおれのガールフレンドだ。ここではそんな風に呼ぶ。だが先走りたくはない。おれたちの関係についてきちんと話していないし、なにもかも、あっという間の展開だったから。それでも、おれはきみのことをそう呼びたい。ガールフレンド。おれのガールフレンド。つまり、恋人同士という意味だ。もちろん、きみがおれを受け入れてくれるならの話だが」

コーヒー色の目の上でまつげが震えたが、心のなかはまるで読みとれない。もどかしい。

「アレシア、きみは賢くて才能あふれる女性だ。そして自由でもある。だから自分が選びたいものを自由に選んでいいんだ」

「そんな自由はわたしにはないわ」

「だがきみはいま、イギリスにいる。別の文化圏で育ったのはわかっているし、経済的に対等じゃないのもわかっているが、それはたまたまそう生まれただけで……。おれたちは、あらゆる面で対等なんだよ。おれはとんでもないヘマをした。きちんと打ち明けるべきだった。本当に悪かった。心から謝る。どうか行かないで、ここにいてくれ。頼む」

謎めいた目で顔をしげしげと見つめられ、丸裸にされた気がした。アレシアがふと視線を彫刻の鷲に向ける。

どうしておれを避ける？　なにを考えている？

今日の恐ろしいできごとで精神的な苦痛を味わったせいか？

それともあの悪党どもがつかまった以上、もうおれが必要ではなくなったから？

ああ、そういうことかもしれない。

「聞いてくれ。きみが出ていきたいなら、無理やり引き止めることはしない。マグダはカナダへ引っ越してしまうから、きみがどこへ行くつもりなのかはわからないが。ともあれ、行き先が決まるまではここにいればいい。だがもう一度言う。行かないでくれ。ここにいてくれ。おれのそばに」

逃したくない……絶対に。

許してくれ！　頼む。

息を詰めて待った。

身を切られるような苦痛を味わう。被告席で判決を待つ被告の気分だ。

アレシアが涙に濡れた顔をこちらに向けた。「わたしのことが恥ずかしくないの？」

恥ずかしい？　まさか！

もう耐えられなかった。人差し指の背でやわらかな頰を撫で、涙をとらえた。「そんな風に思うわけがない。おれは……おれは……きみを愛しているんだ」

アレシアの唇が開き、息を吞む音が聞こえた。

手遅れだったか？

またこみあげた涙でアレシアの目が濡れ、おれの胸は新たな恐怖で締めつけられた。ああ、きっと拒まれる。不安レベルが数段階あがり、経験したことのない無力感を覚えた。

アレシア、判決は？

両腕を広げると、アレシアはおれの手と顔を見比べた。そのあやふやな表情に、胸が苦しくなる。アレシアが下唇を嚙み、おずおずと小さく一歩前に出て、おれの腕のなかに入ってきた。おれは華奢な体を両腕に包み、しっかりと抱きしめた。二度と離したくない。目を閉じて髪に鼻をうずめ、甘い香りを吸いこんで、ささやいた。「愛しい人」

アレシアがわななき、すすり泣きはじめた。

「わかってる。わかってるよ。もうおれがいるからな。怖かっただろう。一人にして悪かった。馬鹿なことをしたおれを許してくれ。だがあの連中は警察につかまった。二度と追ってこないし、きみに危害も加えない。本当だ」細い腕が体に回され、コートの背中をぎゅっとつかんだ。そうしておれを抱きしめたまま、アレシアはすすり泣いた。

「もっと早く打ち明けるべきだった。どうか許してくれ」

どのくらいそうしていたのか、わからない。ジェンセンとヒーレーはおれたちにかまってもらうのをあきらめて、階段をおりていった。

「いつでもおれの胸で泣いていいんだぞ」冗談めかして言った。鼻をすするアレシアのあごをすくって、美しい、縁の赤くなった目をのぞきこむ。「もしも……ああ、もしもきみがあの連中につかまってしまったら……二度と会えなくなると思った」

アレシアがつばを飲み、弱々しくほほえむ。

「それから言っておくが」おれは続けた。「誇りをもって、きみをおれのものと呼ぶ。きみが必要なんだ」腕をほどいて、やさしく頬を撫でた。右頬のかすかな赤い跡をよけて。その跡を見ると怒りで爆発しそうになったが、そこに触れないように細心の注意を払いつつ、親指で涙を拭ってやった。アレシアがおれの胸板に手を当てると、シャツ越しにぬくもりを感じた。ぬくもりはそこから広がっていく。全身に。

アレシアが咳払いをした。「怖くてたまらなかった。二度とあなたに会えないんだと思った。だけどいちばんの……残念……じゃなくて、後悔は」細い声で言う。「あなたに愛してると言わなかったことだった」

第23章

頭のてっぺんからつま先まで、全身で喜びが無数の花火のごとく炸裂した。その激しさに息もできなくなる。信じられない。「本当か？」

「ええ」アレシアは小声で言い、おずおずとほほえんだ。

「いつから？」

アレシアはちょっと考えて、はにかんだ様子で肩をすくめた。「傘を貸してくれたときから」

おれはにっこりした。「あのときはすごくいい気分だった。廊下にきみの濡れた足跡がついていて……。じゃあ、出ていかないんだな？」

「ええ」

「ここに残ってくれるな？」

「ええ」

「そう言ってくれて本当にうれしいよ、愛しい人」親指でアレシアの下唇をこすり、かがみこんでキスをした。やさしく唇を重ねたが、アレシアは瞬時に燃えあがり、その熱情におれは驚いた。

唇と舌は貪欲に求め、両手は髪にもぐってきて、引っ張ってはよじる。もっと欲しいのだ。とても足りないのだ。体が目覚めておれはうなり、キスを深めて、与えられるすべてを奪った。アレシアの口は切迫し、求めてやまない。その欲求を満たす存在になりたかった。両手を黒髪にうずめてじっとさせ、ペースを落とさせる。この女性を奪いたい。いま、ここで。この踊り場で。

アレシア。

体がかっと熱くなる。

きみが欲しい。

必要なんだ。

愛したい。

それでも……アレシアは今日、恐ろしい目に遭った。脇腹を撫でおろすと、アレシアが顔をしかめる。それを見て、冷静さを取り戻した。

「だめだ」ささやくと、アレシアが身を引いてこちらを見あげた。その顔には情熱だけでなく、当惑と失望も浮かんでいた。

「怪我をしているだろう」おれは説き伏せようとした。

「大丈夫よ」アレシアがささやき、首を伸ばしてまたキスしようとする。

「少し時間を置こう」おれは言い、ひたいをひたいに当てた。「怖い思いをしたばかりじゃないか」アレシアはひどく感情的になっている。これほど燃えあがるのは、あの馬鹿どもに手荒な扱いを受けたからかもしれない。

そう思うと、冷水を浴びせられたような気がした。

だがしかし、おれを愛しているからという可能性もある。

こちらのほうが気に入った。

ひたいとひたいをくっつけたまま、それぞれ呼吸を整えた。

アレシアがおれの頰を撫でてから首を傾け、口元にかすかな笑みを浮かべた。「あなたがトレヴェシック伯爵？」からかうような口調だ。「いつ打ち明けるつもりだったの？」アレシアの目がいたずらっぽく輝いているのを見て、おれは声をあげて笑った。いつかの夜のおれの問いを真似しているのだ。

「いま、打ち明けた」

アレシアはにっこりして、指で唇をとんとんとたたいた。おれは向きを変え、一六六七年までさかのぼる肖像画を芝居がかった仕草で示した。「初代トレヴェシック伯爵、エドワードだ。そしてあちらの紳士が――」もう一つの肖像画を親指で示す。「――おれの父、第十一代伯爵だ。父は農場主で、写真家でもあった。そして熱心な〈チェルシー〉のサポーターだったから、きみの〈アーセナル〉のシャツをどう思ったかはわからないな」

アレシアがきょとんとした顔になる。

「〈チェルシー〉と〈アーセナル〉は同じロンドンを拠点にするサッカーチームなんだよ」

「あらたいへん」アレシアは笑った。「あなたの肖像画はどこにあるの？」

「おれのはない。伯爵になって間もないからね。本来の伯爵は兄のキットだった。だが肖像画を描かせるまでには至らなかった」

「亡くなったお兄さん？」

「ああ。肩書も、それについてくるあれこれも、数週間前まではすべて兄が面倒を見ていた。おれはそんな役割に生まれついていない。なにもかも……兄のものだった」そう言って首を傾け、甲冑を示す。「ここを――この博物館を管理するのは、おれにとっては慣れないことばかりだよ」

「だからわたしに打ち明けなかった?」アレシアが尋ねる。

「それも理由の一つだ。思うに、おれは心のどこかで拒絶しているんだと思う。ここだけでなく、別の領地も管理していくのは、たいへんな責任を伴うことなのに、おれはそのための教育を受けてこなかったから」

かたやキットは……。

会話が核心に近づいていた。おれはかすかな笑みを浮かべて皮肉っぽく続けた。「おれは本当に運がいい。これまでは働く必要もなかったのに、いまではこのすべてを背負っている。そして次の世代のために維持しなくちゃならない。それがおれの義務」すまなそうに肩をすくめた。

「これがおれの正体だ。とうとうきみに知られてしまった。ここに残ることにしてくれて、本当にうれしいよ」

「旦那さま?」階下からダニーの声がした。

マキシムの肩が少しさがったのを見て、アレシアは彼が二人きりにしてほしいと思っているのを察した。「どうした、ダニー?」マキシムが答える。

「お医者さまが、アレシアさんの診察にいらっしゃいました」

マキシムがさっと心配そうな目をアレシアに向ける。「診察？」

「わたしなら大丈夫」アレシアはおずおずと言った。

マキシムが眉をひそめ、ダニーに返した。「彼女を青の間へ案内しろ」

「いらしたのはドクター・カーターではなく、男性医師のドクター・コンウェイです。お部屋にご案内しますね」

「ありがとう」ダニーに大きな声で言ってから、アレシアの手を取った。「あいつらになにをされた？」

マキシムの目を見られなかった。恥ずかしかった。これほどおぞましいことをマキシムの人生に持ちこんでしまったのが、恥ずかしい。「蹴られたの」小さな声で答えた。「ダニーさんが、医者に診てもらったほうがいいって」サッカーシャツの裾をめくり、女性のこぶし大の真っ赤なあざを見せた。

「なんてことを」マキシムの表情が険《けわ》しくなり、唇が引き結ばれる。「あのくずども、やっぱり殺せばよかった」かすれた声で言い、アレシアの手を握った。そうして一緒に青の間へ戻ると、大きな革のかばんを持った年配の男性が待っていた。部屋を出たとき、ベッドと床に散らかしたままだった服がきれいに片づいているのを見て、アレシアは驚いた。

「ドクター・コンウェイ、お久しぶりです」マキシムが男性と握手をする。医師はぼさぼさの白髪頭に細い口ひげを生やし、あごひげをたくわえていた。鋭い青い目は、歪んだボウタイと同じ色だ。「引退生活から引っ張りだしてしまいましたか？」

「おっしゃるとおり。しかし今日だけだよ。ドクター・カーターが休暇でね。しかし、元気そうでよかった」そう言ってマキシムの肩に手をのせ、二人はある表情を交わした。

「先生も」マキシムがくぐもった声で返す。それを聞いたアレシアは、医師が確認したのは兄が亡くなったあとのマキシムの様子なのだろうと察した。

「お母さんは元気かな？」

「相変わらずです」マキシムの口角があがる。

ドクター・コンウェイの笑い声は、深くざらついていた。その医師に視線を向けられて、アレシアはマキシムの手を握る手に力をこめた。「はじめまして、お嬢さん。アーネスト・コンウェイだ」医師が小さくお辞儀をする。

「ドクター・コンウェイ、こちらはガールフレンドのアレシア・デマチです」そう言ってアレシアを見おろしたマキシムの目は、誇らしさで輝いていた。マキシムが視線を医師に戻し、険しい顔になって言う。「アレシアは侵入者に襲われて、脇腹を蹴られました。犯人はもう警察につかまっています。ミス・キャンベルの判断で、診察してもらったほうがいいだろうということになりました」

ミス・キャンベル？

「ダニーのことだ」声に出さなかったアレシアの疑問にマキシムが答え、ぎゅっと手を握って続けた。「そういうわけで、あとはお願いします」医師に向けてつけ足した。

「待って。行かないで」アレシアは慌てて言った。見ず知らずの男性と二人きりになりたくなかった。

マキシムがうなずく。「ここにいてほしいなら、もちろん残るよ」小さな青い肘掛け椅子に腰かけて、長い脚を伸ばす。アレシアはほっとして、医師のほうを向いた。

年配の男性が深刻な顔で尋ねた。「襲われた？」

アレシアはうなずいた。屈辱で顔が赤くなるのがわかる。

「診ていいかな？」ドクター・コンウェイが尋ねた。

「はい」

「では、かけて」

医師は親切で辛抱強かった。最初にいくつか質問をしてから、シャツをめくるよう言って、なにげないおしゃべりを続けながら診察をする。そのやさしさにアレシアもいくらか緊張が解けて、この医師がマキシムとその兄妹をこの世に導いたという話に耳を傾けた。ちらりとマキシムを見ると、励ますような笑みが返ってきた。

胸がいっぱいになった。

ミスター・マキシムに愛されている。

アレシアが笑みを返すと、マキシムはにやりとした。

医師に腹部と脇腹を指で押され、二人のあいだの魔法は解けた。触れられた痛みに、アレシアは顔をしかめた。

「治らないほどの損傷はなさそうだ。肋骨が折れたりひびが入ったりしなかったのは運がよかったね。ともかく安静にして、痛みがひどいときは鎮痛剤を呑むように。ミス・キャンベルが持っているだろう」ドクター・コンウェイはそう言って、やさしくアレシアの腕をたたいた。「安心なさい」

「ありがとうございます」アレシアは言った。

「あざの写真を撮っておいたほうがいいだろう。警察のほうで必要になるかもしれない」

「ええ?」アレシアは目を丸くした。

「いい考えだ」マキシムが言う。

「ロード・トレヴェシック、頼めるかな」医師が携帯電話をマキシムに渡す。「あざの部分だけでいい」

「アレシア、撮るのはあざだけだ。ほかの部分は写らない」

アレシアがうなずいてもう一度シャツをめくると、マキシムが何枚か写真を撮った。

「終わった」マキシムが言い、携帯電話を年配の紳士に返す。

「ありがとう」ドクター・コンウェイはそう言って電話を受け取った。

安堵の顔で、マキシムが言う。「外まで送りましょう」

アレシアは即座に立ちあがり、マキシムの手をつかんだ。マキシムが笑顔で見おろし、指と指をからめる。「一緒にお見送りしよう」マキシムがドアを手で示し、二人はドクター・コンウェイに続いて廊下に出た。


古い車で帰っていく医師を、二人一緒に見送った。アレシアはマキシムに肩を抱かれて寄り添っていた。とても……自然に思えた。二人はいま、屋敷の正面にある幅広い玄関ホールにいる。

「きみもおれを抱きしめていいんだぞ」マキシムが温かく励ますような声で言った。アレシアはためらいながらも片腕を彼の腰に回した。マキシムがにんまりする。「あつらえたみたいにぴったりだ」そう言って、アレシアの頭のてっぺんにキスをした。「屋敷の案内はあとにしよう。いまは見せたいものがある」そして向きを変えたが、アレシアは廊下に鎮座する石造りの暖炉の上に大きな彫刻を見つけて、足を止めた。マキシムが二の腕に刻んでいるタトゥーと同じ盾だが、こちらはさらに装飾がある。両側には雄鹿が二頭ずつ、上方には騎士のかぶと、その上には黄色と黒の渦巻き模様による、獅子の描かれた小さな冠。盾の下には文字がある――フィデス・ヴィジランティア。

「一家の紋章だ」マキシムが説明する。

「あなたの腕にも同じものが」アレシアは言った。「下の言葉は、どういう意味？」

「ラテン語で、油断なき忠誠心、という意味だ」

アレシアが困惑の表情を浮かべると、マキシムは肩をすくめた。「初代伯爵とチャールズ二世に関係することさ。いいから、おいで」それ以上は話したくないようだった。うきうきして、なにかを見せたがっているらしい。その高揚感には伝染性があった。屋敷のどこか遠くから、先ほど聞こえたのと同じ、時を告げる時計の音がする。チャイムの音が一つ、屋敷全体に響き渡った。にやりとしたマキシムは少年のようで、かわいい。この男性が思いを寄せてくれたなど、とうてい信じられない。才能があってハンサムで、やさしくて裕福で、ダンテとイーリィから何度も救ってくれた。

手をつないで長い廊下を歩く。両側の壁には絵画がかけられ、ところどころには豪華なコンソールテーブルが置かれて、彫像や胸像、磁器などが飾られている。先ほどその上でやりとりをした大階段をのぼり、踊り場の、両開きドアとは反対側へ向かった。

「きっと喜ぶと思うんだ」マキシムが言い、芝居がかった仕草でドアを開けた。現れたのは広々とした部屋で、羽目板張りの壁に、天井は精巧なしっくい塗りだ。片側は壁一面の本棚だが、反対側には細い仕切りのある大きな窓から射しこむ光を浴びて、フルサイズのグランドピアノが置かれていた。これまでに見たなかで、もっとも華やかなピアノだ。

アレシアは息を呑み、さっとマキシムのほうを向いた。

「頼む。弾いてくれ」マキシムが言う。

アレシアは祈るように手を組んで、木の床を走った。軽やかな足音が四方の壁にこだまする。ピアノの数歩手前で足を止め、堂々たる姿を眺めた。きめの細かな本体の木は磨きぬかれ、光を受けて輝いている。脚は頑丈そうで、木の葉とぶどうの複雑な彫刻が施され、側面はツタの葉を模した金の象眼細工で飾られている。模様にそっと指を這わせた。なんて美しいのだろう。

「古いものだよ」マキシムが背後から言う。魅了されるあまり、近づいてくる足音にも気づかなかった。なぜ申し訳なさそうな口調なのか、理解できない。

「すばらしいわ。こんなピアノは見たことがない」アレシアはうっとりしてささやいた。

「アメリカ製だ。一八七〇年代のものらしい。祖父の祖父はニューヨーク出身の鉄道会社の娘と結婚した。このピアノは、彼女と一緒に海を渡ってここへ来た」

「とてもきれい。どんな音がするの?」

「答えを知ろう。さあ」マキシムが手早くピアノの屋根を開けて、突上棒《つきあげ》で支える。「きみには必要ないだろうが、もしかしたら見たいかと思って」譜面台を起こして立てる。そこにはみごとな金線細工があった。「いいだろう?」

アレシアは見とれてうなずいた。

「座って。弾いてくれ」

アレシアは喜びの笑みを投げかけてから、彫刻の施されたピアノ椅子に腰かけた。マキシムが後方にさがったので、目を閉じて、心を落ちつかせる。両手を鍵盤にのせて、指先に触れるひんやりした象牙の感覚を味わう。鍵盤を押さえると、変ニ長調の和音が鳴り渡り、板壁に反響した。音は豊かで、森の樅の木の濃い緑色だが、鍵盤は軽い。これほど古いピアノにしては、驚くほどに。目を開けて手元を見おろし、この楽器がそれほど長い時間を生き延びて、はるばるアメリカからやってきたことに、思いを馳せた。マキシムとその家族は、さぞかし大切にしているだろう。驚嘆して首を振り、あらためて鍵盤に手を置くと、指慣らしなどかまわずに、大好きなショパンの前奏曲を弾きはじめた。最初の四小節の音が青々とした春の緑となって部屋中に踊る――マキシムの目の色だ。けれど弾いているうちに色はより濃く、より不穏になって、不吉さと謎で部屋を満たした。音楽に没頭し、貴重な一音一音に身をゆだねていると、不安も恐怖も追い払われる。今朝の恐怖は徐々に薄れ、やがてショパンの傑作が織りなす濃いエメラルドグリーンのなかに消えていった。


『雨だれ』を演奏するアレシアを、おれは見つめた。魅了されていた。目を閉じて音楽に浸るアレシアの顔は、ショパンが曲にこめた考えや思いをすべて表現している。髪は背中に流れ落ち、窓から射しこむ冬の陽光を受けて、カラスの羽のように輝く。見る者の心を奪う姿だ。たとえ着ているのがあのサッカーシャツでも。

音は広がって、室内だけでなく、おれの心も満たした。

アレシアはおれを愛している。

本人がそう言った。

なぜ出ていこうと思ったのか、本当のところを知らなくてはならないが、いまはアレシアの演奏を聴いて、姿を見ていたい。部屋の外から抑えた咳払いが聞こえたので、顔をあげると、ダニーとジェシーが戸口にたたずみ、耳を傾けていた。おれは二人に手招きした……。

アレシアを見せびらかしたかった。

おれの愛しい人にはこんなことができるんだ。

そっと入ってきた二人は、おれが初めてアレシアの演奏を聞いたときに浮かべていただろう表情と同じ、驚きの顔でアレシアを見つめた。しかも、楽譜なしで弾いているのが見てわかる。暗譜で弾いているのが。

そう、これが彼女のいちばん得意なことなんだ。

アレシアが最後の二小節を弾いて、音がゆっくり消えていく……三人の聴衆を魅了したまま。アレシアが目を開けると同時に、ダニーとジェシーだけでなく、おれもわっと拍手を送った。アレシアが恥ずかしそうにほほえむ。

「ブラーヴァ、ミス・デマチ！　すばらしい演奏だった」おれは言いながら歩み寄り、かがみこんで唇にそっとキスをした。顔をあげたときには、ダニーとジェシーはいなくなっていた。現れたときと同じくらい静かに去っていた。

「ありがとう」アレシアが小さな声で言う。

「なにが？」

「わたしを救ってくれて。また」

「きみがおれを救ったんだよ」

信じられないと言いたげにアレシアが眉をひそめたので、おれはピアノ椅子の、彼女のとなりに腰かけた。「本当だ、アレシア。まったく思いがけない形で、きみはおれを救ってくれた。もしもきみがあの連中にさらわれていたら、自分がなにをしたか、わからない」もう一度キスをする。

「でもわたし、あなたの人生にたいへんなトラブルを持ちこんでしまった」

「そんなことはしていない。悪いのはきみじゃないんだ。お願いだから、そんな風に考えないでくれ」

唇を引き結んでいるのを見れば、納得していないのがわかったが、それでもアレシアは手を伸ばしておれのあごを撫でた。

「それからこれも」アレシアがささやいてピアノに視線を落とす。「ありがとう」伸びあがってキスをしてから、尋ねた。「もう少し弾いてもいい？」

「好きなだけ弾くといい。いつでも自由に。おれは電話をかけてくる。じつは週末のあいだに、フラットが空き巣にやられてね」

「そんな！」

「犯人はおそらく、いまはデヴォン・アンド・コーンウォール警察の管轄下にある二人組じゃないかな。おれの部屋に押し入ったから、ここがわかったんだろう。オリバーと話してくるよ」

「オリバーって、わたしが電話で話した人？」

「そう。おれの下で働いているんだ」

「あまりたくさん盗まれてないといいけど」

片手でアレシアの頰を抱いた。「盗まれたのは替えのきくものだけだ――きみと違って」コーヒー色の目が輝き、アレシアはおれの手のほうに顔を傾けた。おれはふっくらした下唇を親指でこすり、下腹部で目覚めた炎は無視した。

そのための時間は、あとでたっぷりある。

「すぐに戻るよ」短いキスをして、戸口に向かった。アレシアがルイ＝クロード・ダカンの『かっこう』を弾きはじめる。おれがグレードテスト6のために練習した曲だ。明るく軽やかな音に送られて部屋を出た。

おれの書斎――キットのではなく――からオリバーに電話をかけた。会話は完全に事務的で、オリバーは空き巣事件のその後に対処してくれていた。ミセス・ブレイクとその助手の一人がフラットに来て掃除をし、メイフェアの現場作業員の二人が玄関の修理に駆りだされ、エントランスの鍵は錠前屋が交換してくれるという。警報装置はいじられておらず、正常に作動するとのことだったが、暗証番号を変えることにした。新しい番号にはキットの生まれた年を選んだ。オリバーとしては、おれにロンドンへ戻ってほしいようだった。伯爵位を継承したことを届け出て、貴族名鑑に記載されるための書類にサインしなくてはならないのだそうだ。アレシアを狙う男たちが逮捕されたいま、コーンウォールにとどまる理由はない。オリバーとの電話が終わると、次はトムにかけて、マグダとその息子の様子を尋ねた。トムには誘拐未遂の件を伝えた。

「舐めた真似をしてくれるじゃないか」トムは早口に言った。「それで、おまえのレディは？　無事なのか？」

「彼女はおれたち全員よりタフだよ」

「それはなにより。ミセス・ヤネチェクと息子の周辺には、もう二、三日、目を光らせたほうがいいだろうな。警察がそのうじ虫どもをどうするか、はっきりするまでは」

「同感だ」

「なにかあったら連絡する」

「助かるよ」

「おまえは大丈夫か？」

「上々さ」

トムは笑った。「それはよかった。じゃあまた」トムとの電話が終わってほどなく、携帯電話が鳴った。キャロラインからだった。

しまった。来週電話すると言ったきりだ。

そして忌々しいことに、いまがその来週だ。

時間の感覚を失っていた。

ため息をついて電話をつかみ、そっけなく応じた。「もしもし」

「やっとつかまえた」キャロラインが鋭い口調で言う。「どういうつもり？」

「久しぶりだね、キャロライン。こちらこそ、声が聞けてうれしいよ。ありがとう、いい週末だった」

「ふざけないで、マキシム。どうして電話をくれなかったの？」声が崩れるのを聞いて、キャロラインが傷ついているのがわかった。

「悪かったよ。少しばかり手に負えない事態になってしまって。今度会ったときに説明させてくれ。明日か明後日にはロンドンに戻る」

「手に負えない事態って？　空き巣のこと？」

「イエスであり、ノーでもある」

「どうしてそんなにごまかすの、マキシム？」ひそひそ声になる。「どうなってるの？」さらに小声。「あなたがいなくて心細かった」一語一語に悲しみがこめられていて、おれはひどい人間になった気がした。

「会ったときに話すから。頼む」

鼻をすする音で、泣いているのがわかった。

くそっ。

「カロ。お願いだ」

「約束よ？」

「約束だ。そっちに戻りしだい、会いに行く」

「わかった」

「じゃあ、また」電話を切って、ずしりと重くなった胃の感覚を無視しようとした。ここで起きていたことにキャロラインがどんな反応を示すか、まるでわからなかった。

いや、本当はわかっている。きっと荒れるぞ。

またため息が出た。おれの人生はアレシア・デマチによって徹底的にややこしくされてしまった。だが頭ではそう思いながらも、顔には笑みが浮かんでいた。

おれの愛する人。

明日、ロンドンへ戻ろう。そうすれば、じかにフラットの被害を確認できる。

ドアをノックする音が響いた。

「どうぞ」

ダニーが現れた。「失礼します。旦那さまとアレシアさんのために、ジェシーがランチをご用意しました。どちらにお運びしましょうか?」

「図書室に頼む。ありがとう、ダニー」二人だけのために正式なダイニングルームを使うのは少々大げさな気がするし、朝食の間はやや退屈だ。アレシアは本が好きだから……。

「よろしければ、五分以内にご用意できますが」

「ありがとう」言われて初めて、自分が腹ぺこだと気づいた。ドアの上にあるジョージ王朝時代の掛け時計を見れば、もう二時十五分だ。規則的な針の音を聞いていると、言いつけにそむくたびに――つまりしょっちゅう――この部屋で父の説教を待っていたことを思い出した。いま、その時計が告げている……とっくにランチの時間を過ぎていると。

「そうだ、ダニー」背中に呼びかけた。

「はい、なんでしょう?」

「ランチがすんだら〈ハイドアウト〉へ行って、おれたちの荷物をすべてこっちに移動させてくれないか?　全部おれの部屋に置いてくれ。ベッドサイドにある、ドラゴン型の常夜灯も」

「かしこまりました」ダニーはうなずいて出ていった。

階段の下まで来ると、ピアノの音が聞こえた。アレシアは別の難しい曲を奏でている。おれの知らない曲で、ここで聞いてもすばらしい演奏だ。すばやく階段をのぼり、戸口を入ってすぐのところに立つと、遠くからアレシアを見つめた。この曲はベートーヴェンではないだろうか。アレシアがベートーヴェンを弾くのは聞いたことがない。ソナタか？　いま刺激的で情熱的だと思ったら、次の瞬間には静かで穏やかになる。じつに詩情あふれる作品で、アレシアはそれを完璧に演奏していた。絶対にコンサートホールに立つべきだ。

曲は急降下するように終わりへ向かい、アレシアはしばし目を閉じてうつむいたまま、じっとしていた。顔をあげておれに気づき、驚きの表情を浮かべる。

「これまたすばらしい演奏だった。なんの曲かな」尋ねながら、のんびりと歩み寄る。

「ベートーヴェンの『テンペスト』」アレシアが言う。

「きみのピアノなら一日中でも聞いていられそうだ。だがランチの用意ができたよ。かなり遅めのランチだ。腹が減っただろう」

「ええ、たしかに」ピアノ椅子を立って、おれが差しだした手を取る。「このピアノは大好き。とても豊かな……ええと、音色」

「音色。正しい英語だ」

「ここには楽器がたくさんあるのね。最初はピアノしか目に入れなかった」

おれはにやりとした。「目に〝入ら〟なかった、だな。いちいち指摘されるのはいやじゃないか?」

「ちっとも。もっと話せるようになりたい」

「チェロは妹のメアリアンのものだ。コントラバスは父。ギターはおれ。向こうのドラムはキット」

「お兄さん?」アレシアが尋ねる。

「ああ」

「めずらしい名前ね」

「キットはクリストファーを縮めた名前だ。兄はドラムの鬼だった」クラッシュシンバルのそばで足を止め、磨きぬかれたブロンズの表面に指を走らせた。「キット。ドラムキット。わかるかな」笑顔を向けたが、アレシアは困惑した顔を見せた。

「よくそうやって冗談を言ったものだ」キットのスティックさばきを思い出して、おれは首を振った。「行こう。腹ぺこだ」


向けられた瞳は鮮やかな緑色に輝いていたが、眉のあたりが緊張している様子から、兄を喪《うしな》った悲しみはいまも癒えず、生々しいのだとわかった。

「いまのが音楽室だ」二人で部屋を出て広い階段をおりながら、マキシムが言う。いちばん下で足を止め、言葉を続けた。「メインの客間はあの両開きドアの向こうだが、今日は図書室でランチにしよう」

「図書室があるの?」アレシアは興奮して尋ねた。

マキシムがほほえむ。「ああ、本は多少あるよ。とても古いものもね」キッチンのほうへ歩いていたが、マキシムは廊下に面したドアの一つの前で足を止めた。「先に断っておく。祖父はエジプトに関係するものすべてに熱中していた」ドアを開け、脇にさがってアレシアを通す。数歩入ったところでアレシアは動けなくなった。まるで別世界に足を踏み入れたようだ——本と骨董《こっとう》の宝庫に。どの壁も床から天井までが本棚で、ぎっしり本が詰まっている。隅にはそれぞれ台座かキャビネットが置かれ、エジプトの貴重な品が飾られている。カノプス壺、ファラオの像、スフィンクス、実物大の石棺まで！

装飾もみごとな大理石の暖炉では火が赤々と燃え、その両側には縦長の窓があり、中庭を見おろせる。マントルピースの上方には、ピラミッドが描かれた古い絵がかけられていた。

「おいおい、やりすぎだ」マキシムが独り言のようにつぶやいた。彼の視線を追うと、暖炉の前の小さなテーブルにはきれいな白いクロスがかけられ、二人分の食事の用意がされていた。銀器、カットグラス、小さなアザミの模様が入った繊細な磁器の皿。マキシムが椅子を引き、あごで示した。「どうぞ」十五世紀のアルバニアの英雄、スカンデルベグの高貴な妻、ドニカ・カストリオティになった気がした。上品な笑みをマキシムに投げかけて、暖炉と向き合う席についた。マキシムが上座につく。

「一九二〇年代初頭、若者だった祖父は、カーナヴォン伯とハワード・カーターと一緒にエジプトへ行って、あちこちの遺跡を発掘しては、こういう古代の遺物を盗んできたんだ。返したほうがいいかもしれないな」言葉を止めて、続ける。「つい最近まで、そういうのはキットが考えるべき問題だった」

「ここには歴史がたくさんあるのね」

「そうだよ。もしかしたら多すぎるのかもしれない。おれの家族の遺産だ」

これほどのものを譲り受けて、次代に受け渡していくという責任の重さなど、アレシアには想像もつかなかった。

そのときドアをノックする音がして、返事を待たずにダニーが入ってきた。あとからトレイを持った若い女性が続く。

マキシムが白いナプキンを取って膝にかけた。それを見て、アレシアもならう。ダニーがトレイから皿を二枚取り、それぞれに、肉とアボカドとざくろの種が入ったサラダのようなものを盛った。

「地元産の豚にじっくり火を通してやわらかくほぐしたものに、新鮮な野菜を合わせて、ざくろの絞り汁で仕上げました」ダニーが言う。

「ありがとう」マキシムが言い、おどけた顔でダニーを見あげた。

「ワインをお注ぎしましょうか？」

「いや、自分でやるよ。ありがとう、ダニー」

ダニーは小さくお辞儀をし、若い女性をうながして静かに出ていった。

「ワインをどうかな」マキシムがボトルをつかみ、ラベルを見る。「上等のシャブリだ」

「ええ、ぜひ」マキシムがグラスを半分満たすさまを、アレシアは見つめた。「いままで一度も……給仕人《ウェイター》？　されたことがないの」

「給仕《ウェイト》、だな」マキシムが言う。「ここにいるあいだに慣れるといい」そう言ってウインクをした。

「ロンドンには召使いがいないのね」

「ああ。だがそれも変えなくちゃならないかもしれない」マキシムはつかの間、眉間にしわを寄せたが、振り払うようにグラスを掲げた。「間一髪の命拾いに、乾杯」

「乾杯《ゲズアル》、マキシム。旦那さま《マイロード》」

マキシムは笑った。「その肩書にはまだ慣れないよ。さあ、食べて。恐ろしい朝を忘れよう」

「午後はずっと楽しくなりそう」

マキシムの目に情熱が宿り、アレシアはほほえんでワインを慎重に一口すすった。

「うーん……」かつて祖母と飲んだものより、はるかにおいしい。

「気に入った？」マキシムが尋ねる。

アレシアはうなずいて、目の前の銀器を眺めた。ナイフとフォークがいくつも並んでいる。ちらりとマキシムを見ると、彼はほほえんでいちばん外側のナイフとフォークを取った。「かならず外側から始めて、一皿ごとに内側へ進んでいく」

第24章

ランチのあとに外へ出た。つないだアレシアの手は温かい。身が引き締まるような寒い日で、太陽は空の低い位置にある。ブナの並んだ小道を、正門のほうへ二人で歩いた。外に出られてうれしいのだろう、ジェンセンとヒーレーが前に後ろにとなりにと、跳ねるようについてくる。今朝のできごとのあとだから、遅い午後の陽光のなか、こうして静かに穏やかに散歩ができるのはありがたかった。

「見て！」アレシアが言い、遠くの北の牧草地で草をはむ鹿の群れを指差した。

「何百年も前から鹿を放しているんだ」

「昨日見たのも、ここの鹿？」

「いや、あれは野生だと思う」

「犬を怖がらない？」

「ああ。だが羊の出産の時期には、南の牧草地へは犬を近づけないことにしている。羊を怯えさせたくないからね」

「山羊はいない？」

「ああ。イギリスでは、もっぱら羊と牛だな」

「アルバニアでは、もっぱら山羊」アレシアはにっこりした。寒さで鼻はピンク色だが、コートと帽子とマフラーにくるまっている。じつに愛らしい。この女性が今朝、危うく誘拐されかけたとは信じられない。

苦難に負けない、強い女性だ。

だが気になっていることが一つあった。答えを知りたい。「どうして出ていこうとした？　どうしてここにとどまって、決着をつけようと思わなかった？」声に不安がにじまないようにと祈りつつ、尋ねた。

「けっちゃく？」

「きちんと話し合おうと」わかりやすく言い換えた。

アレシアはブナの木の下で足を止め、じっとブーツを見つめた。答えないのだろうかと思ったとき、ようやくアレシアが口を開いた。「傷ついたの」

「わかっている。悪かった。傷つけるつもりはなかった。傷つけようと思ったことは一度もない。だが、どこへ行くつもりだった？」

「わからない」アレシアがこちらを向く。「たぶん……本能？　だったんだと思う。その、イーリィとダンテから……わたしはずっと逃げてたから。頭が少しおかしくなってたんだと思う」

「本当に恐ろしい思いをしたんだろうな」身をすくめて目を閉じ、自分が間に合ったことをあらゆる神に感謝した。「それでも、問題が起きるたびに逃げてばかりはいられない。おれには話してくれ。訊きたいことがあれば訊いてくれ。どんなことでもいい。おれはここにいる。ちゃんと耳を傾ける。きちんと話し合おう。怒鳴りたいときは怒鳴っていい。おれも反論するときはするし、声を荒げることもあるだろう。おれが誤解することや、きみが誤解することだってあるかもしれない。それでいいんだ。だが違いを解決するためには、考えや気持ちを伝え合わないと」

一瞬、アレシアの顔を不安がよぎった。

「なあ」あごをすくって引き寄せる。「不安そうな顔をするな。その……もしも一緒に暮らすなら……思っていることを話してくれないと」

「一緒に暮らす?」アレシアがささやくように言う。

「そうだ」

「ここで?」

「ここか、ロンドンか。そう。おれと一緒に暮らしてほしい」

「掃除婦として?」

おれは笑って首を振った。「いや、ガールフレンドとして。階段の上で言ったことは本心だ。やってみないか?」おれは息を詰めて待った。心臓が早鐘を打つ。白状すると、アレシアがどんな選択をするかわからなかった。だがおれはこの女性を愛している。そばにいてほしい。結婚という提案は、いまのアレシアにはあまりにも大きな一歩だろう。また逃げられたくはない。

おまえにとっても大きな一歩だけれどな!

「イエス」アレシアがささやいた。

「イエス?」

「イエスよ！」

おれは喜びの歓声をあげてアレシアを抱きあげ、くるりとターンした。犬が吠えだし、喜びに仲間入りしようと、しっぽを振って飛びついてくる。アレシアはくすくす笑ったが、不意に顔をしかめた。

しまった。

おれは慌てて彼女を地面におろした。

「痛かったか？」

「いいえ」アレシアが言った。両手で顔を包むと、まじめな表情がこちらを見あげる。その目は愛と、おそらくは欲望で輝いていた。

アレシア。

かがみこんでキスをした。穏やかな〝愛しているよ〟のキスのつもりが、なにか別のものに変わる。アレシアは異国の花のようにほころび、目もくらみそうな情熱をこめてキスに応じた。おれは差しだされるすべてに浸った。

口のなかに舌が滑りこんでくる。

背中を小さな両手が這いまわり、コートをぎゅっとつかむ。

今朝の緊張が――あの連中の足元で丸くなったアレシアの姿や、二度と会えなかったかもしれないという事実が――すべて消えて、恐怖と、いまもアレシアがそばにいることへの感謝をキスに注ぎこんだ。ようやく唇を離すと、呼吸を整える二人の息が寒さのなかで一つの白いもやとなる。アレシアの両手はおれのコートの襟をしっかりつかんでいた。

ジェンセンが鼻面をおれの腿にこすりつけてくる。それを無視して、アレシアのうっとりした顔を見おろした。「ジェンセンが仲間に入れてほしいみたいだ」

アレシアが息を弾ませながら愉快そうに笑った声は、おれの下半身を直撃した。

「それから、おれたちは服を着すぎていると思う」ひたいをアレシアのひたいに当てた。

「脱ぎたいの？」アレシアが唇を噛む。

「いつだって」

「わたしも暑い。暑すぎる」アレシアが小声で言った。

そうなのか？

もう一度、見おろした。先ほどの発言は冗談のつもりで、誘惑ではなかった。

まさか本気ではないよな？

「今朝、あんな目に遭ったばかりだろう」

アレシアは〝だから？〟と言いたげに片方の肩をすくめ、目をそらした。

「なにが言いたいんだ？」

「わかってるはず」

「ベッドに行きたいのか？」

満面の笑みで応じられては抵抗できなかった。良識に逆らってアレシアの手をつかむと、足取りも心も軽く、屋敷に戻りはじめた。あとから犬たちもついてきた。

「ここがおれの部屋だ」マキシムが脇にさがってアレシアを通す。最初にダニーに案内された青の間から二つ先の部屋だ。

立派な四柱式ベッドが、濃い緑色で統一された部屋の中央を占めている。あのピアノと同じ、磨きぬかれた木材でできており、精巧な彫刻が施されていた。その彫刻に、暖炉の火が踊る影を投げかける。マントルピースの上方には屋敷と周辺の田園風景を描いた絵画がかけられ、部屋の奥にはベッドと同じ木でできた巨大なたんすが置かれていた。どの壁も、本や小さな骨董品が詰まった本棚で覆われているものの、アレシアの目を引いたのは、ナイトテーブルにのせられた小さなドラゴン型の常夜灯だった。

マキシムが暖炉に何本か薪《たきぎ》を足して、火を大きくする。「だれかが気を利かせて火をおこしておいてくれたことに感謝だな」アレシアの前に戻ってきて、ベッドの足元のオットマンにのせられた枝編み細工のかごを指差す。「きみの荷物も〈ハイドアウト〉から運ばせたが、かまわなかったか?」マキシムの声は低くやわらかで、目は燃えていた。熱く激しく……欲望をたたえて。

ぞくぞくする感覚がアレシアの背筋を駆けおりた。

「かまわないわ」小声で答えた。

「ひどい一日だったな」

「ベッドに入りたい」階段の上でのキスを思い出した。もしも度胸があったなら、あのときあの場所でマキシムの服を剥ぎ取っていただろう。

マキシムの指が頬を撫でた。「いまもショックを受けているんじゃないか?」

「そうよ」アレシアは言った。「あなたがわたしを愛してると知って、ショックを受けてる」

「心の底から愛しているよ」マキシムは真心をこめて言ったが、そこでほほえみ、アレシアの体に両腕を回した。「身も心も、だな」腰を突きだして、そそり立ったものを押し当てた。その目にはみだらなユーモアが宿っている。アレシアもほほえんで、体の奥で炎が目覚めるのを感じた。ずっとこの男性に触れたかった——彼にはすべてに触れられた……手で、唇で、舌で。約束どおりに。器用で官能的な口に視線をおろすと、体の奥の炎が大きくなった。

「なにが欲しい、お姫さま?」指の背でアレシアの顔を撫で、目で心を焦がす。愛していると言われたときからずっと欲しいものがあった。

「あなたが欲しい」ほとんど聞こえないくらい小さな声で言った。

マキシムがうめく。「きみには驚かされっぱなしだ」

「驚くのは嫌い?」

「きみに驚かされるのは大好きだよ」

アレシアは彼の白いシャツをつかんで、ジーンズから裾を引き抜いた。

「脱がせるのか?」マキシムの声は、呼吸をやめてしまったかのようにしわがれていた。

アレシアはまつげの下から見あげた。「そうよ」わたしにはできる。勇気を出して、けれど震える指で、シャツのいちばん下のボタンを外した。ちらりとマキシムを見る。

「続けろよ」マキシムが魅惑的な声でそっとうながした。

その声に興奮のきざしを聞きつけて、アレシアの欲望はあおられた。次のボタンを外すと、ジーンズの留め金と、引き締まった腹筋まで続く毛の筋がのぞく。三つ目のボタンを外すと、おへそと平らなお腹があらわになった。マキシムの呼吸に変化が現れた。激しく、速くなる。その音に刺激されて、アレシアは次々とボタンを外していき、日焼けした胸板を完全にさらけださせた。

ああ、身を乗りだして、あの肌に唇を当てたい。

「次はどうする、アレシア？」マキシムは待っている。「どうとでも、好きにしていいぞ」その言葉に興奮させられて、アレシアはついに身を乗りだすと、温かな胸板に唇を押し当てた。肌の下で心臓が脈打っているのを感じた。


彼女に触れたくてたまらなかった。だが、それはできない。最初に愛し合ってから、とうとうアレシアが大胆になったのだ。体がこわばる。この純真な触れ方で、なぜここまでかきたてられるのだろう？　我を忘れてしまいそうだ。アレシアがおれのシャツの前をはだけて肩をあらわにし、肘までおろす。おれは手首を差しだした。「カフスを」

アレシアがにっこりして左右のカフスを外し、シャツを取り去って暖炉の前の肘掛け椅子にのせた。


「次はどうする？」マキシムが尋ねた。一歩さがったアレシアは、暖炉の火が踊るなか、引き締まったみごとな肉体に見とれた。髪はところどころ金色に輝き、目はまぶしい緑色だ。その目が見つめている。期待にあふれて。

それに背中を押されるように、アレシアは自分のセーターの裾をつかんで首から引き抜き、サッカーシャツも取り去って、髪を揺すった。けれどそこで心がくじけ、サッカーシャツを胸に押し当てた。マキシムが歩み寄ってきて、やさしくそれを奪う。「きれいだ。ずっと見ていたい。きみにこれは必要ない」そう言うと、先ほどアレシアが肘掛け椅子にのせたシャツの上にサッカーシャツを放り、黒髪を一筋つまんで、指に巻きつけた。それを口元に運んでキスをする。「きみは勇敢な女性だ。いろんな勇敢さをもっている。そんなきみに恋をした。きみのすべてが好きだ。どうしようもないくらい、身を焦がすくらい」彼の言葉で血が熱くなる。導かれるまま、腕のなかに寄り添った。あごを傾けられて、唇が重なる。まるでこのくちづけに命がかかっているかのごとく、熱烈に。「きみを失うところだった」マキシムがささやいた。

触れる肌は温かく、欲望がいっそう激しく燃えあがる。彼が欲しい。彼のすべてが。貪欲にキスをして、舌に舌をからめる。両手で頭を抱いて、引き寄せる。彼の唇があごに、首筋におりてきた。両手を頭から胸板へ滑らせ、そのままジーンズのウエストに到達させた。

触れたい。この男性のすべてに。けれど手が止まった。どうしたらいいかわからない。するとマキシムが、指先でそっとあごをつかまえた。「アレシア」耳元でうなるように言う。「触れてくれ」声ににじむ切望はじつに刺激的だった。

「触れたい」

耳たぶにマキシムの歯が触れる。

「ああ……」下腹部の筋肉がきゅっと締まるのを感じて、アレシアは声を漏らした。

「ジーンズを脱がせてみろ」マキシムが言い、唇が触れるか触れないかのキスで首を伝いおりた。アレシアは急いでジーンズの前をつかもうとしたが、その拍子に、そそり立ったものを指がかすめた。一瞬の感覚に魅了されてアレシアの動きは止まり、それから大胆にも、片手をその部分にあてがった。

「ああ」マキシムがかすれた声でつぶやく。

アレシアはおずおずと指で輪郭をなぞった。

マキシムが息を呑んだので、手を止める。「痛かった？」

「違う。そうじゃない。気持ちいいんだ」マキシムはあえいでいた。「すごくいい。やめないでくれ」

自信が芽生えて、アレシアはにっこりした。覚悟を決めていちばん上のボタンを外すと、身動き一つしないマキシムのジッパーに手を伸ばした。

おれは息を吸いこんだ。アレシアのなすがままだ。彼女の喜びが伝染して、こちらまでうれしくなってくる。ついにおれの服を脱がせるだけの勇気を出してくれたのだ。暖炉の火明かりを受けてアレシアの肌は輝き、髪のあちこちが真紅や青にきらめいている。いますぐベッドに押し倒して、甘く奪ってしまいたい。だが急ぐのは禁物だ。アレシアのペースでことを進めさせなくては。ジッパーをおろすにつれて、緊張が解けてきたらしい。自分がブラを着けていないことも忘れてしまったようだ。美しい、こんもりしたふくらみ。左右をじっくり崇めて先端を固くとがらせ、アレシアが身をよじるまでかわいがりたい。だがそれも抑えて、うなりたいのをこらえた。アレシアがジーンズを引きおろしたので、おれは脚を抜き、下着だけで彼女の前に立った。

「きみの番だ」ささやいて手早くアレシアのジッパーをおろし、ジーンズを脱がせる。アレシアが脚を抜いたので、その顔を手で包んでキスをした。「寒いな。ベッドに入ろう」

「そうね」アレシアはおれを見つめたまま、布団のあいだにもぐりこんだ。とたんに叫ぶ。「わあ——ベッドが冷たい！」

「じゃあ一緒に温めようか」

アレシアは、テントを張っているマキシムのボクサーショーツをさっと見た。

マキシムがにやりとする。「どうした？」

アレシアは赤くなった。

「どうしたんだ？」マキシムがくり返す。

「それを脱いで」

「履いているものを？」マキシムが片方の口角だけをあげる。

「ええ」

マキシムはまたにやりとして、靴下を片方脱いだ。続いてもう片方も。「脱いだぞ」

「それのことじゃない」思いがけないマキシムの少年っぽさに、アレシアはくすくす笑った。マキシムも笑って、すばやくボクサーショーツを脱ぐと、そそり立ったものをあらわにした――そしてアレシアめがけてボクサーショーツを放った。

「やだ！」アレシアは笑った。ボクサーショーツを払ったと同時に、マキシムがベッドに飛び乗ってくる。

「うう、寒い！　ちょっとそっちに寄ってくれ」布団にもぐってとなりに寄り添うと、片腕を回して引き寄せた。「少しこうしていたい。今日、危うく失うところだった」髪にやさしくキスをして、ぎゅっと抱きしめる。そして目を閉じた――まるで苦痛を感じているかのように。

「そうはならなかったし、わたしはここにいる。あのときあなたが来なかったとしても、きっと必死に戦ってたわ」アレシアはささやくように言った。

「そうしたら怪我をさせられていただろう」

マキシムがさっと体を起こしてアレシアの手を掲げ、脇腹のあざを眺めた。表情が険しくなる。

「よくもこんな真似を」心配そうにつぶやいた。

「大丈夫よ」もっとひどい目にも遭ってきた……。

「昼寝だけにしようか」マキシムが思案顔で言う。

「ええ？　いやよ」

「だが冷静に考えると――」

「マキシム！　冷静にならないで」

「アレシア――」

アレシアは手を伸ばしてマキシムの唇に人差し指を当てた。「お願い……」

「ああ、ベイビー」アレシアの手を取って、指の関節にキスをする。それからかがみこんで、あざの周囲にそっとくちづけた。アレシアは彼の髪に指をもぐらせて、顔をあげさせた。

「痛かったか？」

「そうじゃなくて」アレシアは急いで言った。「必要なの。あなたが欲しい」マキシムがため息をつき、キスで脇腹から胸まで伝うと、先端を転がして口に含んだ。アレシアは目を閉じて声を漏らし、彼の手と唇がもたらす快感に身をよじった。たくましい背中に爪を立て、太く長いものが腰に押し当てられるのを感じる。彼の体を探索したい。いたるところを。

マキシムが顔をあげた。「どうした？」

「わたし……その……」アレシアは赤くなった。

「言ってくれ」

恥ずかしさに笑い、目を閉じる。

「言ってくれって」

片目を開けて、ちらりとマキシムを見る。

「気が変になりそうだ。どうしたんだ?」

「あなたに触れたいの」アレシアはついに言い、両手で顔を覆った。

指のあいだからそっとのぞくと、マキシムの目はやさしかった――おもしろがっているのだろう。マキシムがとなりに寝そべって言う。「好きなように触れてくれ」アレシアは片方の肘をついて起きあがり、二人は見つめ合った。「きみは本当にきれいだ」マキシムがささやく。

その頬を撫でると、無精ひげが手のひらをちくちくと刺激した。

「ほら、こうやって……」マキシムが手をつかみ、手のひらにキスをする。その手を胸板に当てさせたので、アレシアは指を広げてぬくもりを味わった。マキシムの唇が開き、鋭く息を吸いこむ。「きみに触れられるのが好きだ」

その言葉に励まされて手を下へ滑らせると、たくましい胸をほどよく覆う毛に指をくすぐられた。片方の乳首を撫でると、手のひらの下でとがるのを感じる。

「わあ」うれしくなってつぶやいた。

「ああ」マキシムのほうはかすれた声を漏らした。その目はなかば閉じて、緑色は濃さを増し、鷹のようにアレシアを見つめている。アレシアが上唇を嚙むと、マキシムがうめいた。「続けてくれ」自分がこの男性を興奮させているのだと思うとますますみだらな気分になって、なめらかな肌に手を這わせ、腹筋の隆起とくぼみを堪能した。マキシムの体がこわばり、呼吸が加速する。最終目的地まで続く毛の筋にたどり着いたとき、勇気が揺らいだ。

「ほら」マキシムが言ってアレシアの手をつかみ、下半身を握らせた。衝撃と興奮の両方を感じて、アレシアは息を呑んだ。大きくて固くて、けれどすべすべしている。親指で先端をこすると、マキシムが目を閉じて鋭く息を吸いこんだ。しっかり握って、ついに触れたものの感触とそれが脈打つ感覚を楽しむ。マキシムが燃える瞳で見つめてささやいた。「こうだ」そしてアレシアの手に手を重ねると、ゆっくりとわずかに上下させた。

実地で女性に手ほどきをするのはこれが初めてだが、これほどエロティックなものになりうるとは思いもしなかった。アレシアは集中しているのだろう、眉根を寄せているものの、目は驚きと欲望で輝き、唇をほんの少し開いて手を動かしている。その手がやがて一定のリズムを見つけると、おれは自制心を失いそうになった。アレシアが唇を舐めるのを見て、そのまま手のなかで達しそうになる。

「アレシア、そこまでだ。このままじゃイッてしまう」

やけどをしたかのようにアレシアがすぐさま手をどけたので、なにも言うのではなかったと悔やんだ。いますぐにでも押し倒して挿入したい——が、彼女の脇腹には例のあざがあるから、それはできない。痛い思いをさせたくないのだ。するとアレシアが問題を一手に引き受けようとしてか、おれの上によじのぼり、唇を重ねて舌を滑りこませると、おれを味わいはじめた。黒髪がつややかなカーテンのごとく、おれの周りにおりてくる。ほんの一瞬、暖炉の火明かりのなかで見つめ合った。豊かな茶色の目と緑の目。アレシアはこのうえなく魅惑的で、与えることを惜しまず、色気に満ちている。そんな女性が目の前にいる。

アレシアがかがみこんでもう一度唇を重ね、おれはナイトテーブルに手を伸ばしてコンドームをつかんだ。

「これを」包みをアレシアに示した。受け取って装着してくれることを期待したが、アレシアは戸惑ってまばたきをしただけだった。「ちょっといいか。やり方を見せる」包みを破ってゴム製品を取りだし、先端をつまんでから、みなぎっている下半身にはめた。「よし、できた。あとはきみのでかいパンを脱がせるだけだな」

楽しげに笑うアレシアをマットレスに押し倒し、親指をピンク色のパンティに引っかけた。あのピンク色のパンティに。長い脚からさっと脱がせて床に放り、太もものあいだに膝をついたが、そのままのしかかるのではなく、かかとに体重をあずけた。あざに当たらないよう気をつけながらウエストに片腕を回し、膝の上に引き寄せる。「これなら大丈夫か?」アレシアが両手をおれの肩にのせたので、そっと抱きあげ、張り詰めたものの上方で止めた。返事を待っていると、アレシアが身を乗りだして唇を求めはじめたので、それを合図とばかりにゆっくり……ゆっくりと……呑みこませていった。

根元までうずめると、アレシアは息を呑んでおれの唇を離した。下唇に歯を当てられたときは、嚙まれるのかと思った。

「痛くないか?」おれは息も絶え絶えに言った。

「ええ」アレシアが熱心にうなずき、またおれの髪に指をもぐらせて、唇を唇に引き戻した。飢えたように求め、貪る。階段の上で見せたのと同じ激しさで唇を奪う。今朝起きたできごとの余波なのか、それともおれが愛を打ち明けたからなのか、わからないが、ともかくアレシアは燃えていた。腰をくねらせ、上下に動かす。何度も、くり返し、おれを奪う。

じつに刺激的だが、常軌を逸してもいた。

これではあっという間に終わってしまう。

「アレシア」ウエストに回した腕に力をこめてじっとさせ、顔にかかった髪をやさしくかきあげた。「落ちついて、ゆっくりいこう。夜はまだ始まったばかりだし、明日もある。明後日も」ぼうっとした色濃い目がまばたきをするのを見て、また浮き立つような気分で胸がいっぱいになった。「おれがついている」ささやくように言った。「愛してるよ」

「マキシム」アレシアがあえぎながら言い、身を乗りだしておれの首にしがみつくと、またキスをした。そうしてふたたび動きだす。ただし今度はゆっくりと。ああ、これなら存分に堪能できる。そう……いいぞ……天にものぼりそうだ。

アレシアは何度も腰を振り、おれを高みへ連れていく。やがてその動きが止まったと思うや、叫びながら達した。天に向けて口を開いた姿に、おれの体も引き金を引かれた。

「ああ、アレシア……！」

おれたちは向き合ったまま、じっと横たわっていた。会話はなく、見つめるだけ。目。鼻。頰。唇。顔。互いを見つめて吸収する。照らすものは暖炉で踊る炎の明かりだけ、聞こえるのは燃える薪がぱちぱちいう音と、静まっていく自分の心音だけ。アレシアが手をあげて、指先でおれの唇をなぞった。「愛してる、マキシム」ささやくように言う。

おれは身を乗りだして、もう一度キスをした。アレシアが起きあがって二人の肌が出会い、おれたちはもう一度、極上に甘い愛を交わした。


寝室にこしらえた仮のテントのなかで、おれたちはシーツにくるまった。二人ともあぐらをかいて、膝と膝を触れさせながら、この秘密の隠れ家に仲間入りした小さなドラゴンが投げかける淡い光のなか、目を見つめている。

アレシアは語った。

大いに語った。

おれは耳を傾けた。

アレシアは生まれたままの姿で、黒髪は腰まで流れ落ち、慎みを保っている。いま彼女は、ピアノで新しい曲を覚えるときにどうするかを説明していた。

「最初に楽譜を見ると、色が見えるの。その……なんて言うのか、音にマッチした色が」

「音ごとに色がある?」

「そう。変ニ長調は緑。クカスの樅の木のような。前奏曲『雨だれ』は、ずっと緑。だけど曲調が変わると緑が少し濃くなる。ほかの音はほかの色。なかには一曲のなかでいろんな色があることも。ラフマニノフとか。それで、そういう色が頭のなかに……刻みつけられて、曲を覚えるの」肩をすくめ、いたずらっぽくほほえむ。「長いあいだ、ほかの人もみんな音の色が見えると思ってた」

「そんな運に恵まれていたらな」指でやわらかな頰を撫でおろした。「きみは特別だ。おれにとって、本当に特別だ」

アレシアの頰がきれいなピンク色に染まった。

「いちばん好きな作曲家は？　バッハ？」おれは尋ねた。

「バッハ」深い尊敬の念をこめてその名を口にする。「彼の曲は……」両手を振りながら言葉を探し、思いの深さを表現しようとするが、見つからないのだろう、やがて恍惚としたような顔になって目を閉じた……。

「畏敬の念を起こさせる？」おれは助け舟を出した。

アレシアが笑う。「そう。それ」ふと真顔になってまつげを伏せ、その下からそっとおれを見あげた。「だけどいちばん好きな作曲家は、あなた」

おれは鋭く息を吸いこんだ。彼女からの賞賛には慣れていない。「おれの曲？　そんな、無理してほめなくていいんだぞ。あの曲では何色が見える？」

「悲しくて重々しい、青と灰色」

「ふさわしいな」つぶやいて、キットに思いを馳せた。アレシアの手が伸びてきて頰を撫でたので、我に返る。

「アパートメントであなたがあの曲を演奏するところを見たの。掃除をしてなくちゃいけなかったんだけど、見ずにはいられなかった。そして聞いた。とても美しい曲だった」声がやわらぎ、ほとんど聞こえないささやきになる。「あのとき、ますますあなたを好きになった……」

「そうなのか？」

アレシアがうなずくのを見て、おれの胸はいっぱいになった。

「きみが聞いているのを知っていたかったな。ともかく、気に入ってくれてうれしいよ。〈ハイドアウト〉での演奏はすばらしかった」

「あの曲は大好き。あなたは才能のある作曲家ね」

アレシアの手を取って、手のひらの筋をなぞった。「きみは天才的なピアニストだ」

アレシアはにっこりして、また頰を染めた。

彼女のほうは、賞賛に慣れるべきだ。

「才能があって、美しくて、勇敢で」頰を撫で、唇を唇に引き寄せた。シーツの下で、二人でキスに溺れる。しばらくしてアレシアが息をしようと顔を離し、また切望の表情で見つめた。「もう一度……愛し合わない……?」そう言って身を乗りだすと、心臓の上の肌に唇を押し当てた。

大歓迎だ。

アレシアはおれの上に重なり、胸板に頭をのせて、腹の上でなにやら演奏していた。なんの旋律かはわからないが、おれもそれを楽しんでいた。インターホンを使って、厨房に電話をする。

「ダニー、軽い食事を部屋まで届けてくれないか。サンドイッチと、ワインを一本頼みたい」

「かしこまりました。ビーフでよろしいですか?」

「いいね。ワインは赤……〈シャトー・オー・ブリオン〉にしよう」

「トレイはお部屋の外に置いておきます」

「ありがとう」ダニーの声に隠そうともしていない喜びを聞きつけ、おれはほほえんで電話を切った。どういうわけか、ダニーにはわかったのだ――アレシアは違うと。ここへ女性を連れてきたことは何度かあるが、今日ほどダニーが細やかだったことはない。きっと感じ取ったのだ、おれが恋に落ちたことを。身も心も。完全に。すべてを捧げて愛してしまったことを。

「家のなかで話すための電話があるの？」アレシアが見あげて尋ねた。

「大きな家だからね」おれはにやりとした。

「たしかに」アレシアは笑って、ちらりと窓を見た。外は真っ暗だ。いま何時だろう。七時？十時？　時間の感覚を失ってしまった。


アレシアは暖炉に面した肘掛け椅子の一つに腰かけ、緑色のブランケットにくるまって、ローストビーフと野菜のサンドイッチを味わいながら、赤ワインのグラスを傾けていた。髪はくしゃくしゃに乱れて、肩から腰に流れ落ちている。まぶしく愛らしいこの女性がおれのものだとは。

暖炉の火にもう一本、薪をくべて、アレシアの向かいの肘掛け椅子に座ると、極上のワインを一口すすった。キットの死以来、これほどの安らぎを感じたことはない……というより、こんな気持ちになったことが一度でもあっただろうか。

マキシムがグラスを置いてサンドイッチを手にした。なんてすてきなのだろう。乱れた髪に無精ひげ、よこしまな緑の目は暖炉の火明かりを受けて、欲望と愛の輝きを放っている。分厚いクリーム色のセーターにブラックジーンズという姿だが、ジーンズの膝のところが破れているので、下の肌が見える。アレシアはそのすべてにうっとりした。

「幸せか?」マキシムが尋ねる。

「ええ……とてもに」

マキシムはにっこりした。「おれもだよ。こんなに幸せだったことはない。きみがここにいたいのは知っているし、おれもそうしたいところだが、明日、ロンドンへ戻ったほうがいいと思う。かまわないかな。向こうで用事があるんだ」

「わかったわ」アレシアは言い、唇を噛んだ。

「どうした?」

「コーンウォールが好き。ロンドンほど忙しくないし、人も少ないし、うるさくないし」

「わかっている。だがロンドンへ戻って、フラットの様子を確認しなくちゃならない」

アレシアは自分のグラスを見つめた。「現実に戻るのね」ささやくように言う。

「なあ、なにも心配いらないよ」

アレシアは暖炉の火を見つめた。薪の一本が燃え尽きるさまを。

「ダーリン、どうした?」マキシムが心配そうに言う。

「わたし……仕事がしたい」

「仕事? どんな?」

「わからない。掃除とか?」

マキシムの眉根が寄った。「アレシア、それはどうかな。もう掃除なんてしなくていいんだぞ。きみには才能があるんだから。本当にしたいことが掃除なのか? もっと情熱を注げるものを一緒に見つけないか? それから、イギリスで働いても法に触れないようにしないとな。その件はおれが面倒を見る。手を貸してくれる人を知っているから」心のこもった励ましの笑みを浮かべた。

「でも……自分のお金は自分で稼ぎたい」

「わかるよ。だがもしつかまったら、国に帰されてしまう」

「それはいや！」心臓が止まるかと思った。国にだけは帰れない。

「おれもそれは望んでいない」マキシムがなだめるように言う。「この件については心配するな。一緒に解決しよう。そうだな、いずれは音楽の方面で道が開けるかもしれない」

アレシアは彼を見つめた。「あなたのお金に頼って生活するのね」小声で言った。それだけは避けたかったのに。

マキシムが悲しげな笑みを浮かべた。「この国で働いても問題なくなるまでの話だ。富の再分配だと思えばいい」

「社会主義者だったのね、ロード・トレヴェシック」からかうように言った。

「意外だろう？」マキシムがグラスを掲げたので、アレシアも応じてワインをすすったとき、あることを思いついた。けれどマキシムは同意するだろうか？

「どうした？」

アレシアは深く息を吸いこんで、一息に言った。「あなたの部屋を掃除するから、わたしにお金を払わない？」

マキシムは驚いて眉をひそめた。「そんな必要は——」

「お願い……そうさせて。そうしたいの」じっと見つめて、無言で訴える。

「アレシ——」

「お願い」

マキシムはやれやれと言いたげに天を仰いだ。「わかったよ。きみがそこまで言うのなら。だが一つ条件がある」

「条件?」

「あの部屋着とスカーフは禁止していいか?」

「考えてみる」心が軽くなるのを感じて、アレシアはにんまりした。

マキシムが笑い、アレシアは安堵の息をついた。これで彼の知り合いがイギリス滞在についての問題を解決してくれているあいだ、やることができた。全身にぬくもりが広がる。人生がこんなところにたどり着くとは思ってもみなかった。古い大きなお屋敷で、ハンサムでやさしい男性と二人きり。もちろん夢見はした——おぼろげに。けれどありえないと思っていた。

運命に抗ってアルバニアを去ったときは大きな危険を冒したし、闘わなくては自由を得られなかった。

それでもわたしの〝ミスター〟が人生に登場して、いま、こうして一緒にいる。

もう怖くない。

愛し愛されて、未来は可能性に満ちて目の前に広がっている。もしかしたら、幾多の困難を経て、ようやく運がほほえんでくれたのかもしれない。

第25章

赤ん坊のような泣き声に夢を破られ、おれははっと目覚めた。

アレシア。

小さなドラゴンの投げかける淡い光のなかで、アレシアがとなりで眠っているのが見えたものの、その体は微動だにせず、両手はあごの下でこぶしに握られている。まるでなにかしらの自然災害で石化された彫像のようだ。唇が開いてまた叫び声が漏れる。この世のものとも思えない声だ。おれは片方の肘をついて、そっとアレシアを揺すぶった。

「アレシア。どうした。起きろ」

ぱっとまぶたが開いて、アレシアは必死に周囲を見まわし、おれの手を払いのけようとした。

「アレシア、おれだ。マキシムだ」どちらも怪我をしないうちに、両手をつかまえた。

「マ……マ……マキシム」アレシアが小声で言い、暴れるのをやめる。

「怖い夢でも見たんだろう。大丈夫だ、おれがいる」腕のなかに抱き寄せて体の上に重ならせ、頭のてっぺんにキスをした。アレシアは震えていた。

「わたし……てっきり……」なにか言おうとして、つかえる。

「大丈夫、ただの夢だ。もう怖くない」しっかり抱きしめてやさしく背中を撫でながら、恐怖も苦痛もすべて取り去ってやれたらと願った。アレシアはしばらく震えていたが、やがて落ちついて、ほどなくまた眠りについた。

おれは目を閉じると、片手をアレシアの髪に、もう片方の手を背中にのせて、心地よい重みと肌の感触を味わった。これになら、慣れることができそうだ。


まだ朝早い灰色の光のなか、アレシアは目を覚ました。マキシムの腕の下にすっぽりと収まり、片手を彼のお腹にのせていた。マキシムはこちらに顔を向けて、ぐっすり眠っている。髪は乱れて唇はわずかに開き、頬とあごには無精ひげが生えていた。リラックスした寝姿は、とても魅惑的。となりでうーんと伸びをして、筋肉が引っ張られる感覚を楽しんだ。脇腹はいまも少し痛むし、あざの部分には触れたくないけれど、気分はいい。

〝いい〟どころではない。

希望に満ちて、穏やかで、力強く、安心できる。

それもこれも、となりで眠っているすばらしい男性のおかげ。

彼を愛している。全身全霊で。

さらに驚くべきは、彼もアレシアを愛しているということ。本当に、まだ信じられない。

この男性が希望をくれた。

マキシムが身じろぎをして、まぶたが開いた。

「おはよう」アレシアはささやいた。

「いい朝だ」いたずらっぽい光を目に宿してマキシムが言う。「今日もきれいだな。よく眠れたか？」

「ええ」

「怖い夢を見ただろう」

「わたしが？　ゆうべ？」

「覚えていないのか？」

アレシアが覚えていないと首を振ると、マキシムが指の背で頬を撫でて言った。「それならよかった。今朝の気分は？」

「悪くないわ」

「悪くない？　そのていど？」セクシーな声で尋ねる。

「すごくいい」アレシアはにっこりした。

すかさずマキシムが向きを変えてアレシアをマットレスに押さえつけ、輝く緑の目でじっと見つめた。「ああ、きみのとなりで目覚めるのはすばらしいな」ささやいて、首筋にキスをした。

アレシアはたくましい首に両腕を回し、巧みな唇に喜んで屈した。

「そろそろ起きて、ロンドンへ向かわないと」マキシムが、アレシアのお腹に向かって言った。

アレシアは指で彼の髪を梳いていたが、リラックスしすぎて動く気分になれなかった。情熱の嵐が過ぎたあとの穏やかなひとときを楽しんでいる。それでも、ついにマキシムがそのひとときを破った。「一緒にシャワーを浴びよう」顔をあげてアレシアを見あげ、満面の笑みを浮かべた。
その誘いは断れない。

おれがひげを剃るそばで、アレシアはタオルで髪を乾かしていた。脇腹のあざは小さくなったが、いまも暗い紫色だ。罪悪感に襲われる。昨夜も今朝も、アレシアはどこかが痛むようなそぶりをまったく見せなかった。いま、肩越しにまぶしい笑みを投げかけられると、そよ風に吹かれた海上の霧のごとく、罪悪感は消えた。

心の一部は、いつまでもアレシアとここにいたいと思っていた。だが同時に、早くここを離れたくもあった。ナンカロー巡査部長かその同僚が、アレシアから話を聞こうと屋敷に来ては困る。いまはまだ、警察からは遠ざけておかなくては。必要に迫られれば、仕事でロンドンへ戻らなくてはならなかったと伝えよう。

ここを離れるのは残念だ。二人きりでもすっかりくつろげるようになったし、アレシアの変化には驚いていた。ほんの数日で、大きな自信を得たようなのだ。そのアレシアが髪を片方にまとめてちらりとおれを見てから、生まれたままの姿でバスルームを出ていく。おれはこっそり戸口からのぞいた。これほど魅惑的な光景を拝まないのは、もったいない。腰まで垂れた黒髪を穏やかに揺らしながら歩いていく。ベッドのそばで足を止め、オットマンにのせられた枝編み細工のかごの中身をあさって、服を探す。顔をあげておれの視線に気づくと、にっこりした。おれは鏡に視線を戻し、悦に入った笑みを浮かべた。アレシアが新たに得た自信は、とびきりセクシーだった。

ほどなくアレシアが戸口に現れて、壁に寄りかかった。おれが買った服を着ているのを見て、今日はいい日になりそうだと思いながら言った。「たんすのいちばん下に、服を詰めるのに使えそうなかばんが入っているはずだ。それともダニーに荷造りをしてくれるよう、頼もうか？」

「自分でできるわ」アレシアは腕組みをして、おれを眺めた。「あなたがひげを剃るところを見るのが好き」

「おれは、きみに見られるのが好きだよ」言いながら、ひげを剃り終えた。向きを変えてアレシアの唇にキスをしてから、顔に残っていた泡を拭い取った。「朝食をすませたら、出発だ」


ロンドンへ戻る車中で、アレシアはいきいきしていた。しゃべって笑って、さらにしゃべって――アレシアの笑い声には絶大な伝染性がある。高速道路Ｍ４に入るとアレシアが選曲権を握り、車内にはラフマニノフが流れた。ピアノ協奏曲の最初の小節が始まったとき、〈ハイドアウト〉でアレシアがこの曲を弾いたときのことを思い出して……おれの心は震えた。音楽に没頭する姿を見つめるうちに、引きこまれたものだ。いま、目の端でちらりと見ると、カデンツァのあいだアレシアの指は想像上の鍵盤をたたいていた。またこの曲を弾くところを見たいが、そのときはフルオーケストラと一緒に演奏してほしい。

「『逢びき』という映画を見たことは？」

「ないわ」

「古いイギリス映画だ。監督は全編を通じてこの曲を使った。とてもすてきだよ。母の好きな映画の一つだ」

「見てみたい。この曲は大好き」

「とても上手に弾くよな」

「ありがとう」そう言って、恥ずかしそうにほほえむ。「どんな人?」

「おれの母? そうだな……上昇志向が強くて、頭の回転が速くて、おもしろくて、あまり母親らしくない」母を裏切っているような気にさせられたが、実際、ロウィーナは幼いころのおれたちには無関心で、迷惑がっているように見えた。何人もいた乳母に喜んであずけ、寄宿学校に追い払った。父が死んで初めて、おれたちは関心を示すべき存在になった。

まあ、キットにだけは昔から関心を示していたが。

「そう……なの」アレシアが言った。

「母とは少し……こじれた関係でね。たぶんこの先も、父を捨てた母のことは許せないと思う」

「捨てた?」アレシアが驚いた声で言う。

「おれたち全員をね。当時、おれは十二歳だった」

「かわいそうに」

「母は若い男と出会って――父の心を引き裂いた」

「そんな」

「いいんだ。ずっと昔の話だから。いまはぎこちない停戦状態にある。その、キットが死んでからは」いやな話になってきた。「次の曲を選んでくれないか」ちょうどラフマニノフが終わったので、うながした。「明るい曲がいいな」

アレシアはほほえんで、リスト画面をスクロールした。「『メロディー』は?」

おれは笑った。「ローリング・ストーンズ？　いいよ。それにしよう」アレシアが画面をタップすると、カウントダウンが始まった――トゥー、ワン、トゥー、スリー。続いてブルースピアノ。アレシアがにっこりしたので、気に入ったのがわかった。ああ、きみと聞きたい曲が山ほどある。

道路は空いていて、おれたちは楽しい時間を過ごした。スウィンドン方面への分岐点を飛ぶように通過したら、チェルシーまではあと八十マイルだ。だがガソリンを入れなくてはならないので、サービスエリアへ向かうランプにハンドルを切った。と同時にアレシアの様子が変わる。片手で助手席のドアハンドルを握りしめ、見開いた不安そうな目でおれを見た。

「サービスエリアが怖いのはわかっている。ガソリンを入れるだけだ。いいな？」力づけようと、手を伸ばして膝を握った。アレシアはうなずいたが、納得していない表情だ。給油機のそばに車を停めておりると、アレシアも急いで出てきてとなりに来た。「つきあってくれるのか？」

アレシアはうなずき、寒さをしのごうと足踏みをしながら、白い息を吐いた。すばやく周囲に視線を走らせ、停車中のトラック数台を見据える。油断なく、警戒しているのだ。そんな彼女を見ているのは苦痛だった。今朝はあれほどリラックスしていたのに。

「なあ、もう怖がらなくていい。悪党は警察がつかまえた」安心させたくて言ったが、そのとき給油機が大きな金属音とともに止まり、二人ともぎょっとした。満タンになったのだ。「支払いをしよう」給油用のノズルをホルダーに戻してアレシアの肩に腕を回し、店のほうへ向かう。アレシアは静かにとなりを歩いた。

「大丈夫か？」列に並んでもなおアレシアは不安をにじませ、店内の全員をちらちらと見ていた。

「母の考えだったの」小さな声で早口に言う。「母は、わたしを助けようとしたの」数秒かかってようやくアレシアがなんの話をしているのかわかった。

いま、ここで？ 背筋を震えが駆けあがる。なぜいま？ ガソリン代を支払わなくてはならないのに。「ちょっと待て」人差し指を掲げ、店員にクレジットカードを渡した。店員の男性は何度もアレシアに目を向けた。

残念だが、おまえのものにはならないよ。

「ＰＩＮコードを入力してください」店員はそう言ってアレシアに笑顔を向けたが、アレシアのほうは、ほとんど見向きもしなかった。まだ外の給油機をにらんで、だれがいるかを確認している。

支払いがすんだので、おれはアレシアの手を握った。「話の続きを車のなかで」

アレシアはうなずいた。

ふたたびジャガーに乗りこみながら、なぜ打ち明け話をする場所に、サービスエリアや駐車場を選ぶのだろうと思った。給油機のそばから発進し、深い木立に面したスペースに車を移動させてから、エンジンをアイドリングさせる。「さて。いまも話したい気分かな」

アレシアは正面の落葉した木立ちを見つめたまま、うなずいた。「わたしの許婚は荒っぽい人で、ある日……」声が途切れる。

心が沈んだ。恐れていたとおりだ。

そいつはきみになにをした？

「彼は、わたしがピアノを弾くのをいやがった。わたしが……その……注目を浴びるのをいやがったの」

ますますそいつを軽蔑する。

「それで、彼は腹を立てて、わたしにピアノをやめさせようとして……」

ハンドルを握った両手に力がこもる。

アレシアの声はほとんど聞こえなかった。「わたしを殴ったの。そして指の骨を折ろうとした」

「なんだと？」

アレシアは自分の両手を見おろした。大切な手。その片方で、もう片方をそっと抱く。

ひとでなしは暴力をふるったのか。

「だからわたし……逃げるしかなかった」

「当然だ」

アレシアに触れることで、味方だと伝えたかった。両手をそっと手に取り、やさしく握る。膝の上に引き寄せて抱きしめたい思いに駆られたが、こらえた。いまは彼女が話したがっている。アレシアがおずおずとこちらを見たので、手を離した。「小さなバスでシュコドラまで行って、そこで大きなトラックに乗り換えさせられたの。ダンテとイーリィが連れていた女の子は五人。一人はまだ十七つ……十七歳だった」

おれは驚いて息を呑んだ。若すぎる。

「名前はブレリアナ。トラックのなかで話をしたわ。たくさん。ブレリアナもアルバニアの北部、フィエルサの生まれで。わたしたちは友達になった。一緒に働ける仕事を見つけようと話し合って――」声が途切れた。語っていることの恐ろしさに呑まれたのか、友達の身に起きたことを想像しているのか。

「わたしたちは持ち物をすべて取りあげられた。そのとき着ていた服と靴以外、すべて。奥には一つだけバケツがあって……そのための」声が薄れて消えた。

「ひどいな」

「ええ。あのにおい」アレシアは身震いした。「わたしたちに与えられたのは、水の入ったボトルだけ。一人に一本」アレシアの脚が細かく上下に動きはじめ、顔から血の気が引く。おれは初めて会ったときの彼女の姿を思い出した。

「大丈夫だ。もう怖くない。おれがついている。話してくれ、知りたいんだ」

アレシアが打ちひしがれたような暗い目をこちらに向けた。「知りたい？」

「ああ。ただし、きみが話したくないなら別だ」

アレシアの目が、おれの心を探るように顔を眺めまわした。初めて玄関ホールで対面したときのように、丸裸にされた気がする。

なぜおれは知りたいのだろう？

それは、彼女を愛しているから。

そして、彼女が経験してきたことの総体が彼女という人間であり、悲しいかな、これもその一つだから。

アレシアは深く息を吸いこんで、先を続けた。「トラックにいたのは三日か四日。正確にはわからない。そのうち動きが止まって、トラックは――ええと、大きな船……車とかトラックを運ぶ……そう、フェリーに乗りこんだの。わたしたちはパンを与えられて、黒いビニール袋を渡された。それを頭からかぶらなくちゃならなかった」

「なんだって？」

「入国審査のために。計るから……ええと、ディオクシディネ・カルボーニを」単語がわからなくて、母国語で言う。

「二酸化炭素《カーボン・ダイオキサイド》？」

「ええ、それ」

「トラックのなかの？」

アレシアは肩をすくめた。「よくわからないけど、その数字が多すぎるとトラックのなかに人がいるのがわかるから、計るんでしょう。ともかく、フェリーに乗りこんだ。そうしたら音が。ものすごくうるさくて。エンジンとか、ほかのトラックとか……そして真っ暗で……。ビニール袋をかぶってるから。そうしたらトラックが停まって、エンジンが静かになって、聞こえてきたのは金属やタイヤのこすれるような、高い音、低い音……。海はとても荒れていて、わたしたちはみんな横になっていた」首からさげている小さな十字架に手が向かい、いじりはじめた。「息をするのも苦しかった。このまま死ぬんだと思った」

おれはのどがふさがれるのを感じ、かすれた声で言った。「暗いのが好きじゃないのも当然だ。怖かっただろう」

「女の子の一人が、気持ちが悪くなって。においが」言葉を止めて、えづく。

「アレシア……」

それでも彼女は話しつづけた。そうせずにはいられないようだった。「フェリーに乗る前、パンを食べていたときに、ダンテが英語で言うのを聞いたの——わたしが英語を理解できるとは思わなかったんでしょう。こう言ってた——あいつらは寝転がって金を稼ぐって。それでわたしは自分たちの運命を悟ったの」

瞬時に怒りがこみあげて、全身が熱くなった。そうする機会があったときにあの虫けらどもを殺して、ジェンキンスが提案したとおりに死体を捨てればよかった。いまほど自分を無力だと感じたことはなかった。アレシアがうつむいたので、手を伸ばしてそっとあごをすくった。「かわいそうに」

アレシアがこちらを向くと、その目には炎があった。おれが感じているのと同じ悲しみでも、自己憐憫《れんびん》でもなく、怒りが。アレシアは心の底から怒っている。「噂を聞いたことがあるの。わたしの住む町や近所の村から女の子が消えたという噂。コソボでもそういうことがあったそうよ。バスに乗ったとき、頭の隅にそのことはあった——だけど、どんなときも希望は捨てられない」

言葉を切ってつばを飲んだ。その目を見つめていたおれは、怒りの下に苦悩があるのを悟った。自分の愚かさを痛感しているのだ。

「アレシア、きみはなにも悪くないし、お母さんだってそうだ。お母さんはよかれと思って行動した」

「ええ。そしてわたしは逃げるしかなかった」

「わかるよ」

「ダンテが言ったことを、女の子たちに話したわ。三人は信じた。ブレリアナはその一人。それで、逃げるチャンスが来たときに、わたしたちは逃げたの。必死で走った。ほかの子たちがうまく逃げられたかは、わからない。ブレリアナも逃げられたかどうか」アレシアの声には罪悪感がにじんでいた。「わたしはマグダの住所のメモを持ってた。この国では、みんなクリスマスを祝ってた。わたしは何日も歩いて……六日か七日か。それでようやくマグダの家にたどり着いた。そのあとはマグダが面倒を見てくれた」

「マグダに感謝だな」

「ええ」

「歩いていたとき、どこで眠った？」

「眠らなかったわ。きちんとは。寒すぎて眠れなかった。それからあるお店で……地図を盗んだの」視線を落とす。

「どんなにつらい思いをしたか、想像するのも怖いくらいだ。胸が痛むよ」

「あなたが胸を痛める必要はないわ」そう言って、かすかな笑みを浮かべる。「あなたに会う前のことだもの。さあ、これがすべてよ。全部話した」

「話してくれてありがとう」おれは身を乗りだして、ひたいにキスをした。「きみは本当に勇敢な女性だ」

「聞いてくれてありがとう」

「いつだって聞くよ、アレシア。いつだってね。さあ、それじゃあ家に帰ろうか」

アレシアが見るからにほっとしてうなずいたので、おれはふたたびエンジンをかけて駐車スペースを出た。ランプを通って高速道路に戻る。

「知りたいことが一つある」たったいま打ち明けられた恐ろしい話を思い返しながら、おれは言った。

「なに？」

「そいつの名前は？」

「そいつ？」

「きみの……許婚」吐き捨てるように言った。会ったこともない男を激しく嫌っていた。

アレシアは首を振った。「名前は言わないことにしてるの」

「ヴォルデモートだな」小声で言った。

「ハリー・ポッターの？」

「ハリー・ポッターを知っているのか？」

「もちろん。祖母が――」

「言うな。おばあさんが本をアルバニアへこっそり持ちこんだんだろう？」

アレシアは笑った。「いいえ。本を送ってもらったの。マグダに。母がそれを幼いわたしに読んでくれた。英語で」

「なるほど、英語が上手なもう一つの理由がそれか。お母さんも同じくらい上手？」

「母？　ええ。父は……わたしたちが英語で話すのをあまり喜んでいなかった」

「だろうね」父親について聞けば聞くほど、やはり嫌いになっていくが、それは胸にしまっておくことにした。「また曲をかけてくれないか？」

アレシアが画面をスクロールし、ＲＹ　Ｘの名前を見つけて目を輝かせた。「一緒に踊った曲の人ね」

「初めて一緒に踊った曲だ」思い出すと笑顔になる。なんだか遠い昔に思えた。

心地よい沈黙に包まれて、二人とも音楽に耳を傾けた。アレシアはリズムに夢中らしく、体を軽く前後に揺らしている。つらい経験を打ち明けたあとに心の平穏を取り戻したようで、おれはほっとした。

次の曲を選ぶアレシアのとなりで、おれは考えにふけった。彼女に危害を加えたという男、よりによって許婚。その男からアレシアを守るのなら、そいつに関するすべてを知っておきたい。そしてアレシアのイギリス滞在状況に関する問題を、早急に解決しなくては。だがどうやって？結婚は役に立つだろうが、そのためにはまず、合法的にこの国に滞在していなくてはならないはずだ。なるべく早くラジャに電話をかけよう。

メイデンヘッドへの分岐点を過ぎたとき、にやりとしてしまった自分に、やれやれと首を振った。いくら地名に処女性《メイデンヘッド》という意味があるとしても、これではまるで十二歳の坊やだ。ちらりとアレシアを見たが、気づいていないようだった。考えこんでいるのか、指で唇をたたいている。

「名前はアナトリ。アナトリ・サチ」アレシアが不意に言った。

なんだって？「名前を言ってはいけない男の名前が？」

「そう」

ろくでなしの名前を頭のメモに書き留めた。「教える気になった？」

「ええ」

「どうして?」

「名前がないと、力が強くなるから」

「ヴォルデモートみたいに?」

　アレシアはうなずいた。

「そいつはどんな仕事をしている?」

「よくわからない。父が大きな借金をしていて、それは彼の仕事に関係があるんだと思う。でも、なんの仕事かは知らないわ。アナトリは力のある人。そしてお金持ち」

「へえ?」乾いた声が出た。自分の預金残高がその男より多いことを心の底から祈った。

「彼の仕事は……ええと……合法?　じゃないと思う。単語はあってるかしら」

「ああ。ばっちりだ。そいつは悪党なんだな」

「ならず者よ」

「どうしてきみが、ならず者なんかの許婚に?」おれが顔をしかめると、意外にも、アレシアはくすくす笑った。拍子抜けして、おれは尋ねた。「なにがおかしい?」

「あなたの顔」

「ああ」おれはにやりとした。「それなら納得だ」

「あなたの顔は大好きよ」

「おれも嫌いじゃない」

　アレシアはまた笑い、それから真顔に戻った。「でもそうね、笑いごとじゃない」

「ああ。だがそいつは遠くにいて、きみに手出しはできない。そろそろ家だな。もう一曲、ラフマニノフをかけてくれないか？」

「任せて」アレシアが言い、また画面をスクロールした。


ジャガーFタイプをオフィスの外に停めると、オリバーが挨拶をしに出てきて、フラットの新しい鍵を渡してくれた。

「こちらはおれのガールフレンド、アレシア・デマチだ」そう言って身を引くと、オリバーが車の窓から手を突っこんで、アレシアと握手をした。

「どうぞよろしく」オリバーが言う。「もっといい状況で会えたらよかったんだが」そう言って温かな笑みを浮かべた。

アレシアが返した笑みはまばゆいほどだった。

「少しは落ちついたかな」

アレシアはうなずいた。

「なにもかも任せて、すまなかった。助かったよ」おれは言った。「また明日、オフィスで会おう」オリバーは手を振り、おれはジャガーを発進させた。


マキシムが二人のかばんをエレベーターまで運んだ。ここで暮らすのだと知りながら戻ってくるのは、なんだか妙な感じだった。ドアが開いたので乗りこむと、マキシムがかばんを床に置いてアレシアを抱き寄せた。「おかえり」ささやかれて、心臓が一瞬止まる。キスしたくて上を向くと、マキシムの唇がおりてきて、自分の名前も忘れてしまうほど長く激しいくちづけをされた。

ドアが開いたときには、二人とも息を切らしていた。

エレベーターホールには年配の女性がいた。大きなサングラスをかけて派手な赤い帽子をかぶり、こちらも赤のイヤリングにコート、そして小さなふわふわの犬を抱っこしている。マキシムがアレシアを離した。「こんにちは、ミセス・ベクストロム」

「ああ、マキシム。会えてうれしいわ」甲高い声で女性が言った。「それとも、いまは肩書で呼ぶべきかしら」

「マキシムでかまいませんよ、ミセス・B」アレシアをエレベーターの外へうながしてから、年配の女性のためにドアを押さえる。「こちらはガールフレンドのアレシア・デマチ」

「ごきげんよう」ミセス・ベクストロムはアレシアにほほえみかけたが、アレシアの返事を待たずに話しつづけた。「玄関ドアを修理したのね。空き巣の被害が多くないといいけれど」

「替えのきかないものは、なにも盗られませんでした」

「悪い人が戻ってこないことを祈るわ」

「きっと警察がもうつかまえたでしょう」

「よかった。絞首刑にすればいいのよ」

絞首刑？　アレシアはぎょっとした。イギリスでは人がつるされるの？

「さて、ヘラクレスを散歩させてくるわ。ようやく雨があがったから」

「行ってらっしゃい。楽しんで」

「ありがとう。そちらもね！」そしてちらりとアレシアを見たので、アレシアは抑えようもなく赤くなった。エレベーターのドアが閉まり、ミセス・ベクストロムがいなくなる。

「昔からのおとなりだ。千歳くらいの、コウモリさんだよ」

「コウモリさん？」

「頭がおかしいということさ」マキシムが説明する。「それからあの犬には騙されないように。小さくてふわふわだが、獰猛《どうもう》な悪魔だから」

アレシアはほほえんだ。「あなたはいつからここに住んでるの？」

「十九のときから」

「いまいくつなのか知らないわ」

マキシムが笑った。「もう青二才ではないな」

怪訝《けげん》な顔をするアレシアをよそに、マキシムは玄関の鍵を開けた。「二十八だ」

アレシアはにっこりした。「お年寄りね！」

「年寄り？　言ったな！」いきなり腰をかがめると、あざの側を慎重に避けてアレシアを肩に担ぎあげた。悲鳴をあげて笑う彼女を担いだまま、軽やかな足取りで部屋の奥に向かう。

警報装置が鳴ったので、マキシムが向きを変え、アレシアが警報装置のパネルの正面に来るようにする。アレシアは息を切らしながら、言われたとおりに新しい暗証番号を入力した。警報音が止まると、マキシムが肩からアレシアをおろしてふたたび腕のなかに抱き寄せた。

「一緒にここにいられて、うれしいよ」マキシムが言う。

「わたしもうれしい」

マキシムがポケットに手を入れて、先ほどオリバーからもらった鍵を取りだした。「きみに」

アレシアは受け取った。鍵がつけられた青い革製のキーホルダーには〈アングウィンハウス〉

と記されている。

「王国への鍵ね」アレシアは言った。

マキシムがにやりとした。「おかえり」かがんでキスをし、唇で唇を開こうとする。アレシアは声を漏らして応じ、二人は互いに溺れた。


絶頂に達してアレシアが叫んだ。大いに下半身を刺激する音だ。アレシアは両手でシーツを握りしめ、首をそらして口を開いている。脚のあいだの感じやすいつぼみにキスをすると、アレシアはおれの下で身をよじらせた。徐々に上へ移動して、下腹に、へそに、みぞおちに、胸骨にキスをしていくと、アレシアが猫のような声をあげる。おれはその甘い声を口で受け止めながら、潤った部分に太いものを沈めた。


携帯電話が鳴っている。発信者を見なくても、キャロラインからだとわかった。会うと約束したことは忘れていない。おれは電話の音を無視して、となりで眠っているアレシアを見おろした。この女性はベッドのなかでの要求が多くなってきた――じつに望ましい。かがみこんで肩にキスをすると、アレシアが身じろぎした。

「出かけてくる」おれはささやいた。

「どこへ行くの?」

「義理の姉に会わなくちゃならない」

「ああ」

「しばらく会っていないし、話し合わなくちゃならないことがあるんだ。すぐに戻るよ」

アレシアが体を起こした。「わかった」そしてちらりと窓に目をやる。外はもう暗かった。

「いま、午後六時だ」おれは言った。

「夕食を用意してもいい？」

「食材があれば、ぜひ」

アレシアはほほえんだ。「じゃあ任せて」

「あるもので作れそうになかったら、外で食事にしよう。一時間後には戻る」いやいやながらも布団をめくってベッドを出たおれは、アレシアの視線を浴びながら服を着た。

この対面を恐れていることは言わなかった。

第26章

「おかえりなさいませ、旦那さま《マイロード》」トレヴェリアンハウスの玄関を開けて、執事のブレイクが言った。

「やあ、ブレイク」〝ロード〟ではなく〝サー〟でいいとは言わなかった。どれほど苦痛でも、おれが伯爵であることはもう事実だ。「レディ・トレヴェシックはいるかな」

「日中用の居間《モーニングルーム》におられるかと」

「そうか。案内はいいよ。ああ、それから空き巣にやられた部屋の後始末をしてくれてありがとうとミセス・ブレイクに伝えてくれ。とても助かった」

「伝えておきます、旦那さま。たいへんな災難でしたね。外套をおあずかりしましょうか？」

「頼む」コートを脱いで手渡すと、ブレイクは受け取って腕にかけた。

「お飲み物はいかがですか？」

「いや、いらない。ありがとう」

階段を駆けあがって左に曲がり、深く息を吸いこんで心を落ちつかせてから、モーニングルームのドアを開けた。

マキシムの寝室のウォークインクローゼットのなかは、混沌としていた。引き出しも棚も彼の服であふれかえっていて、アレシアの服を置く余地はない。そこでアレシアはダッフルバッグを手に予備の寝室へ向かい、かばんの中身を取りだして、新しい服を小さなたんすにつるした。

小物の入ったかばんをベッドに置き、アパートメントのなかをぶらぶらと歩く。なにもかもひどく馴染み深いけれど、いまは新しい視点からすべてを見ていた。これまでのアレシアにとって、マキシムの部屋は〝働く場所〟だった。いつかここに彼と住むなど、想像さえしたことがなかった。これほど立派なところに住みたいと思ったことすらない。キッチンの入り口でくるりとターンした。喜びと感謝と――幸せで胸がいっぱいだ。こんな思いを味わうことはめったにないし、とても貴重。これからの人生について、解決しなくてはならない問題は山ほどあるが、いまは本当に久しぶりに希望をいだいていた。マキシムがついていてくれるなら、どんな障害も乗り越えられる気がする。一時間で帰ってくると言っていたけれど……もう恋しかった。

玄関ホールの壁に指を這わせる。ここにかけられていた写真はなくなっていた。空き巣に盗まれたのかもしれない。

そうだ、ピアノ！

リビングルームに駆けこんでみると、ピアノは無傷でそこにあった。安堵の息を漏らし、照明のスイッチを入れる。部屋はきちんと片づいていて、マキシムのレコードもずらりと残っていた。だが机の表面は空っぽで、パソコンも音楽関係の機材も消えている。この部屋の壁にかかっていた写真も見当たらない。不安を覚えつつピアノに歩み寄り、全体をくまなく点検した。シャンデリアの光の下で、つやと輝きを放っている。磨きなおされたようだ。黒い表面に手をのせて、流れるような曲線を撫でながら一周した。鍵盤側に来てみて、マキシムの楽譜がなくなっていることに気づいた。だれかが片づけたのかもしれない。蓋を開けて、中央のドの音を押す。だれもいない部屋に金色の音が響き渡り、アレシアの心を誘って、落ちつかせ……集中させた。ピアノ椅子に腰かけて、寂しさを振り払い、バッハの前奏曲23番ロ長調を弾きはじめた。

キャロラインは暖炉のそばに座り、タータンチェックのブランケットにくるまって、炎を見つめていた。おれが入っていっても振り返らない。

「やあ」火の燃えるぱちぱちという音の合間に、控えめな挨拶をした。こちらを向いたキャロラインの表情はわびしそうで、口角は悲しげにさがっていた。

「ああ、あなたなの」キャロラインが言う。

「だれだと思った？」義理の姉が立ちあがって挨拶をしないので、歓迎されていない気がした。

キャロラインがため息をつく。「ごめんなさい。ちょっとね、もしキットがいまここにいたら、あの人、なにをしていただろうなと考えていたの」

どこからともなく悲しみがこみあげてきて、ちくちくするウールのブランケットのごとく、おれを息苦しくさせた。それを振り払って、のどのつかえを呑みこむ。近づいてみると、キャロラインが泣いていたのがわかった。「ああ、カロ……」つぶやいて、椅子のそばにしゃがむ。

「マキシム、わたしは未亡人よ。二十八で、未亡人。こんなの、計画になかった」

そっと手を取った。「わかってる。こんなこと、だれも計画していなかったよ。当のキットだって」

苦悩をたたえた青い目に見つめられた。「どうかしら」

「どういう意味だ？」

キャロラインが身を乗りだして、顔と顔を突き合わせ、共犯者めいた声でささやいた。「あれは自殺だったと思うの」

思わず義理の姉の手を握りしめた。「カロ。それはない。そんなことを考えるな。あれは痛ましい事故だったんだ」じっと目を見つめて、本心から言っているような表情を浮かべたが、実際は――おれも同じことを考えていた。だがそれをキャロラインに知られてはならないし、自分でも信じたくはない。自殺は、遺された者にはつらすぎる。

「あの日のことを何度も思い返してるの」キャロラインが言い、答えを求めるかのようにおれの顔を見つめる。「でも、やっぱりわからない……」

ああ、同感だ。

「あれは事故だった」おれはくり返した。「ちょっと座らせてくれ」手を離し、暖炉の前に置かれたもう一脚にどさりと腰かけた。

「なにか飲む？　まあ、ここはあなたの家だし」キャロラインの声には無視できない苦々しさがあった。喧嘩はしたくない。

「ブレイクにも訊かれたが、断ったよ」

キャロラインは深々と息を吐きだして、また炎に視線を戻した。二人で踊る火を見つめ、キットの喪失という痛みに浸った。あれこれ問いつめられたり苦しみを吐露されたりするのではと思っていたが、キャロラインが進んで話そうとしないので、そのまま気詰まりな沈黙に包まれていた。やがて炎が小さくなってきたので、立ちあがって何本か薪を足し、火かき棒でつついた。

「帰ったほうがいいか？」おれは尋ねた。

キャロラインは首を振った。

それなら。

また椅子に腰かけると、キャロラインが首を傾けて、顔にかかった髪を耳にかけた。「空き巣のこと、聞いたわ。なにか大事なものを盗られた？」

「いや、ノートパソコンとレコードプレーヤーだけだ。ｉＭａｃは落として壊されたらしい」

「人間っていやね」

「まったくだ」

「コーンウォールでなにしてたの？」

「あれとかこれとか……」冗談めかして言った。

「ふうん、そうなんだ」そう言って天を仰いだ様子は、おれのよく知る快活なキャロラインだった。「コーンウォールでなにをしていたの？」

「どうしても知りたいというなら、悪党から逃げていた」

「悪党？」

「ああ……。そして、恋に落ちていた」

なにか夕食を作れないだろうかと、アレシアはキッチンの戸棚と引き出しをのぞいた。そういうつもりでこれらを開けるのは初めてだ。そうして中身をチェックするうちに、調理器具はどれも清潔で、鍋やフライパンには傷一つないことに気づいた。一度でも使われたことはあるのだろうか。フライパンのうちの二つなどには、まだ値札がついている。食料貯蔵室にはいくつか使えそうなものがあった。パスタ、バジリコソース、ドライトマト、ハーブやスパイス類の瓶。一食作れなくはないが、どうもそそられない。アレシアはキッチンの時計を見た。マキシムはいましばらく帰ってこない。近くの店へ行って、わたしの大事な人がもう少し喜びそうなものを買ってくる時間はある。

間抜けな笑みが満面に広がった。

わたしの大事な人。

わたしの愛しい人。

たんすのいちばん下から、ミハウの古いラグビーソックスのなかに押しこんでいたジップロックバッグを取りだした。ここに貴重な蓄えを収めている。二十ポンド紙幣を二枚抜いてジーンズのお尻のポケットに突っこむと、コートをつかんで警報装置をセットし、出発した。

「はあ?」キャロラインが言う。「あなたが? 恋?」

「そんなにありえない話かな」義理の姉が〝悪党〟については追及しないことに、気づかずにはいられなかった。

「マキシム、あなたが愛してるのは自分のイチモツだけでしょう」

「そんなことはない！」

キャロラインは甲高い声で笑った。彼女の笑い声を聞けるのはうれしいが、自分をネタにしてとなると、あまりうれしいものではない。芳しくないおれの反応に気づいて、キャロラインが笑うのをやめた。「わかったわよ。それで？　だれとヤッてたの？」あやすような口調で言う。

「そこまで露骨な言い方をしなくてもいいだろう」

「それじゃあ答えになってない」

じっと見つめていると、キャロラインの顔からゆっくりと温かさと愉快さが消えていった。

「だれなの？」キャロラインが問いつめる。

「アレシアだ」

一瞬、キャロラインは眉をひそめたが、次の瞬間、両眉がつりあがった。「嘘でしょう！」息を呑んで言う。「あの掃除の娘《こ》？」

「嘘って、どういう意味だ？」

「マキシム。あの娘はあなたの部屋を掃除するために雇われたの！　あなたの性欲を処理するためじゃなく」暗雲が顔をよぎる。どうやら嵐になりそうだ。

そんな反応が腹立たしくて、おれは椅子の上で身じろぎした。「状況が変わった」

「やっぱりね！　あなたの部屋のキッチンで鉢合わせしたとき、どうもおかしいと思った。やけに親切なんだもの」一語一語を毒のように吐く。ショックを受けているのだ。

「落ちつけよ。きみらしくない」

「これがわたし」

「いつから？」

「ある日突然、夫が自殺してからよ！」恨みに目を潤ませて、甲高い声で言った。

ああ、やめてくれ。

口論にキットの死を利用するなんて。

衝撃と胸の痛みを呑みこんで、キャロラインとにらみ合った。二人のあいだに、言葉にされない思いが充満する。

不意にキャロラインが視線を暖炉の火に戻した。頑固そうなあごの線に、ありありと軽蔑をたたえて。「そういうことなら、飽きるまであの娘を抱くのね」不満そうに言う。

「彼女に飽きる日は来ないと思う。離れたくない。愛しているんだ」そっと声に出した言葉は宙に漂い、おれはキャロラインの反応を待った。

「馬鹿じゃないの」

「どうして？」

「説明しなくてもわかるでしょう！　相手はただの掃除婦よ」

「なにか問題あるかな？」

「大ありよ！」

「いや、ない」

「証明終わり《QED》。問題があると思えないなら、馬鹿よ」

「馬鹿みたいに恋しているんだ」おれは肩をすくめた。それが真実だ。

「召使い相手に！」

「カロ、そんなに見下さなくてもいいだろう。だれを愛するかなんて選べない。愛が勝手に選ぶんだ」

「やめてよ！」キャロラインがいきなり立ちあがり、おれをにらみおろした。「そんなくだらない話は聞きたくない。マキシム、あの小娘は汚いたかり屋よ。それがわからないの？」

「黙れ、キャロライン！」あまりの不当さにかっとなり、椅子を立った。鼻と鼻がぶつかりそうな距離でにらみ合う。「彼女のことをなにも知らないくせに――」

「ああいう女のことは知ってるわ」

「どこで知った？　なあ、どこで知ったんだ？　ああいう、女の、ことを、ええ？　レディ・トレヴェシック？」一語ずつ区切りながら言った。この小さな部屋の青く塗られた壁と額装された絵画に、声が反響する。

おれは激怒していた。

よくもアレシアを裁くような真似ができるものだ。おれと同様、完全に特権的な生活を送ってきたくせに。

キャロラインが蒼白になって後じさり、平手打ちをされたかのような目でおれを見つめた。

ああ、手に負えない事態になってきた。

おれは髪をかきあげた。

「キャロライン、別にこの世の終わりじゃない」

「わたしにはそうよ」

「どうして？」

傷ついているような、怒っているような顔でキャロラインに見つめられ、おれは首を振った。

「わからないな。どうしてきみがそこまで大騒ぎする？」

「わたしたちはどうなるの？」震える声で尋ねた。その目は見開かれていた。

「〝わたしたち〟なんてなかっただろう」ああ、苛立たしい。「悲しみに暮れて、慰め合っただけだ。いまも悲しみに暮れているが、おれはようやくある人に出会って、これまでの人生を振り返ったり前へ進もうと思ったりできるように――」

「でも、わたしはてっきり――」キャロラインは遮ったが、おれの顔を見るなり言葉は途切れた。

「てっきり、なんだ？　おれたちがくっつくとでも？　くっついただろう！　ずっと昔に！　そしてきみは兄貴を選んだ！」もはや大声になっていた。

「あのころはまだ若かったから」キャロラインが小さな声で言う。「それに、キットが死んだあと……」

「やめてくれ。その手はなしだ。やましい気持ちにさせようとするな。おれ一人でしたことじゃないだろう、キャロライン。おれもきみも空っぽで、喪失の痛みに引き裂かれていたとき、きみが最初のきっかけを作ったんだ。単なる口実だったのかもしれないが、いまとなってはわからない。だがおれたちはいい組み合わせじゃない。いい組み合わせだったことはないんだ。そうなるチャンスはあったのに、きみは軌道を外れて兄貴と寝た。兄貴とその肩書を手に入れた。おれはきみの残念賞じゃないんだよ」

顔にありありと恐怖を浮かべて、キャロラインはおれを見つめた。

言いすぎたか？

「出ていって！」キャロラインが細い声で言う。

「おれの家から追いだすのか？」

「うるさい！　いいから出ていって！　早く！」わめいて空のワイングラスをつかみ、おれめがけて投げつけた。グラスが腿に当たって木の床に落ち、砕ける。続く不穏な静寂のなか、おれたちはにらみ合った。

キャロラインの目に涙があふれた。

それ以上、耐えられなかった。おれはくるりと向きを変えて部屋を出ると、たたきつけるようにドアを閉じた。


ロイヤルホスピタルロードにあるコンビニエンスストアを目指して、アレシアはきびきびと脇道を進んだ。夜は寒くて暗く、両手をポケットに突っこんでいた。マキシムがこの暖かいコートを買ってくれたことに、あらためて感謝する。そのとき背筋がぞくりとして、うなじの毛が逆立った。

急に不安になって、そっと背後を振り返る。だが街灯の下は静かだ。通りの反対側で大きな犬を散歩させている女性をのぞけば、だれもいない。アレシアは首を振り、過剰反応だと自分をたしなめた。アルバニアでは、夜になると精霊《ジン》に用心する——日が沈んだあとに地上をうろつく悪鬼のことだ。けれどそれは迷信。ダンテとイーリィに襲われたせいで、まだびくびくしているだけだ。それでも、歩調を速めて通りの端まで急ぎ、角を曲がって〈テスコ・エクスプレス〉に向かった。

店はふだんより混んでいて、通路には客が大勢いたので、ほっとした。買い物かごをつかんで生鮮食品のコーナーに向かい、野菜を眺めはじめる。

「アレシア、元気だったか？」一瞬、穏やかで聞き覚えのある声が話したのはアルバニア語だと気づかなかった。次の瞬間、恐怖が心臓を締めつける。

どうしてあの男がここに。


トレヴェリアンハウスの外に立ち、おれは心を静めようとした。二月の寒さのなか、怒りに震える手でコートのボタンをかける。

失敗だ。

両手をこぶしに握りしめ、ポケットに突っこんだ。

いまは腹が立ちすぎていて、アレシアの待つ部屋にまっすぐ帰る気にはなれない。その前に気を静めなくては。むしゃくしゃしながら考えにふけり、右に曲がってチェルシー・エンバンクメントを歩いた。

どうしてキャロラインはおれとうまくいくかもしれないなどと思った？

おれたちは互いを知りすぎている。友達同士のはずだ。キャロラインは親友で、死んだ兄の妻だった女性だ。

まったく、とっちらかったものだ。

だが正直な話、キャロラインがおれに対して、ときどきベッドをともにする以外のことを目論んでいたとは思いもしなかった。

そう、彼女は嫉妬しているのだ。

アレシアに。

くそっ。

頭のなかがぐちゃぐちゃだ。しかめっ面でオークリーストリートを横切り、〈メルセデス・ベンツ〉の前を通りすぎた。通りの角にある、見慣れた少年とイルカの像の優美さをもってしても、気分は晴れなかった。怒りは夜のように暗かった。


アレシアは振り返った。心臓が早鐘を打ち、恐怖が稲妻のように全身を貫く。急にめまいが起きて、口のなかが渇いた。目の前にアナトリが立ちはだかっていた。すぐ近くに。「ずっと探していたんだぞ」母国語でアナトリが続けた。厚い唇はさりげない笑みのようなものを浮かべているが、淡いブルーの目は射るようだ。その目でアレシアを観察しながら、返事を待っている。アレシアの記憶にあるよりも、彫刻刀で削ったような顔は細く、髪は長い。高価なイタリア製のコートらしきものをはおり、その巨体でいまなおアレシアを脅かしていた。

アレシアの体は震えだした。どうして見つかったのだろう。「ひ、久し、ぶ、ぶり、アナトリ」つかえながら言う。声は震え、恐怖に染まっていた。

「つれないな、愛しい人《カリッシマ》。これから結婚する男に笑顔もなしか?」

ああ、そんな。

絶望がどっと押し寄せてきて、足は店の床に凍りついてしまったかのようだ。思考が駆けめぐる――逃げる方法を求めて。周囲には買い物客が大勢いるものの、これほど行き詰まった気分も、一人ぼっちの気分も、味わったことがない。目の前で起きていることに気づく人はいなかった。手袋をはめた指でアナトリにそっと頰を撫でられ、アレシアは吐き気を覚えた。

触らないで。

「おまえを迎えに来た」アナトリの軽い口調は、まるで昨日も会話をしたかのようだ。アレシアはものも言えずに彼を見つめた。「やさしい言葉の一つもなしか？　おれに会えてうれしくないのか？」苛立ちでアナトリの目がぎらりと光った。苛立ちと、それ以外のなにかで。思惑？　賞賛？　挑戦？

こみあげた吐き気をどうにかこらえたとき、アナトリが肘をぎゅっとつかんで言った。「一緒に来い。見つけるまでに、けっこうな金がかかったんだぞ。娘がいなくなって、おやじさんもおふくろさんも悲しんでいるし、無事を知らせる手紙一つ来ないとおやじさんはこぼしていた」

アレシアは戸惑った。どうも話が食い違っている。母が手を貸してくれたことを知らないのだろうか？　母は無事なのだろうか？　母はなんと言ったのだろう？

肘をつかむ手に力がこもった。「恥を知れ。だがその話はあとだ。いまはまず、おまえの荷物を拾って家に帰るぞ」

第27章

おれは足早にチェイニーウォークを歩いた。

ああ、このむしゃくしゃを静めるには酒が必要だ。腕時計をちらりと見る。アレシアには七時ごろ帰ると伝えたから、時間はまだある。そこで回れ右をすると、オークリーストリートに戻りはじめた。目指すは〈クーパーズアームズ〉のみ。

風が激しく吹きつけるものの、寒さは感じない。それどころではないほど腹が立っていた。キャロラインの反応が信じられなかった。

それとも、おれは悪い結果を予測していたのか？

どうだろう。これほどの悪い結果を？　家から追いだされるほどの？

忌々しい。

通常、ここまでおれを怒らせる人物は母だけだ。

二人とも、ぞっとするほどお高く止まっている。

そういうおれも。

いや。

おれは違う！　違うとも。

アレシアと結婚したい気持ちを伝えたら、キャロラインはなんと言うだろう？

母はなんと言うだろう？

〝お金のある娘と結婚しなさい〟

〝キットは賢い選択をしたわ〟

ますます暗い気持ちになって、夜に踏みだした。


「一緒には行かない」アレシアは言った。声が震えて、感じている恐怖を暴く。

「それについては外で話そう」肘をつかむ手の力が痛いまでになった。

「いや！」アレシアは叫んで、腕を振りほどいた。「触らないで！」

とたんにアナトリが恐ろしい形相になり、みるみる首は赤く染まって、目はピンで刺した冷たい点のようになった。「なぜそんな態度をとる？」

「理由は知ってるでしょう」

アナトリが唇を引き結んだ。「おまえのために、はるばる来たんだぞ。一緒でなければ帰らない。おまえは、おまえの父親がおれに約束した女なんだ。なぜ父親に恥をかかせるような真似をする？」

アレシアは赤くなった。

「例の男か？」

「男？」

アレシアの心拍数はあがった。マキシムのことを知っているの？

「だとしたら、そいつを殺す」

「そんな人なんていない」急いでささやいた。恐怖がふくらんで手に負えなくなり、ますます絶望に引きずりこまれる。

「おまえの母親の友人とかいう女からメールが来た。男がいる、と書いてあった」

驚きのあまり、ものも言えなかった。

マグダが？

アナトリが買い物かごをアレシアの手から奪い、また肘をつかんだ。

「行くぞ」言うなり先に立って自動ドアのほうへ歩きだし、買い物かごは近くの山に重ねた。アレシアは、突然現れたアナトリにまだめまいを覚えつつ、引きずられるまま通りに出た。


バーカウンターの前に立ち、おれはアイリッシュウイスキー〈ジェムソン〉のグラスを手にしていた。琥珀色の液体はのどを焼いたが、腹のなかにたまっていくにつれて、激しい嵐を静めてくれた。

おれは馬鹿だ。

下半身で考える馬鹿だ。

キャロラインと寝れば、いずれわが身に返ってくることはわかっていたのに。

案の定だ。

それでも、キャロラインの言うことは正しい。おれはいつでも下半身で考えてきた。アレシアに出会うまでは。彼女と出会って、すべてが変わった。

いい方向に。

アレシアのような人には会ったことがない。いわゆる財産のようなものはなにも持っていないが、才能と機知と美しさはあふれるほど備えているような人。自分がもっと低い身分に生まれていたら、どんな人生を送っていただろうと考える。音楽家になろうと努力していたかもしれないが、そもそも楽器を手にする機会に恵まれただろうか。ああ、おれはいったいどれほどのものを当たり前だと思ってきたことか。これまでずっと、苦もなく生きてきた。どんなものでも簡単に手に入ったし、なにかに影響を及ぼされることもなく、なんでも好きなようにやってきた。いまは生活のために働かなくてはならないし、数百人がおれの判断に頼っている。気の滅入る任務で、責任も重い。生活スタイルを維持したいなら、引き受けなくてはならないのはそれだ。

そんな風にうろたえていたとき、アレシアと出会った。そして尋常ではないほど短いあいだに、ほかのだれより大事な存在になった。自分よりも大事な存在に。愛しているのだ。アレシアのほうもおれを愛し、大事に思ってくれている。彼女はたぐいまれな贈り物、すばらしい女性で、おれを必要としている。そして、おれにも彼女が必要だ。彼女がいれば、しゃんとできる。

もっとましな人間になりたいと思わせてくれる。

それこそ、人生のパートナーに求めるものじゃないか?

そこへキャロラインだ。気落ちしてグラスのなかを見つめているうちに、認めるしかなくなった。キャロラインとは口論したくない。なにしろ親友だ。昔からの友達。そんな人と仲違いをしていたら、世界の軸がぶれたように思えるだろう。仲違いをしたことはあっても、キットが仲裁役をしてくれたし、家から追いだされるようなことは一度もなかった。

なお悪いのは、アレシアのイギリス滞在を合法的なものにするために、キャロラインに協力を仰ごうと思っていた点だ。キャロラインの父親は内務省の上級職に就いていて、この件で力になってくれる人がいるとしたら、彼を置いてほかにない。

だがいまは、それも論外。

おれはグラスを空けた。キャロラインもそのうち機嫌を直してくれるだろう。

そう祈るしかない。

グラスをたたきつけるようにカウンターに置いて、バーテンダーに合図をした。七時十五分、そろそろ帰る時間だ。愛する女性の待つ家へ。

アナトリはアレシアの肘をしっかりつかんだまま、マキシムの部屋がある建物のほうへ通りを進んだ。「おまえは家政婦なのか？」

「ええ」アレシアは簡潔に答えた。動揺するまいとしながら、選択肢を吟味していた。

もしマキシムが帰宅していたら？

アナトリは彼を殺すと言った。

マキシムになにをするかと思ったら、怖くてたまらなくなる。

マグダが母に知らせたなんて。どうして？　知らせないでと頼んだのに。

逃げなくてはならないが、足でアナトリにかなうわけはない。

考えなさい、アレシア、考えるの。

「つまり、おまえの雇い主か」

「そうよ」

「それだけなんだな？」

アレシアはさっとアナトリのほうを向き、激しく言い放った。「当たり前でしょう！」

アナトリが足を止めて手荒にアレシアを引き寄せ、街灯の淡い光のなか、なかば閉じたまぶたの下から疑いの目で見つめた。「じゃあその男は、おれのものを手に入れてはいないんだな？」

一瞬、なんのことだかわからなかったが、悟って口早にささやいた。「ないわ」凍てつくような二月の寒さにもかかわらず、頬が染まる。その返事に満足したようにアナトリがうなずいたので、アレシアはつかの間、安堵を覚えた。

アレシアが先にアパートメントのなかへ入った。警報装置が鳴ったので、マキシムがまだ戻っていないのだとわかり、ありがたく思う。アナトリは玄関ホールを見まわして、両眉をあげた。

感心しているのだろう。

「金持ちのようだな」つぶやくように言ったが、アレシアにはそれが自分に向けられた問いなのかどうか、わからなかった。アナトリが続ける。「おまえもここに住んでいるのか？」

「ええ」

「どこで眠っている？」

「あの部屋で」アレシアは予備の寝室を指差した。

「男は？」

アレシアは主寝室のドアをあごで示した。アナトリがそちらのドアを開けて、なかへ入っていく。アレシアは動揺に凍りつき、玄関ホールに立ち尽くした。いまなら逃げられる？　けれどアナトリはすぐに戻ってきて、小さなごみ箱を突きだした。「これは？」うなるように言う。

アレシアはどうにか顔の筋肉を動かし、ごみ箱のなかのコンドームにしかめっ面をしてみせた。肩をすくめ、なんでもない風を必死に装う。「彼にはガールフレンドがいるの。いまは二人とも出かけてる」

その答えに満足したのだろう、アナトリはごみ箱をおろした。「荷物をまとめてこい。外に車を停めている」

身動きもできなかった。心臓が早鐘を打つ。

「早くしろ。男が戻ってくるぞ。もめごとはごめんだ」外套のボタンを外して片手を上着の内側に滑りこませ、拳銃を取りだした。「本気で言っている」

銃を見て、アレシアは蒼白になった。動揺で呼吸が浅くなる。アナトリは本当にマキシムを殺すつもりだ。頭がくらくらしてきた。どうかマキシムをまだ帰らせないでと、心のなかで祖母の霊に祈った。

「おれはおまえを助けにきたんだ。なぜここにいるのか知らないが、その話はあとでいい。いまはさっさと荷造りをしろ。出発するぞ」

運命は決まった。アナトリと一緒に行く。愛する男性を守りたいなら、ほかに選択肢はない。父の〝ベサ〟――名誉をかけた約束から逃れられると、わたしは本気で思っていたのだろうか。

非力な怒りの涙を目に浮かべながら、予備の寝室に入った。静かにてきぱきと荷造りをするものの、胸のなかで怒りと恐怖がせめぎあい、手が震える。マキシムが戻ってくる前に行かなくては。なんとしても——彼を守るために。

アナトリが戸口に現れた。がらんとした室内とアレシアを一瞥する。「おまえ……印象が変わったな。西側っぽくなった。悪くない」

アレシアは無言のまま、ダッフルバッグのファスナーを閉じたが、コートを着たままでよかったと思った。

「なぜ泣いている」アナトリが純粋に戸惑った声で尋ねた。

「イングランドが好きだから。ここにいたいから。ここにいて、幸せだったから」

「じゅうぶん楽しんだだろう。そろそろ家に帰って、やるべきことをやるときだ、愛しい人《カリッシマ》」アナトリは銃を外套のポケットに滑りこませ、ダッフルバッグをつかんだ。

「メモを残していかないと」アレシアはとっさに言った。

「なぜだ？」

「そうするのが当然だからよ。なにもなしでいなくなったら雇い主が心配するわ。とてもよくしてもらったの」危うく言葉がのどでつかえそうになった。

アナトリにしげしげと見つめられ、なにを考えているのだろうとアレシアは訝《いぶか》った。いまのが本心からの言葉かどうか、推し量っているのかもしれない。「いいだろう」ようやくアナトリが言った。アレシアが先に立ってキッチンに入り、電話のそばのメモ帳とペンに歩み寄る。慎重に言葉を選びながら、走り書きをした。マキシムが行間を読んでくれるよう、心の底から祈りつつ。アナトリがどのくらい英語の読み書きができるのかわからないので、危険は冒せない。本当に伝えたいことは記せない。

守ってくれてありがとう。

愛がどんなものか、教えてくれてありがとう。

でも運命からは逃れられないの。

愛してる。これからもずっと愛してる。この命が尽きるまで。

マキシム。愛しい人。

「なんと書いた？」

アレシアはメモを示し、アナトリの目が文字を追うのを見た。すぐにアナトリはうなずいた。

「よし。行くぞ」アレシアは、メモの上に新しい鍵を置いた。これがアレシアのものだったのは、貴重な数時間のあいだだけだった。


静かな寒い夜で、霜がおりはじめていた。街灯の明かりの下、真っ白に輝いている。おれが角を曲がったとき、通りは静まり返っていたが、遠くにただ一人、黒のメルセデス・ベンツSクラスのドアを閉じる男がいた。車が停まっているのは、おれの部屋がある建物の前だ。

「マキシム！」

振り返ると、キャロラインがこちらに駆けてくるのが見えた。

キャロライン？　どうして？

だが、ベンツの男がどうも気になった。なにかがおかしい。男は車を回って歩道側に向かっている。妙だ。おれはなにかを見落としている。急に神経が張り詰めた。キャロラインのヒールが道路をたたく音が近づいてきて、冬とテムズ川のにおいが冷たい風に乗って運ばれてくる。おれは目を凝らして車のナンバープレートを見た。この距離でも、外国のものだとわかった。

男が運転席側らしきドアを開ける。

「マキシム！」キャロラインがまた叫んだ。振り返ると、追いついたキャロラインがおれの首に両腕を回して飛びついてきた。あまりの勢いに危うく地面に倒れそうになり、おれは彼女の体に腕を回してこらえた。「ごめんなさい」キャロラインがすすり泣く。

それには答えず車に視線を戻すと、男が運転席に乗りこんでドアを閉じるところだった。キャロラインがまた謝罪の言葉を口にしたものの、おれはそれを無視した。方向指示器が点滅しはじめ、車が縁石を離れて、街灯の光のなかに入った。

そのとき見えた。ナンバープレートを飾っていたのは、赤と黒の小さなアルバニア国旗だった。


通りの先で、マキシムの名前を呼ぶ大きな声が聞こえた。アレシアが助手席で振り返ると同時に、アナトリが運転席のドアを開ける。ブロックの端にマキシムがいて――腕のなかに飛びこんできた金髪の女性を抱きしめた。

あの女性はだれ？

マキシムが女性の頭を両手で抱く。

そんな！

マキシムが女性のウエストに手をおろした。

そのとき、アレシアは思い出した。マキシムのシャツを着ていた女性、キッチンにいた女性。

〝アレシア、こちらは友人で義理の姉、キャロラインだ〟

アナトリがばたんとドアを閉じたので、はっとして視線を前方に向けた。

義理の姉？　つまりお兄さんと結婚していて――そのお兄さんは亡くなった。

キャロラインは未亡人。

アレシアはすすり泣きをこらえた。

たしかにマキシムは義理の姉に会ってくると言った。キャロラインに。そしていま、二人は通りで抱き合っている。それが意味する残酷な裏切りにアレシアは引き裂かれ、信頼は砕け散った。自分への信頼も、彼への信頼も。

マキシム。わたしの愛した男性《ミスター》。

涙が頬を伝い、アナトリがエンジンをかけた。車はなめらかに発進し、アレシアが知る唯一の幸せから走りだした。


「くそっ！」不安が胃の腑に暗く芽生え、おれは叫んだ。

キャロラインがぎょっとする。「どうしたの？」

「アレシア！」キャロラインを放りだして通りを走ったが、遠くに走り去る車が見えただけだった。

「くそっ、くそっ、くそっ！　またか！」両手で髪をわしづかみにする。非力だ。あまりにも非力。

「マキシム、どうしたの？」追ってきたキャロラインがとなりに立つ。いまや二人とも、おれの部屋がある建物の前にいた。

「彼女がさらわれた！」震える手で、エントランスの鍵を探す。

「彼女？　さらう？　なんの話？」

「アレシアだ」エントランスに駆けこむと、エレベーターには目もくれず、階段のふもとにキャロラインを置き去りにしたまま、六階のフラットまで駆けあがった。玄関の鍵を開けると警報装置が鳴りはじめ、最悪の恐怖を裏づける。

アレシアはここにはいない。

警報を止めて耳を澄まし、単なる誤解であるよう祈った。当然ながら、聞こえるのは玄関ホールの天窓を風がかたかたいわせる音と、耳のなかで脈打つ血管の音だけだった。

必死になって一部屋ずつのぞくうち、想像力が暴走する。アレシアがつかまった。またつかまった。愛しい、勇敢な女性が。怪物どもは彼女になにをするだろう？　アレシアの服は、おれの寝室にはなかった。予備の寝室にもない……。

キッチンで、アレシアの鍵とメモを見つけた。

ミスター・マキシム
許婚が来たので、アルバニアの家に帰ります。
なにもかも、ありがとう。

アレシア

「いやだ！」絶望に呑まれ、おれは叫んだ。電話をつかみ、壁に投げつける。電話はばらばらに壊れ、おれは床にへたりこんで両手で頭を抱えた。

一週間も経たないうちに、また泣きたくなっていた。

第28章

「マキシム、いったいどうしたの？」

顔をあげると、キャロラインが戸口にいた。風に吹かれて髪は乱れているものの、数分前より落ちついているように見える。

「彼女がやつに連れていかれた」怒りと絶望をどうにか抑えようとしながら、おれはかすれた声で言った。

「だれに？」

「婚約者に」

「アレシアには婚約者がいるの？」

「複雑なんだ」

純粋に心配した様子で、キャロラインが腕組みをして眉をひそめた。「完全に打ちのめされてるみたいね」

おれは燃える目でキャロラインを見た。「そうだよ」ゆっくりと立ちあがる。「結婚したい女性が、たったいま誘拐されたんだ」

「結婚？」キャロラインが青ざめた。

「ああ。結婚だ！」声が壁に反響し、おれたちはにらみ合った。言葉が宙づりになり、後悔と非難をはらむ。キャロラインが目を閉じて、髪を耳にかけた。ふたたびまぶたを開いたときには、その目は決意で冷たいブルーに輝いていた。

「それなら、いますぐ追いかけなくちゃ」キャロラインが言った。


車窓の外を、アレシアは見るともなく見つめた。止めどなく流れる涙に溺れていた。涙はいつまでもあふれ、悲しみは苦悩を包んだ。

マキシムとキャロライン。

キャロラインとマキシム。

彼と体験したことは、すべて嘘だったの？

だめ！　そんなことを考えてはいけない。マキシムは愛していると言った——そしてアレシアはそれを信じた。いまも信じたいけれど、もう関係ない。二度と会えないのだから。

「なぜ泣く？」アナトリが尋ねたものの、無視した。いまさらこの男になにをされようと、どうでもいい。心は砕け散り、元通りにならないことはわかっている。アナトリがラジオをつけると、陽気なポップソングが大きな音で流れはじめ、神経に障った。ラジオをつけたのは、静かなすすり泣きが鬱陶《うっとう》しかったからだろうか。アナトリが音量をさげて、ティッシュの箱を差しだした。

「ほら、拭け。いいかげんにしないと、別の泣く理由を与えるぞ」

アレシアはティッシュを数枚つかみとって、また無関心に窓の外を見つめた。アナトリを見る気にもなれなかった。

わたしはこの男の手にかかって死ぬのだ。

わたしにできることはなにもないのだ。

だけど、もしかしたら逃げられるかもしれない。ヨーロッパへ。せめて死に方は選べるかもしれない……。目を閉じて、自分なりの地獄へ落ちていった。


「追いかける?」取り乱したまま、おれは尋ねた。

「そうよ」キャロラインがきっぱり言う。「でもその前に訊かせて。どうして誘拐されたと思うの?」

「メモだ」

「メモ?」

「これさ」しわくちゃになった紙切れを差しだして向きを変え、顔をさすって、ばらばらな思考をまとめようとした。

やつはどこへ連れていった?

アレシアは進んでついていったのか?

いや。許婚には嫌悪感しかいだいていなかった。

奇跡の指を折ろうとした男だぞ!

無理やり連れていったに違いない。

どうやって居場所を突き止めた？

「マキシム、このメモからは誘拐されたようには思えないけど。彼女、自分で家に帰ることに決めたんじゃない？」

「カロ、彼女は自分の意志で出ていったんじゃない。断言できる」

アレシアを取り返さなくては。

キャロラインのそばをすり抜けて、客間に駆けこんだ。

「くそったれ！」

「今度はなに？」

「使えるパソコンがない！」

「パスポートをよこせ」ロンドンの通りに車を走らせながら、アナトリが言った。

「ええ？」

「ユーロトンネル（英仏海峡を結ぶ海底トンネル）に向かっている。おまえのパスポートが必要だ」

ユーロトンネル。そんな！

アレシアはつばを飲みこんだ。これは現実。実際に起きていること。本当にアルバニアへ連れ戻されるのだ。

「パスポートは持ってない」

「持ってないって、どういうことだ」

アレシアは彼を見つめた。

「なぜだ、アレシア。言え！　かばんに入れ忘れたのか？　わかるように話せ」アナトリが不機嫌な顔になる。

「パスポートは、わたしをこの国に密入国させた男たちに取りあげられたの」

「密入国？　男たち？」アナトリのあごがこわばり、頬が引きつる。「どういうことだ？」

疲れと失望のあまり、説明する気にもならなかった。「パスポートは持ってない」

「なんてこった」アナトリが手のひらでハンドルをたたいた。その音に、アレシアは身を縮めた。


「アレシア、起きろ」

なにかがおかしい。アレシアは戸惑った。

マキシム？

目を開けると、さらに心は沈んだ。一緒にいるのはアナトリで、車は路肩に停められている。あたりは暗いが、ヘッドライトのおかげで、霜のおりた野原に囲まれた田舎道だとわかった。

「おりろ」アナトリが言う。アレシアは彼を見つめ、胸のなかに希望の小さな花が開くのを感じた。

ここに置いていかれるのだ。歩いて帰ろう。前に一度、やったことがある。

「おりろ」アナトリが強い口調でくり返した。

それから車のドアを開けて自分が先におりると、助手席側に回ってドアを大きく開いた。アレシアの手をつかんでぐいと引っ張り、車の後部へ連れていって、トランクを開ける。なかに入っているのは、キャスターつきの小さなスーツケースと、アレシアのダッフルバッグだけだ。

「入れ」

「ええ？　いやよ！」

「しょうがないだろう。パスポートがないんだ。さあ、入れ」

「お願いよ、アナトリ。暗いのは嫌いなの。お願い」

アナトリが怖い顔になる。「自分で入るか、おれに押しこまれるかだ」

「アナトリ、お願い、いやよ。暗いのは嫌いなの！」アナトリの動きは速かった。アレシアを抱きあげるなり、抵抗する間も与えずに、トランクに放りこんで蓋を閉じた。

「いや！」アレシアは叫んだ。なかは真っ暗だった。叫んだり蹴ったりするあいだにも、闇がひたひたと肺に流れこんでくる。前回、海峡を渡ったときにかぶらされた黒いビニール袋のごとく、息苦しくさせる。

息ができない。息が。アレシアは悲鳴をあげた。

暗いのはいや。いや。暗いのはいや。暗いのは大嫌い。

数秒後、蓋が開いて、目のくらむような光に顔を照らされ、アレシアは目をしばたたいた。

「ほら、これを持っていろ」アナトリが懐中電灯を差しだす。「電池がいつまでもつかはわからんが、ほかに手はないんだ。ユーロトンネル列車に乗ったら開けてやる」

アレシアは驚いて懐中電灯を受け取り、大切なもののように胸に抱いた。アナトリがダッフルバッグの位置を動かして枕代わりになるようにしてから、外套を脱いでアレシアにかけた。「風邪を引かれちゃ困る。暖房がここまで効くかわからない。さあ、寝ていろ。それから、くれぐれも静かにな」厳しい顔でにらんでから、またトランクを閉じた。

アレシアは懐中電灯をしっかり握り、固く目を閉じて、呼吸を落ちつかせようとした。車が動きだす。頭のなかで、バッハの前奏曲とフーガ第6番ニ短調をくり返し演奏した。色は鮮やかな青とターコイズブルーだ。指を動かし、懐中電灯で一音ずつ奏でた。

揺り起こされた。眠たい目で見あげると、アナトリがトランクの蓋をあげて見おろしていた。吐く息は白く、駐車場の一つだけの明かりに照らされている。顔つきは険しく、肌は青ざめていた。「なぜなかなか起きなかった？　気を失ったのかと思ったぞ！」ほっとした声だ。

ほっとした？

「今夜はここに泊まる」アナトリが言う。

アレシアはまばたきをし、外套のなかで丸くなった。寒い。泣きすぎたせいで頭がぼんやりするし、目は腫れぼったい。そしてこの男とは、どこにも泊まりたくない。

「出ろ」アナトリが言い、手を差し伸べた。アレシアはため息をついて体を起こした。冷たい風が吹きつけ、髪を顔に張りつかせる。アナトリの手は借りずに、こわばった体でトランクから出た。あの手に触れたくなかった。アナトリが手を伸ばして外套をつかみ、ふたたびはおる。スーツケースをつかんで、アレシアの服が入っているダッフルバッグを彼女自身に持たせてから、トランクを閉じた。駐車場には、ほかに二台の車が停められているだけだ。そう遠くない場所にある、さして特徴のない平たい建物は、きっとホテルだろう。

「ついてこい」アナトリがその建物の入り口へ足早に歩きだした。アレシアはそっと地面にダッフルバッグをおろし、向きを変えて、走りだした。

おれは天井を見つめた。アレシアがさらわれたあとに立てた計画が、頭のなかをぐるぐると回っていた。明日、飛行機でアルバニアに向かう。トム・アレクサンダーが同行することになった。あいにく直前すぎてプライベートジェット機は使えないから、乗るのは民間機だ。マグダのおかげで、アレシアの実家の住所はわかった。アレシアが許婚に見つかったのも、マグダのおかげだ。最後の一点についてはあまり考えないことにした。さもないと、怒りで頭が火を噴きそうだった。

落ちつけ、おれ。

向こうに着いたら車を借りてティラナを目指し、そこの〈プラザホテル〉に一泊する。翌日、トムが手配してくれた通訳と落ち合って、クカスに行く。

そして、いつまでだろうと必要なだけとどまる。アレシアと誘拐犯が現れるのを待つ。

今夜、何度目になるかわからないが、アレシア専用の携帯電話を買っておかなかったことを悔やんだ。連絡がとれないのは、たまらなくもどかしい。

どうか無事でいてくれ。

目を閉じると、恐ろしい筋書きばかりが頭に浮かんだ。

愛しいきみ。

大切なアレシア。

かならず助けに行く。待っていてくれ。

愛してる。

アレシアは暗いなかを闇雲に走った。噴出するアドレナリンに背中を押される。最初はアスファルトの上を、続いて手入れのされていない草の上を走った。後ろから叫び声が聞こえる。アナトリだ。凍てついた地面を足音が駆けてくる。近づいてくる。

近い。

足音が消えた。

もう草地まで来たのだ。

ああ。

自分に拍車をかけて、両足が追っ手から遠くへ運んでくれるよう祈る。だが祈りもむなしく腕をつかまれて、倒れた。激しく地面に倒されて、霜のおりた草で顔をすりむく。アナトリが背中に乗っかって、ぜいぜいと息を切らした。「馬鹿娘が。こんな夜更けにどこへ行くつもりだ?」耳元で語気荒く言う。そして地面に膝をつくと、アレシアを仰向けにさせて馬乗りになり、首の向きが変わるほど強く頬を平手打ちした。それからおもむろにかがみこむと、アレシアの首に手をかけて、強く握った。

ああ、殺されるのだ。

抵抗はしない。

アレシアはただじっとアナトリの目を見つめた。冷たい青に、心の闇が見える。憎しみと怒りと欠点が。手に力が入って、息ができなくなる。頭がくらくらしてきた。手を伸ばしてアナトリの腕をつかむ。

わたしはこうやって死ぬのだ……。

自分の終わりが見えた。フランスのどこかで、乱暴な男の手にかかって息絶える。それでいい。歓迎だ。怯えながら生きたくはない。母のようには。「殺して」口の動きだけで伝えた。

アナトリがなにごとかつぶやき――手を離した。

アレシアは大きく息を吸い、両手をのどに当てて咳きこんだ。肉体が感情を押しのけて命のために闘い、貴重な酸素を取りこんで命をつなぐ。

アレシアはあえぎながら言った。「だから、あなたと、結婚、したく、ないの」かすれた小さな声を、痛めつけられたのどから絞りだす。

アナトリがあごをつかまえて、ずいと顔を突きつけてきた。温かい息が頬にかかるほど近い。「〝女は長持ちする袋〟だ」残酷な光を目にたたえ、うなるように言った。

アレシアは無言で彼を見つめた。熱い涙が頬を焼き、耳のなかにたまる。自分が泣いていることに気づいてもいなかった。アナトリが引用したのは、何世紀にもわたってアルバニア北東部の山岳民族を支配する封建的な掟《おきて》、〝レク・ドゥカジニの掟〟だ。その内容はいまに伝わっている。

アナトリが顔を引っこめた。

「あなたと結婚するくらいなら、死んだほうがましよ」アレシアは感情のない声で言った。

アナトリが困惑したように眉をひそめる。「馬鹿を言うな」ゆっくりと立ちあがり、アレシアを見おろして言った。「起きろ」

アレシアはもう一度咳をしてから、よろよろと立ちあがった。その肘をアナトリがつかみ、放置されたダッフルバッグがぽつんと待っている駐車場まで連れ戻す。アナトリはバッグを拾い、数歩先にある自分のスーツケースも手にした。

アナトリが手早くチェックインをすませるあいだ、アレシアは後ろに控え、彼がパスポートとクレジットカードを手渡すさまを見ていた。アナトリは流暢《りゅうちょう》なフランス語を話していたが、疲労と痛みのせいで、驚くどころではなかった。

簡素なスイートルームには、メインルームが二つあった。リビングルームには濃い灰色の家具が置かれ、かたわらにミニキッチンがついている。ソファの後ろの壁は、そぐわない陽気な縦縞模様だ。開いた戸口の奥にダブルベッドが二つ見えて、アレシアは安堵の息をついた。ベッドは二つ。一つではなく。

アナトリがダッフルバッグをどんと床に置き、外套を脱いでソファにかけた。アレシアはそれを眺めながら、耳の奥で血管が脈打つ音を聞いていた。静かな部屋のなか、その音は耳をつんざくかに思えた。

次は？　どうする？

「ひどい顔だな。洗ってこい」アナトリがバスルームを指差した。

「こうなったのは、だれのせい？」アレシアは鋭く言い返した。

ぎろりとにらむアナトリを見て、このとき初めて気がついた。目の縁が赤く、顔色は悪い。かなり疲れた様子だ。「いいから洗ってこい」声まで疲れているように聞こえた。アレシアは寝室を抜けてバスルームに入り、勢いよくドアを閉じた。自分でも驚くほど大きな音が響いた。

バスルームは狭くて薄汚れていたが、鏡の上の鈍い光で自分の顔を見たアレシアは、息を呑んだ。平手打ちをされた側は赤くなり、反対側の頬骨には倒れたときのすり傷ができている。首の周りには真っ赤な指の跡。明日には、あざになっているだろう。けれどなにより驚いたのは、腫れたまぶたの下からこちらを見つめ返す、生気のない目だった。

わたしはもう死んでいる。

すばやく機械的な動きで顔を洗い、石鹸水が傷口に触れると顔をしかめた。洗い終えて、タオルで顔を拭く。

リビングルームに戻ると、アナトリは上着をつるして、ミニバーをのぞいていた。

「腹は減っていないか?」アナトリが尋ねる。

アレシアは首を振った。

アナトリは自分に酒を注ぎ——おそらくスコッチだろう——一息に飲み干すと、目を閉じて余韻を味わった。目を開けたときには、少し穏やかになったようだった。「コートを脱げ」

アレシアは動かなかった。

アナトリが鼻の付け根を押さえる。「アレシア、言い争いはしたくない。疲れているんだ。ここは暖かいが、明日はまた寒いなかを進む。頼むからコートを脱いでくれ」

アレシアはしぶしぶコートを脱いだ。アナトリがじっと見つめるので、居心地が悪くなる。

「ジーンズが似合うじゃないか」そう言われたが、彼を見ることができなかった。ほめられても、競売台にのせられた立派な羊になったような気分だった。ガラス瓶がぶつかる音が聞こえたものの、今回アナトリが冷蔵庫から取りだしたのは酒ではなく〈ペリエ〉だった。「ほら、のどが渇いただろう」グラスに注いで、アレシアのほうに差しだす。一瞬ためらったが、アレシアはグラスを受け取って、飲んだ。

「そろそろ日付が変わる。寝よう」

目と目が合って、アナトリがにやりとした。「ああ、愛しい人《カリッシマ》、外でおまえが馬鹿な真似をしたあとに、おれのものにしておけばよかったな」そう言って手を伸ばし、あごをつかんだので、アレシアはその感触にぞくりとした。

わたしに触らないで。

「おまえは本当にきれいだ」アナトリが独り言のようにつぶやく。「だがもみ合いをする体力は残っていない。どうせもみ合いになるんだろう?」

アレシアは目を閉じて、吐き気を催す嫌悪感の波に抗った。アナトリが愉快そうに笑い、そっとアレシアのひたいに唇を当てて、ささやいた。「いずれおれを愛するようになる」そして二人の荷物を手に取り、寝室へ運んでいった。

絶対にそうはならない。

それは彼の妄想だ。

わたしの心は別の男性のもの。永遠に、マキシムだけのもの。

「寝間着に着替えろ」アナトリが言う。

アレシアは首を振った。「このまま寝るわ」アナトリを信用できなかった。

アナトリは首を傾け、厳しい顔で言った。「だめだ。服を脱げ。裸なら逃げられないからな」

「そんなことしないわ」アレシアは腕組みをした。

「そんなこと、というのは逃げることか? それとも服を脱ぐことか?」

「両方よ」

アナトリはもどかしさと疲労のため息をついた。「おまえの言葉は信用できないが、逃げようとする理由もわからん」

「それは、あなたが怒りっぽくて乱暴な男だからよ、アナトリ。どうしてわたしがあなたと人生をともにしたいと思うの？」いっさいの感情がない声で言った。

アナトリは肩をすくめた。「そんな話をする気力はない。もういい、さっさとベッドに入れ」アナトリの気が変わらないうちにと、アレシアはすばやく寝室に向かった。ブーツを脱いで布団の上に寝転がり、アナトリのほうに背を向ける。

物音に耳を澄ましていると、服を脱いでたたんでいるのがわかった。彼が動くたびに、物音が聞こえるたびに、不安が増す。永遠にも思える時間が過ぎたあと、やわらかな足音がベッドに近づいてきた。すぐそばで足音が止まり、浅い息遣いだけが聞こえる。アレシアは全身に注がれる視線を感じた。固く目を閉じて、寝ているふりをした。

アナトリが舌打ちをして、シーツと毛布がこすれる音が聞こえたと思うや、驚いたことにふわりと毛布がかけられた。アナトリが明かりを消して、部屋を闇で満たす。そのとき、ベッドの反対側が沈むのを感じた。

そんな！　もう一つのベッドで寝るんじゃないの？

アレシアは凍りついたが、彼は布団の下にもぐっていて、アレシアは布団の上に横たわっている。彼の腕が体に回され、にじり寄ってくるのがわかった。「これなら、おまえがベッドを抜けだしてもすぐにわかる」そう言って、髪にキスをした。

アレシアは身をすくめ、小さな金の十字架を握りしめた。

ほどなくアナトリの呼吸が一定になり、眠ったのがわかった。

アレシアは恐れている闇を見つめ、この闇がわたしを呑みこんでくれたらと願った。もう涙さえ流れない。枯れ果ててしまった。

マキシムはなにをしているだろう？

わたしがいなくて寂しがっている？

キャロラインと一緒にいる？

マキシムがしっかりキャロラインを抱きしめるさまがよみがえってきて、叫びたくなった。


ひどく暑い。だれかがぼそぼそ話す声が聞こえる。アレシアはそっと片目を開けたものの、見覚えのない場所に戸惑った。

ここはどこ？

その瞬間に思い出して、恐怖と絶望に襲われた。

アナトリ。

アナトリはもう一つの部屋で電話中らしい。アレシアは体を起こして耳を澄ました。

「彼女は無事だ……いや。ほど遠い……家に帰りたくないと言っている。理解できない」アルバニア語でだれかと話していて、その声には困惑と迷いが聞こえた。「さあ……かもしれない……男がいた。雇い主だ。メールに書いてあった男」

マキシムのことを話している！

「本人はただの掃除婦だと言っているが、本当かどうか、ヤーク」

ヤーク！　電話の相手は父さん！

「心から彼女を愛している。本当に美しい娘だ」

なんですって？　あなたは〝愛〟という言葉の意味を知らない！

「それはまだ聞いていない。だがおれも知りたいと思っている。いったいなぜ国を離れたんだろうな？」感情が昂《たか》ぶったのか、声が震える。

わたしが国を離れたのは、あなたのせいよ！

できるだけあなたから遠いところへ行きたかったの。

「ああ。かならずあなたのもとへ連れ戻す。傷一つない状態で」

アレシアは、いまも痛むのどに手を当てた。傷一つない状態で？　よく言えたものだ。

嘘つき。

「おれと一緒なら安全だ」

は！　とてつもない皮肉に、もう少しで声を立てて笑いそうになった。

「明日の夜……ああ……それじゃあ」アナトリが室内を動く音が聞こえたと思うや、不意に戸口に現れた。パジャマズボンとアンダーシャツしか着ていない。

「起きていたのか？」

「残念ながら、そのようね」

アナトリは怪訝な顔になったが、いまの言葉は聞き流すことにしたらしい。「こっちに朝食がある」

「お腹は空いてないわ」向こう見ずで大胆な気分だった。もうどうでもいい。マキシムに危険が及ぶ心配がなくなった以上、好きなようにふるまわせてもらう。

アナトリがあごをこすり、なにやら考えているような顔でアレシアを見た。「好きにしろ。二十分後に出発だ。長旅になるぞ」

「一緒には行かない」

アナトリは天を仰いだ。「愛しい人《カリッシマ》、それはおまえの決めることじゃない。なぜわざわざ面倒なことにする？　両親に会いたくないのか？」

母さん。

アナトリの眉がわずかにあがった。アレシアの鎧の弱点に気づいて勝利を感じたのだろう、とどめを刺す。「おふくろさんが会いたがっているぞ」

しぶしぶベッドを出たアレシアはダッフルバッグをつかみ、できるだけ大きくアナトリを迂回してバスルームに向かった。体を洗って着替えよう。

シャワーを浴びているうちに、ある考えが浮かんだ。

働いて貯めた蓄えがある。もしかしたら本当にアルバニアへ帰るべきなのかもしれない。一度帰って、新しいパスポートとビザを手に入れて、イギリスに戻るのだ。

生気を失っている場合ではない。

新たな目的を手に入れたいま、手早くタオルで髪を拭いた。

マキシムのもとへ帰ろう。そしてこの目でたしかめよう。二人が分かち合ったものはすべて嘘だったのかどうかを。

第29章

アレシアは助手席でうつらうつらしていた。車は猛スピードでアウトバーンを走っている。もう何時間経っただろうか、フランスを過ぎて、ベルギーを過ぎて、いまはドイツのどこかにいるはずだ。寒く湿った冬の日で、風景は単調でわびしく、アレシアの心を映している。いや、アレシアの心はわびしいどころではない――荒涼としている。

アナトリは、できるだけ早くアルバニアに着こうと固く決意しているようだ。いまはラジオでドイツ語のトーク番組を流しているが、アレシアには内容が理解できない。一本調子の声、絶え間ない車の音、わびしい景色、すべてが感覚を鈍らせる。眠っているときは、苦悩もラジオのぱちぱちいう音のごとく、小さな低いうなりになる。起きているときのように、胸を引き裂く痛みにはならない。

マキシムに思いを馳せた。

痛みが増幅する。

やめよう。つらすぎる。

疲れた目を〝許婚〟に向けて、観察した。メルセデス・ベンツの運転に集中した顔は、険しい。肌は白く、イタリア北部にルーツがあることを物語っている。鼻筋は通って、唇は厚く、髪はアレシアの町にはめずらしく金色で、長く乱れている。先入観を交えなければ、ハンサムな男性だと思うだろう。だがあの唇はときに残酷によじれるし、あの目がにらみつけるときは冷たく射るようだ。

初めて会ったときのことを覚えている。なんて魅力的な男性だったことだろう。父はアナトリを、国際的なビジネスマンと紹介した。初めて会ったアナトリは、とても粋《いき》で博識な人物に映った。あちこちを旅した経験があり、クロアチアやイタリア、ギリシャなど、遠い異国の話にアレシアもうっとり耳を傾けた。恥ずかしくて打ち解けることはできなかったが、これほど経験も知識も豊富な男性を父が選んでくれたことをうれしく思ったものだ。

なにもわかっていなかった。

何度か会ったころ、本当のアナトリがかいま見えてきた。訪ねてきた彼の車に興味津々で群がる地元の子どもたちに、やたらと腹を立てること。政治について父と議論していると、ときどき激昂すること。ラキ酒をこぼした母を叱る父に、よこしまな賞賛の視線を送ること。兆候はすでにそこにあり、何度かアレシアを叱責したこともあったが、社会的な礼儀によって本性は抑えこまれていた。

アナトリがついにその暗い面をあらわにしたのは、地元の大物の結婚式で、アレシアがピアノを弾いたときのことだった。学校での知り合いである青年二人が、ピアノの演奏が終わってもその場にとどまっていた。二人がほめそやしているところへアナトリがやってきて、アレシアをかたわらの小部屋へうながした。青年たちからも、祝いの席からも離れた場所へ。二人きりになるのはこれが初めてだったので、人目のない場所でキスがしたいのだと思ったアレシアは、密かに胸を躍らせた。だが違った。アナトリは激怒していて、アレシアの両頬に激しく平手打ちをした。驚きでものも言えなかった。あの父と暮らしてきてもなお、肉体的な怒りには慣れていなかった。

二度目は学校にいたときのことだ。演奏会のあと、一人の青年が近づいてきて、いくつか質問をした。アナトリはそれを追い払って、アレシアを控え室に引きずっていった。そこで何度かぶたれ、両手をつかんで脅された。もしまた男といちゃついているところを目撃したら、この指をへし折ってやる、と。アレシアはやめてとすがり、アナトリは慈悲深くもその願いを叶えたが、彼女を床に放り捨てて立ち去った。すすり泣くアレシアを一人残して。

最初のときは、暴力をだれにも言わなかった。心のなかで許したのだ。一回かぎりのことだと。わたしが悪かったのだと。青年二人にわたしがほほえみかけたから、いけなかったのだと。

二度目のときは、途方に暮れた。

母を苦しめた暴力のサイクルを打ち破れるかもしれないと思っていたのに、床の上で丸くなり、震えながらすすり泣いているアレシアを見つけたのは母だった。

〝暴力をふるう男なんかと一緒になってほしくない〟

母と娘、二人で泣いた。

そして母は行動を起こした。

けれど無駄に終わった。

いま、アレシアはここにいる――その男と一緒に。

アナトリが横目でこちらを見た。「なんだ?」

それを無視してアレシアは目をそらし、窓の外を見つめた。

「そろそろ休憩するぞ。腹が減ったし、おまえはなにも食べていないだろう」

アレシアはこれも無視したが、空腹感が胃を引っかき、ブレントフォードまで歩いた六日間を思い出させた。

「アレシア!」大声で呼ばれた。

ぎょっとして運転席のほうを向く。「なに?」

「おまえに話しているんだ」

アレシアは肩をすくめた。「あなたはわたしを誘拐したのよ。わたしは一緒にいたいとも思ってないのに、会話をしろというの?」

「これほど扱いにくい女だったとは」アナトリがぼやいた。

「そうなりはじめたところよ」

アナトリの唇がよじれ、アレシアにとっては意外なことに、愉快さをのぞかせた。「これだけは言える、愛しい人《カリッシマ》、おまえには退屈しない」方向指示器を点滅させてアウトバーンをおりると、サービスエリアに入った。「ここにはカフェがある。なにか食べるものを買うぞ」

ブラックコーヒーと砂糖の小袋数個、ミネラルウォーターのボトル一本とチーズバゲットののったトレイを、アナトリが目の前に置いた。「まさかおれがおまえに給仕するとはな」座りながらアナトリが言う。「食え」

「二十一世紀へようこそ」アレシアは言い返し、反抗のしるしに腕組みをした。

アナトリのあごがこわばる。「二度は言わないぞ」

「好きなようにしたら、アナトリ。わたしは食べないわ。あなたが買ったんだから、あなたが食べて」お腹が鳴るのを無視して、アレシアは鋭い口調で言った。アナトリは驚いたように目を見開いたが、厚い唇を引き結んだ。笑みをこらえているように思えた。アナトリがため息をついて手を伸ばし、バゲットを取って、大きくがぶりと食いついた。口一杯に頬張った様子は滑稽で、おかしいほど満足そうに見えたので、アレシアは思わず忍び笑いを漏らした。

するとアナトリがほほえんだ――いつもは笑っていない目まで届く笑みだった。その目はいま、温かくアレシアを見つめ、もはや愉快さを隠そうともしていない。「ほら」アナトリが言い、バゲットの残りを差しだす。アレシアのお腹はこのときを選んでぐーっと鳴り、それを聞いたアナトリはますます大きな笑みを浮かべた。アレシアはバゲットと彼を見比べて、ため息をついた。お腹が空いて死にそうだ。良識に逆らってバゲットを受け取り、食べはじめた。

「それでいい」アナトリが言い、自分の食事を始めた。

「ここはどこ?」何口か食べてから、アレシアは尋ねた。

「フランクフルトを過ぎたあたりだ」

「いつアルバニアに着くの?」

「明日だな。明日の午後には帰れるだろう」

その先はどちらも無言のまま、食事を続けた。

「早く食え。そろそろ出発したい。その前に、トイレに行っておくか?」いますぐにでも動きだしたい様子で、アナトリが席を立った。アレシアはコーヒーを飲んだ。砂糖を入れずに。マキシムのように。

苦かったけれど飲みこんで、ミネラルウォーターのボトルをつかんだ。このサービスエリアは駐車場が広く、ディーゼルエンジンのにおいがするので、いやでもマキシムとの旅が思い出された。けれどあのときといまは違う。あのときは、旅の同行者と一緒にいるのが楽しかった。胸が痛む。マキシムからどんどん遠ざかっている。

ロンドン・ガトウィック空港の、英国航空のビジネスクラス専用ラウンジで、おれはティラナ行きの午後の便を待っていた。トムは『タイムズ』紙をめくりながらシャンパンをすすり、おれはうつらうつらと考えている。アレシアがさらわれてからずっと、深刻な不安に苛まれつづけていた。

もしかしたらアレシアは進んでついていったのかもしれない。

おれたちのことについて、考えが変わったのかもしれない。

信じたくはないが、疑念は心のなかに忍びこんでくる。

自分でも気づかないうちに。

もしも疑念が真実だったとしたら、せめて心変わりを問いつめよう。不安な思いを紛らすために、何枚か写真を撮って〈インスタグラム〉にアップした。それが終わると、午前中のできごとを思い返した。

まず、アレシアのために携帯電話を買って、バックパックに詰めた。続いてオリバーに会い、領地管理に関する議題をざっとさらった。幸い、すべて順調に進んでいるようだった。さらに、貴族名鑑に記載されるため、大法官庁の国璽部《こくじ》から求められていた書類にサインをし、事務弁護士のミスター・ラジャに証人になってもらった。そのあと、週末にアレシアに起きた一部始終の修正版を二人に話して聞かせ、入国管理が専門の弁護士を推薦してくれるようラジャに頼み、アレシアが合法的にイギリスに滞在できるよう、なんらかのビザ発給の手続きをスタートさせる段取りをつけた。

その後、思いつきで、トレヴェシック家のコレクションが管理されているベルグレービアの銀行を訪ねた。もしもアレシアが見つかって、すべてが失われていなければ、プロポーズするつもりだった。何世紀にもわたり、わが先祖たちはそのときどきのもっともすぐれた職人が作ったすばらしい宝飾品を山のように集めてきた。それらのコレクションが世界の美術館や博物館に貸しだされていないときは、ベルグレービアの深部で厳重に保管されている。

必要なのは指輪だ。アレシアの美しさと才能にふさわしい指輪。候補は二つあったが、おれは一九三〇年代の〈カルティエ〉の、プラチナとダイヤモンドの指輪を選んだ。一九三五年に、祖父のヒュー・トレヴェリアンが祖母のアレグラに贈ったものだ。非常に美しくシンプルで、優美な品だった。ダイヤは2・79カラット、時価四万五千ポンドだ。

アレシアが気に入ってくれるといいのだが。すべてが計画どおりに進めば、アレシアはこれをはめてイギリスに戻ってくる――おれの婚約者として。

もう一度ポケットをたたき、指輪がちゃんとそこにあることを確認して、ナッツをぼりぼり食べているトムをにらんだ。トムがそれに気づいて言う。「がんばれ、トレヴェシック。心配なのはわかるが、彼女はきっと無事だ。おれたちで助けだそう」おれが電話をかけて、ことの次第を聞かせたとき、トムは同行すると言い張った。マグダの護衛に一人を残し、トム自身はついてきた。この男は冒険が大好きなのだ。だからかつて軍に入隊した。いわば、純白の軍馬にまたがって突撃しようとしているのだ。

「だといいが」おれは答えた。アレシアはおれたちをそんな風に見るだろうか——厄介者ではなく救出者として。わからない。早く飛行機に乗ってアレシアの生家に行きたい。そこでなにを見つけるのかは見当もつかないが、大事な女性が見つかることを祈っている。

「なぜアルバニアを出た?」アナトリが尋ねたのは、車がアウトバーンに戻ったころだった。やわらかな声だったので、もしや安心感を与えようとしているのではとアレシアは訝った。あいにく、そこまで愚かではない。

「言ったでしょう、理由は知ってるはずよ」だがそう言うと同時に、アナトリがどんな話を聞かされているか知らないことに気づいた。もしかしたら事実をとりつくろえるかもしれない。そうすれば、自分も母も楽になるかもしれない。けれどそれはマグダがなにを伝えたかによる。「母の友達はなんて?」

「おやじさんがメールを盗み見た。おまえの名前があるのを見て、読んでくれとおれに頼んできたんだ」

「なんて書いてあったの?」

「おまえは無事に生きていて、ある男のために働くことになった、と」

「それだけ?」

「だいたいな」

つまりマグダは、ダンテとイーリィのことを書いていない。「父さんはなんて？」

「おまえを連れ戻してくれとおれに頼んだ」

「母さんは？」

「おふくろさんとは話していない。母親には関係のないことだ」

「もちろん母さんにも関係あるわ！　先史時代じゃあるまいし！」

アレシアの爆発に驚いたのか、アナトリがちらりと助手席を見た。「先史時代？」

「そうよ。あなたは恐竜。母さんは相談されるべき存在よ」

アナトリの困惑顔は、大いに物語っていた。アレシアがなにを言っているのか、まるでわからないと。アレシアは熱を入れて続けた。「あなたは別の世紀、別の時代の人なの。あなただけじゃなく、あなたみたいな男性もね。ほかの国では、女性に対してそんなネアンデルタール人みたいな態度をとることは許されないわ」

アナトリは首を振った。「西側に長くいすぎたようだな、愛しい人《カリッシマ》」

「わたしは西側が好き。祖母はイギリス人だもの」

「だからロンドンへ行ったのか？」

「いいえ」

「じゃあなぜ？」

「アナトリ、理由は知ってるでしょう。はっきりさせておくわね。わたしはあなたと結婚したくないの」

「そのうち気が変わるさ」アレシアの拒絶などささいなものと言わんばかりに手で払い、アナトリは言った。

アレシアはむっとした。不当な扱いを受けたような、けれど怖いものなどなにもないような気分だった。そもそも向こうは運転中なのだから、たいしたことはできないはずだ。「結婚相手は自分で選びたい。単純な要求よ」

「父親に恥をかかせるのか？」

アレシアは赤くなった。もちろんこういう態度をとると――反抗したり、意地を張ったりすると――家族に大きな恥をもたらす。

ふたたび窓のほうを向いたものの、頭のなかではこの会話は終わっていなかった。もう一度、父に訴えてみることはできないだろうか。

アレシアにしてはめずらしく、しばし自分を甘やかしてマキシムに思いを馳せると、痛切な悲しみがこみあげてきた。虚勢が消えて、また絶望に沈む。心臓は脈打っているが、虚ろだ。

本当に、もう二度と会えないのだろうか？

オーストリアのどこかで、アナトリは再度サービスエリアに車を停めたが、今回はガソリンを入れるためだった。店のなかまで一緒に来るようアナトリが言って譲らないので、アレシアは周囲には目もくれず、しぶしぶあとに続いた。

アウトバーンに戻ると、アナトリが言った。「もうすぐスロベニアだ。クロアチアに着いたらトランクに入れ」

「どうして?」

「クロアチアはシェンゲン協定に加盟していないから、入国審査がある」

アレシアは青ざめた。もうトランクには入りたくない。暗いのは怖い。

「ガソリンを入れたとき、懐中電灯用の電池の予備を買っておいた」

ちらりと運転席を見ると、アナトリも横目でこちらを見た。「いやなのはわかっている。だがほかに方法がない」視線を道路に戻して続ける。「それに今回はそう長くはかからないはずだ。ダンケルクで停まったときは、一酸化炭素中毒かなにかで意識を失ったのかと思った」そう言って眉をひそめた様子は、本当に心配しているようだった。午後のレストランでも、温かい目で見つめられた。

「どうした?」アナトリの声で、はっと我に返った。

「あなたに心配されるのには慣れてないから」アレシアは言った。「慣れてるのは暴力をふるわれることだけ」

ハンドルを握るアナトリの手に力がこもる。「アレシア、言われたとおりにしないなら、当然の結果が待っている、それだけのことだ。おまえには伝統的なゲグ族の妻になってもらいたい。おまえはそれだけ知っていればいい。ロンドンにいるあいだに、ずいぶん頑固になったようだな」

アレシアは答えずに顔を背け、流れていく田舎の景色を見つめた。みじめさを抱えて、午後の旅を続けた。

冷たい土砂降りのなか、飛行機は現地時間二十時四十五分にティラナに到着した。トムもおれも手荷物だけだったので、税関を通過して空港ターミナルに出る。現代的で、照明も明るい。自分がなにを予期していたのかわからないが、ここは必要な設備がすべて揃っている、ヨーロッパのどの小さな空港とも変わらないように見えた。

一方、レンタカーには驚かされた。現地では高級車は借りられないと旅行代理店から忠告されていたが、おれがハンドルを握ることになった車は、〈ダチア〉という、聞いたことのないメーカーの一台だった。これほど基本的でアナログ式の車を運転するのは初めてだが、ラジオにUSBポートがあったので、ｉＰｈｏｎｅをつないでグーグルマップを使うことができた。意外にも、この車が気に入った。実用的で頑丈なのだ。トムが〝ダチー〟と命名し、駐車場の出口で多少の交渉と係員へのささやかな賄賂《わいろ》を経たあと、おれたちは出発した。

夜間に土砂降りのなか、一九九〇年代なかばまで自家用車を保有するということがなかった国で、ふだんとは逆側の道路に車を走らせるというのは、なかなかの試練だった。それでも四十分後には、ダチーとグーグルマップのおかげで、どうにかティラナ中心部にある〈プラザホテル〉にたどり着いた。

「スリリングなドライブだったな」車をホテルの正面に停めたおれに、トムが言う。

「まったくだ」

「だがもっとひどい状況で運転したこともある」トムがつぶやいた。暗にアフガニスタン従軍時代のことを言っているのだろうと思いつつ、おれはイグニッションを切った。「例のお嬢さんの故郷まで、あとどのくらいだ?」トムが尋ねる。

「名前はアレシアだ」いったい何度目だと苛立ちながら、うなるように言った。トムを連れてきたのは賢いことだったのだろうかと思えてくる。「車で三時間ほどだろう」困ったときは頼りになる男だが、外交はトムの得意分野ではない。

「悪い悪い。アレシアな」言いながらトムはひたいを指でたたいた。「今度こそ覚えた。明日は雨が降らないといいが。さて、とっととチェックインして、酒が飲める店を見つけるぞ」

メルセデス・ベンツのトランクのなかで、アレシアが懐中電灯を握りしめていると、車が急に停まった。クロアチア国境に来たのだろう。目を閉じて、アナトリの外套を頭からかぶり、懐中電灯を消す。つかまりたくはない。家に帰りたいだけだ。声が聞こえる——静かな、抑制の効いた声。そして車がふたたび動きだした。アレシアは安堵の息をつき、また懐中電灯をつけた。マキシムと小さなドラゴンと一緒にシーツでこしらえた、仮の隠れ家を思い出す。大きなベッドの上に座って、膝と膝が触れ合って……。不意に、胸を刺す痛みが訪れた。魂まで貫かれたようだった。

少ししてメルセデス・ベンツが速度を落とし、停まった。エンジンがアイドリングしはじめ、ほどなくアナトリがトランクを開ける。アレシアは懐中電灯を消して起きあがり、暗いなかでまばたきをした。

人気《ひとけ》のない田舎道だった。反対側には小さなバンガローが黒々とうずくまっている。アナトリは車のテールランプに照らされており、その顔は悪魔のように赤い色を帯びて、吐く息は不吉な雲を作っていた。アレシアを助け起こそうと、手を差し伸べる。疲れと筋肉痛に負けて、アレシアはその手を握った。トランクを出てよろめいたとき、ぐいと引っ張られて胸に抱きとめられた。「なぜそんなに冷たくする？」こめかみでアナトリがささやいた。ウエストに回した腕に力をこめて、片手で頭を抱き、黒髪をつかむ。寒い夜なのにアナトリの息は熱く、肌にまとわりつくようだ。なにが起きているのかをアレシアが悟る前に、唇に唇を押しつけられていた。舌がねじこまれそうになってようやく恐怖と嫌悪感が体を駆け抜け、必死に抵抗しはじめる。逃れようと腕を押したり身をよじったりするものの、歯が立たない。そのときアナトリが顔を離してじっと見つめたので、気がつく前にその頰を平手打ちしていた。手のひらがじんじんと痛み、アナトリが衝撃の顔で一歩さがる。アレシアは肩で息をした。アドレナリンが全身をめぐり、恐怖心を追い払って怒りを置いていく。アナトリが険しい顔で頰をさすり、アレシアがまばたきをするより早く、平手打ちを返した。一度、二度。首が左右に振れて、ぶたれるたびによろめく。続けてアナトリは丁寧さのかけらもなくアレシアを担ぎあげ、トランクに放りこんだ。肩と背中、頭をぶつけたアレシアが文句を言う前に、たたきつけるようにトランクが閉じられた。

「正しいふるまい方がわかるまで、そこにいろ！」大声で怒鳴られた。アレシアは痛む頭を押さえ、のどと目の奥を怒りが焼くのを感じた。

いまではこれがわたしの人生なのだ。

おれはイタリアの伯爵が愛したカクテル、ネグローニをすすった。トムと二人、ホテルのとなりのバーにいる。現代的でしゃれていて、居心地もよく、従業員は気さくでほどよい距離感を保ってくれる。なにより抜群にうまいネグローニを出す。

「どうやら運が向いてきたな」トムが言い、またグラスを傾けた。「自分がなにを想像していたのかわからんよ。山羊だの、草葺《ぶ》き屋根にしっくい壁の小屋だの、そんなところだな」

「ああ。おれも似たようなものだ。ここはすべてにおいて想像を上回る」

トムが思案顔でおれを見た。「なあトレヴェシック、悪いが訊かせてもらうぞ。なぜこんなことをしている？」

「どういう意味だ？」

「一人の女を追ってヨーロッパ横断とは。なぜだ？」

「愛だよ」この世にこれほどわかりやすい説明などないと言わんばかりに、答えた。

なぜトムにはわからない？

「愛？」

「ああ。単純だ」

「掃除婦《デイリー》相手に？」

おれは天を仰いだ。アレシアがおれの部屋を掃除していたという事実がなんだというのだろう。いまも掃除したがっているという事実が。「言ったとおりに受け止めろ、トム。おれは彼女と結婚する」

ちょうどグラスを口に運んだところだったトムが咳きこみ、赤い液体をテーブルに飛ばしたので、この男を旅に同行させたのは賢いことだったのだろうかとあらためて考えてしまった。

「トレヴェシック、落ちつけ。記憶によれば、たしかにあの娘は美人だが、それは賢明なことなのか？」

おれは肩をすくめた。「愛しているんだ」

トムは戸惑った顔で首を振った。

「トム、いくら自分は度胸がなくて、聖人そのもののヘンリエッタにプロポーズできないからといって、人を批判するのはやめろ」

トムが顔をしかめ、ぎらりと目を光らせた。「よく聞け。友人として、明らかなことを指摘してやる」

「明らかなこと？」

「いまのおまえは喪に服しているんだよ、マキシム」驚くほどやさしい声だった。「この突然の執着は、兄貴の死と向き合うための方法の一つなんじゃないかと思ったことは？」

「キットとはなんの関係もないし、これは執着なんかじゃない。おまえは彼女のことを知らないんだ。まれに見る女性だよ。星の数ほど女性を知っているおれが言うんだから間違いない。アレシアは特別なんだ。つまらないことを気にしないし……賢くて、おもしろくて、勇気があって。それから彼女のピアノはぜひ聞いたほうがいい。天才なんだ」

「本当か？」

「ああ、本当だ。彼女に出会ってから、世界の見え方がまるで変わった。そして、自分のあり方について考えている」

「しっかりしろ」

「トム、おまえこそしっかりしろ。アレシアはおれを必要としている。必要とされるのはいいものだし、おれも彼女を必要としている」

「だがそれは理由にならん」

おれは歯を食いしばった。「それだけじゃない。おまえは国のために戦って、いまは事業で成功もしている。ところがおれは、いままでにいったいなにをした？」

「いままさに、トレヴェシック家の歴史に名を刻もうとしているじゃないか。で、その遺産を次の代まで守ろうとしている」

「わかってる」おれはため息をついた。「正直、怖い。だから信頼できる人にそばにいてほしいんだ。愛してくれる人に。金や肩書だけでなく、おれという人間を認めてくれる人に。これは贅《ぜい》沢《たく》な望みか？」

トムは顔をしかめた。

「おまえはもうそんな人を見つけている」おれはつけ足した。「そしてヘンリエッタがそばにいてくれることを当然だと思っている」

トムは息を吐きだし、グラスの残りを見つめた。

「おまえの言うとおりだ」やがてトムがつぶやいた。「ヘンリーのことは愛してる。正しいことをするべきだよな」

「そうとも」

トムはうなずいた。「よし。もう一杯やろう」そしてウエイターに、お代わりをと合図した。

一方おれは、気が重くなっていた。もしやアレシアについて、友達全員からこれほどの疑いをかけられ、いちいち対処していかなくてはならないのだろうか。友達だけでなく、家族からも。

「強めで頼む」おれはウエイターに呼びかけた。

目覚めたアレシアは、車が停まっていることに気づいた。エンジン音がしない。するとトランクの蓋が開いて、またアナトリに見おろされた。「少しは礼儀を学んだか？」

アレシアは悪意をこめて見あげ、体を起こして目をこすった。

「出ろ。今夜はここに泊まる」今回、アナトリは助け起こそうとせず、ただトランクに手を突っこんで自分の外套をつかみ、はおった。とたんに吹きつけた射すような風に、アレシアは身震いした。体のあちこちが痛むものの、どうにかトランクから出ると、暗い気持ちで脇にさがり、アナトリの次の動きを待った。

その様子をアナトリが目で追い、怒ったように唇を引き結んだ。「少しは言うことを聞く気になったか？」馬鹿にしたように言う。

アレシアはなにも答えなかった。

アナトリが鼻から息を吐き、二人のかばんに手を伸ばす。アレシアは周囲を見まわした。街なかの駐車場らしく、少し離れたところに立派なホテルが建っている。数階建てで、ハリウッド映画のように明るく照らされており、正面を〈ウェスティン〉の文字が飾っていた。不意に手をつかまれて、入り口のほうへ引きずられる。アナトリが歩調を崩さないので、アレシアは小走りになるしかなかった。

ロビーは大理石と鏡と現代的な雰囲気に満ちており、控えめな看板があった。それによると、ここは〈ウェスティン　ザグレブ〉らしい。アナトリが流暢なクロアチア語でチェックインをすませ、数分後には、二人はエレベーターで十五階に向かっていた。

アナトリが取った部屋は豪華なスイートルームで、クリーム色と茶色で設《しつら》えられていた。ソファに机、小さなテーブルがあり、引き戸の向こうにはベッドが見える。

一つだけ。

そんな！

疲労と無力感に襲われたアレシアは、部屋を入ってすぐのところに立ち尽くした。

アナトリが外套を脱いでソファにかける。「腹は減ったか？」尋ねながら、テレビの下の棚を開ける。ようやくミニバーを見つけて、鋭い声で言った。「どうなんだ？」

アレシアはうなずいた。

アナトリが首を傾けて、机の上にある革表紙の本のようなものを示した。「ルームサービスを頼むから、なにか選べ。それからコートを脱げ」アレシアは本を手にしてぱらぱらとめくり、ルームサービスのページを見つけた。メニューはクロアチア語と英語で記されている。ざっと目を通して、迷わずいちばん高いものを選んだ。アナトリにお金を使わせることに、まったく良心は痛まなかった。ふと眉をひそめ、マキシムが支払おうとするたびに抵抗していた自分を思い出す。

アナトリはスコッチの小瓶を二本、ミニバーから取りだして、両方の栓を抜いていた。ああ、これっぽっちも良心は痛まない。わたしは誘拐の被害者で、この男にはもう肉体的な暴力をふるわれている。貸しがあるのだ。けれど相手がマキシムとなると……まったく逆。彼には借りがある。大きな借りが。愛しい人のことを、そっと頭から消した。あとでゆっくり悲しもう。

「ニューヨークステーキにするわ」アレシアは宣言した。「それからサラダとフライドポテトと、赤ワインをグラスで」

アナトリが驚いた顔で見つめた。「ワインだと？」

「そうよ。ワイン」

しばしアレシアを見つめてから、アナトリが言った。「ずいぶん西側に染まったな」

アレシアはたたみかけた。「フランス産の赤ワインがいいわ」

「フランス産？」アナトリが眉をあげる。

「ええ」思いついてつけ足した。「お願い」

「よし。ボトルを頼もう」アナトリはさりげない様子で肩をすくめ、ものわかりがいい男の口調で言った。

けれど実際は違う。この男は怪物だ。

アナトリはグラスにスコッチを注ぎ、アレシアを眺めながら電話に手を伸ばした。「おまえは本当に美しいな、アレシア」

アレシアは凍りついた。今度はなに？

「いまも処女か？」やわらかな、なだめすかすような声だった。

アレシアは息を呑み、軽いめまいを覚えた。「当たり前でしょう」ささやくように言い、腹立ちと恥じらいの両方を感じているように見せかけた。

真実を知られてはならない。

アナトリの目が険しくなる。「以前と雰囲気が変わった」

「でしょうね。目を開かされたの」

「だれに？」

「それは……経験によ」答えるのではなかったと悔やみつつ、ささやいた。敵にしているのは蛇だ。

アナトリがルームサービスの番号を押して食事を注文するあいだ、アレシアはコートを脱いでソファに腰かけ、用心深くアナトリを観察していた。電話を終えると、アナトリはテレビのリモコンをつかみ、地元のニュースにチャンネルを合わせて、グラスを片手に机に向かった。しばらくそうしてニュースを眺め、アレシアのことは無視して、ときどきグラスを傾けた。彼の意識が自分以外のものに向かったので、アレシアはほっとした。自分もテレビを眺めながら、ニュースキャスターの言うことを理解しようとすると、いくつか単語がわかった。集中しよう。思いをさまよわせるのはよくない。どうせマキシムのもとへ向かってしまうし、二度と会えないことをアナトリの前で嘆きたくない。

番組が終わると、アナトリが意識をアレシアに戻して、唐突に尋ねた。「おれから逃げたかったのか？」

昨日のこと？

「アルバニアを離れたのは」スコッチの残りを飲み干す。

「あなた、指の骨を折ると言ったわ」

アナトリはあごをさすり、しばし考えてから口を開いた。「アレシア、おれは――」

「言い訳は聞きたくない。だれに対してだろうと、あなたがわたしにしたような扱いをしていい理由なんて存在しないもの。この首を見て」セーターの襟ぐりをさげて、昨日つけられた指の跡をあらわにし、よく見えるようにあごをあげた。

アナトリは赤くなった。

そのときドアを控えめにノックする音が響いたので、アナトリはもどかしげにアレシアを振り返りながらも、部屋のドアを開けた。〈ウェスティン〉の制服を着た青年が、食事をのせたカートとともに現れた。アナトリはなかへうながし、カートがテーブルに早変わりするさまを、一歩さがって見守った。白いリネンのテーブルクロスの上に、二人用の豪華なテーブルセットが広がる。磁器の花瓶にはみずみずしい黄色のバラが一輪挿され、ちょっとしたロマンスを演出していた。

なんという皮肉。

悲しみがこみあげて心の内を蝕《むしば》み、アレシアは必死で涙をこらえた。青年がワインを抜栓してコルクを磁器の小皿に置き、カートの下の保温器から何枚か皿を取りだして、芝居がかった仕草で金属製の覆いを取った。おいしそうな香りが立ちのぼる。アナトリがクロアチア語でなにか言い、十ユーロ紙幣と思しきものを差しだすと、青年はとてもうれしそうに受け取った。彼が出ていくのを待ってから、アナトリが言った。「食事にするぞ」不機嫌そうな声だった。

空腹と、口論に疲れていたのとで、アレシアは間に合わせのテーブルについた。こんな風に進むのだ。ゆっくりと、臼で挽かれるように意志がすり減っていき、ついにはこの男に服従する。

「じつに西側風だな」アナトリが言いながら向かいの椅子に腰かけて、ワインのボトルをつかみ、アレシアのグラスに注いだ。

アレシアは、先ほどの彼の言葉を思い返していた。アナトリの望んでいるのが伝統的なアルバニアの妻なら、手に入れるのはそういう女性だ。一緒に食事はしないし、ベッドもともにしない。

彼が営みを求める夜をのぞいて。まさかアナトリの望んでいるのはそれではないだろう。アレシアは目の前の皿を見つめた。部屋の壁が迫ってくるような気がして、息苦しくなる。

「乾杯《ゲズアル》、アレシア」アナトリが言ったので、顔をあげた。こちらにグラスを掲げ、大きく目を開き、温かい表情を浮かべている。頭皮がざわついた。なんて……恐ろしい！　それでもアレシアはグラスを取って、気が進まないながらも乾杯と掲げると、一口すすった。

「うーん」ワインの味に誘われて、目を閉じる。ふたたび開いたときには、アナトリに見つめられていた。目の色は濃さを増し、まなざしには厄介な期待が光っている。

　食欲が失せた。

「二度とおれから逃げるな、アレシア。おまえはおれの妻になるんだ」アナトリがつぶやくように言った。「さあ、食え」

　アレシアは皿の上のステーキを見つめた。

第30章

アナトリがまたアレシアのグラスを満たした。「ほとんど食べていないじゃないか」

「お腹が空いてないの」

「そういうことなら、そろそろベッドに入る時間だ」その口調で、アレシアはさっと顔をあげた。アナトリは椅子の背にもたれ、じっとこちらを見ている。待っている。捕食者のごとく。そして考えごとをしているかのように人差し指でとんとんと下唇をたたき、目を光らせた。少なくとも三杯はワインを飲んだはずだ。それにスコッチも。アナトリがグラスの残りを一息にあおってゆっくりと席を立ち、謎めいた目でじっとアレシアを見つめた。その視線にからめとられたかのように、アレシアは動けない。

いや。

「初夜まで待つ理由がわからん」アナトリが一歩近づいてきた。

「いやよ、アナトリ」ささやくように言う。「お願い。やめて」テーブルにしがみつく。

アナトリの指が頬を撫でおろした。「きれいだ」小声で言う。「立て。お互い、面倒は避けたいだろう」

「待つべきよ」打つ手はないかと頭のなかを必死に探りながら、ささやいた。

「おれは待ちたくない。抵抗するなら、無理やり従わせるまでだ」言うなりアレシアの両肩をつかんで手荒に立たせたので、その勢いで椅子が倒れた。恐怖と怒りがアレシアの全身をうねる。身をよじって抵抗し、蹴ろうとした足がアナトリのすねに、続いてテーブルに当たった。皿やナイフやフォークが揺れて、アレシアのグラスが倒れ、残っていたワインがこぼれる。

「くそっ」アナトリが不機嫌に言う。

「いや!」アレシアは叫び、命中することを祈りつつ両手両足をばたつかせた。するとアナトリがつかみかかってきてウエストに両腕を回し、がっちりとつかまえた。そのまま抱きあげられたアレシアは、当たれ当たれと願いながら闇雲に両足で蹴りつづけた。

「いや!」大声で言う。「お願いよ、アナトリ!」

アナトリはその叫びを無視して、アレシアをなかば引きずるように、なかば運ぶようにして、寝室に向かった。

「いやよ。いや。やめて!」

「うるさい!」怒鳴ってアレシアを揺すぶり、ベッドにうつ伏せで放りだす。その横に座ると、片手を背中に押し当ててじっとさせ、もう片方の手でブーツを脱がせはじめた。

「いや!」アレシアはまた叫び、身をよじって足で蹴った。一度、二度、押さえつける手から逃れようと、両手をこぶしにして暴れる。

「いいかげんにしろ、アレシア!」

アレシアは暴れまくった。怒りと嫌悪感が、自分でもあると気づいていなかった強さを与えてくれた。怒りに燃えて、それを大嫌いな男にまっすぐぶつけた。

「じゃじゃ馬め」そう言ってアナトリが覆いかぶさってくると、体がマットレスに沈み、息もできなくなった。はねのけようとするが、重すぎる。

「落ちつけ」耳元でアナトリが息を弾ませながら言う。「静かにしろ」

アレシアは動きを止めて体勢を整え、肺に酸素を送りこもうとした。アナトリが体をずらしてアレシアを仰向けにさせたので、鼻と鼻を突き合わせる格好になる。アナトリは片脚をアレシアの太ももに渡したまま、両手をつかんで頭上にあげさせ、片手で押さえつけた。

「おまえが欲しい。おまえはおれの妻だ」

「お願い。いや」ささやくように言い、ぎらぎらと燃える目を見あげると、そこには興奮が見えた。引き締まった体も興奮で震えている。細かな振動を腰に感じた。アナトリは肩で息をしながらじっと目を見つめていたが、やがて片手をアレシアの体に滑らせ、胸のふくらみからお腹へ、さらにジーンズのジッパーへとおろしていった。

「いやよ。アナトリ、お願い。月のものの最中なの。お願いよ、血が」嘘だったが、食い止める最後の手段だった。アナトリは一瞬、わけがわからない様子で眉をひそめたが、すぐにその表情は欲望から嫌悪に変わった。

「ああ」興ざめした声で言う。

押さえつけていたアレシアの手を離して、ごろりとマットレスに転がり、天井を見つめた。

「待つべきかもしれないな」不満そうに言った。

アレシアはさっと横を向き、膝を抱えて丸くなると、できるだけ小さくなろうとした。絶望と嫌悪と恐怖――それがいまの仲間だ。涙でのどがつかえる。ほどなくマットレスが沈み、アナトリが立ちあがってリビングルームに戻っていくのがわかった。

どれだけ泣いたら涙は涸れるだろう。

数秒？　数分？　数時間？

しばらくして、アナトリが毛布をかけてくれた。またマットレスが沈んで、彼が布団の下にもぐったのがわかる。それからアナトリはにじり寄ってきて片腕をアレシアに回し、頑なな体を引き寄せた。「いずれ、おれにふさわしい妻になる」ささやいて、頬にそっと唇を当てた。驚くほどやさしいキスだった。

アレシアはこぶしを口に当て、声のない悲鳴を押し殺した。

はっと目が覚めた。室内は薄暗く、来《きた》る夜明けの灰色の明かりだけが照らしている。となりではアナトリがぐっすり眠っていた。その顔はくつろぎ、起きているときほど怖くない。アレシアは天井を見つめて計算した。まだ服を着ているし、ブーツも履いている。逃げられる。

逃げなさい。いま。心のなかで自分の背中を押した。

音をたてずにゆっくりとベッドから転がりでて、忍び足で寝室をあとにした。

昨夜の食事の残りが、いまもテーブルにのっている。冷めたフライドポテトが目にとまり、急いで数本をつかんで口に押しこんだ。食べながらかばんをあさり、お金を見つける。紙幣はお尻のポケットに滑りこませた。

動きを止めて、耳を澄ます。

アナトリはまだ眠っている。

ダッフルバッグのそばにアナトリのスーツケースが置かれていた。もしかしたら、このなかにお金を入れているかもしれない……だとしたら、逃げるのに役立つかも。なにが出てくるかわからないまま、慎重にファスナーを開けた。

なかはきちんと整理されていた。入っているのは服と――銃。

銃。

おそるおそる抜き取った。

これがあれば彼を殺せる。

こちらが殺される前に。

心臓がどくどくと脈打ちはじめ、頭がくらくらしてきた。

わたしは力を手に入れた。手段を。手のなかの拳銃は重い。

立ちあがって寝室の戸口にそっと歩み寄り、眠るアナトリをのぞき見た。先ほどから動いていない。背筋がぞくりとして、呼吸が浅くなる。あの男はわたしを誘拐した。平手打ちをした。首を絞めた。犯しかけた。あの男のことも、あの男が意味するものも、大嫌いだ。ぞっとする。震える手を掲げて狙いを定め、静かに安全装置を外した。頭痛がして、ひたいに汗が浮かぶ。

いまだ。

いましかない。

手はおぼつかず、視界は涙で曇った。

だめ。だめよ。

ぐいと涙を拭い、だらりと手を垂らした。

わたしは人殺しじゃない。

銃の向きを変え、銃身を見つめた。たくさんアメリカのテレビ番組を見てきたから、どうすればいいかは知っている。

なにもせずに、ただ運命を受け入れるのはいやだ。これも一つの方法。

いま、すべてを終わらせることもできるのだ。そうすれば苦痛は終わる。

なにも感じなくなる。二度と。

母の苦悩の顔が頭に浮かんだ。

母さん。

どれほど打ちのめされるだろう、もしわたしが……。

マキシムのことも思ったが、すぐに頭から消した。

二度と彼には会えないのだ。

のどが狭まり、感情がこみあげる。ぎゅっと目を閉じて、あえぐように息をした。

いまなら自分の手で死ねるのだ。アナトリの手にかかってではなく……。

だけど、あとからだれかが掃除しなくてはならない。

なにを考えているの？

がっくりと床に崩れ落ちた。無理だ。自殺などできない。そんな度胸はないし、心の底では生きていたいと思っている。生きていればもう一度、マキシムに会えるかもしれないという一縷《いちる》の望みをいだいていた。逃げてはならない。家に帰らなくては。ここザグレブからロンドンまでは、歩いて六日の距離ではない。もっとずっと遠いのだ。途方に暮れて体を前後に揺らし、銃を手にしたまま膝を抱いて、悲しみに浸った。これほど取り乱したのは初めてだ。これほど泣いたのも初めて。悪党たちの手から逃れ、マグダの家まで延々歩いたあとでさえ、ここまでではなかった。祖母が亡くなったときは喪失の痛みに暮れたものの、これほどの寂しさは感じなかった。この圧倒的な悲しみ。アナトリを殺すことはできないし、自分も殺せない。愛する男性を失って、大嫌いな男と結ばれる運命。

心が砕けてしまいそうだ。いや、違う。心はもうなくなってしまった。

太陽が地平線から顔をのぞかせると、アレシアはすすり泣きをこらえ、涙越しに銃を見つめた。そのときふと、父が持っている一丁に似ていることに気づいた。

そうだ、わたしにもできることがある。父がやるのを何度も目にした。弾倉を外してみると、意外にも弾は四発しか入っていなかった。すべて取りだして、すばやく遊底《スライド》を引き、薬室から押しだされた残りの弾丸をキャッチする。弾倉を戻して、弾はポケットに収めた。それから銃をアナトリのスーツケースに返すと、ファスナーを閉めた。

立ちあがって涙を拭う。泣くのはここまでだ。ちらりと窓を見ると、早朝の光のなかに、空を背景にしたザグレブの町並みが見えてきたところだった。〈ウェスティンホテル〉の十五階から眺める街は、テラコッタのパッチワークのごとく、眼下に広がっている。みごとな景色で、アレシアはふと、母国の首都もこんな風だろうかと思った。

「起きていたのか」アナトリの声にぎょっとした。

「お腹が空いて」アレシアはテーブルの上の食べ残しをちらりと見た。「シャワーを浴びてくるわ」

ダッフルバッグをつかむと、急ぎ足でバスルームに駆けこみ、ドアに鍵をかけた。


バスルームから出てみると、アナトリは起きて服を着ていた。皿や食べ残しはきれいに片づけられ、テーブルには新しいクロスが広げられて、コンチネンタルブレックファーストが用意されている。

「逃げなかったんだな」アナトリが静かに言った。落ちついた様子だが、いつもどおり用心しているのがわかる。

「どこへ逃げるっていうの?」アレシアは疲れた声で答えた。

アナトリが肩をすくめる。「一度、逃げたじゃないか」

アレシアは無言で彼を見つめた。気落ちして、疲れ果てていた。

「おれのことが大事だからか?」アナトリが小声で言う。

「うぬぼれないで」アレシアは言い、椅子に腰かけて、パンかごからパン・オ・ショコラを取った。

アナトリも向かいに座った。その顔が期待の小さな笑みをこらえているのが、アレシアにはわかった。

トムとおれはホテルからほど近い、広大なスカンデルベグ広場をぶらぶらと歩いた。よく晴れた寒い朝で、広場に敷き詰められた色とりどりの大理石のタイルに陽光が反射している。広場の一方には、馬にまたがった十五世紀のアルバニアの英雄のブロンズ像があり、もう一方には国立歴史博物館があった。一刻も早くアレシアの故郷へ行って生家を見つけたかったが、通訳が来るのを待たなくてはならなかった。

不安といらいらで、じっとしていられなかったので、時間をつぶすために博物館をのぞくことにした。気を紛らそうと何枚も写真を撮って、おもしろいものをインターネットにアップする。二度怒られたものの、注意を無視して、こっそり写真を撮りつづけた。大英博物館の足元にも及ばないが、イリュリア（アドリア海東岸の古代国家）の遺物には魅せられた。トムはもちろん、中世の武器の展示に夢中だった。アルバニアには豊かで血なまぐさい歴史がある。

十時になると、両側に木が立ち並んだ大通りをぶらぶらと歩き、通訳者と待ち合わせをしたコーヒーハウスに向かった。戸外は寒いのに、店の前では驚くほど大勢の男たちが椅子に腰かけてコーヒーを飲んでいた。

女性はどこにいるのだろう？

タナス・ツェカは、黒髪に黒い目をしたティラナ大学の大学院生で、博士課程でイギリス文学を研究していた。流暢な英語を話し、にこにこと笑顔で、のんびりした性格だ——そしてガールフレンドを連れてきていた。名前はドリタといい、学部生で歴史学を専攻している。小柄な美人で、英語の会話はタナスほど上手ではない。ドリタはおれたちと一緒に行きたがった。

ややこしいことになりそうだ。

トムがちらりとこちらを見て肩をすくめた。議論している余裕はなかった。「どのくらい時間がかかるかわからないんだが」そう言って、コーヒーを飲み終えた。塗料除去剤の代わりになりそうなほど濃いコーヒーだった。

「かまいません。今週は予定を空けておいたので」タナスが言う。「ぼくはクカスに行ったことがないんですが、ドリタはあって」

「クカスについて、知っていることは？」おれはドリタに直接尋ねた。

ドリタはそわそわとタナスを見た。

「そんなにひどい？」おれは二人を見比べた。

「らしいです。共産主義政権が倒れたとき、アルバニアは……」タナスは一度言葉を止めてから、続けた。「困難な時期を迎えました」

トムが両手をこすった。「困難に立ち向かうのは大好きだ」それを聞いたタナスとドリタは、親切にも笑ってくれた。

「天候には恵まれそうです」タナスが言う。「高速道路は通れますし、雪も二週間ほど降ってません」

「じゃあ行こうか」早く出発したくて、おれは言った。

風景が変わった。ヨーロッパ北部のわびしい休閑地は消えて、冬の太陽を浴びた、岩が多く厳しい土地が現れた。こんな状況でさえなければ、アレシアも旅を楽しめただろう。なにしろヨーロッパの高速道路を一気に駆け抜けているのだから。だが一緒にいるのはアナトリ――無理やり結婚させられる相手だ。そしてクカスに着いたら父と対面しなくてはならない。口論になるのはわかりきっているし、まったく楽しみではない。心の底では、それは父の怒りの矢面に立たされるのが母だからだとわかっていた。

心配になるほどのスピードでまた橋を渡った。橋の下に膨大な量の水があるのを見て、自然とドリン川を思い出した。そして海を。

海と、マキシムを。

わたしに海をくれた人。

もう一度、会えるだろうか？

「クロアチアの海岸線は絵のようにきれいだ。ここでいろいろ仕事をしている」アナトリが言い、ザグレブを発ったときから二人のあいだに垂れこめていた沈黙を破った。

アレシアはちらりと運転席を見た。アナトリの仕事など、どうでもいい。どんな仕事をしていようと、知りたくない。知りたいと思ったときもあったが、それは過去だ。それに妻なら――模範的なアルバニアの妻なら――なにも質問してはならないことになっている。

「いくつか土地も持っている」そう言ってアナトリが狼のような笑みを浮かべたので、感心させたがっているのがわかった。初めて会ったときと同じように。

アレシアは顔を背けて、窓の外の海を眺めた。心はまっすぐコーンウォールへ戻っていった。

ティラナからの道中は、率直に言って恐怖だった。歩行者は急に道路におりてくるという困った癖をもっており、ロータリーは飛び入り自由だ——車にトラック、それにバスまで、だれもが先を争って入っていく。もはや巨大なチキンレースのようで、この調子ではクカスに着くころには神経がずたぼろになっている気がした。助手席ではトムが絶えずダッシュボードに手のひらをたたきつけては歩行者やドライバーに怒鳴るので、じつにいらいらさせられた。

「トム、頼むから黙っていてくれ！　集中できない」

「すまん、トレヴェシック」

奇跡的に、無傷で中心部から脱出することができた。幹線道路まで来ると少し安心したものの、気を緩めることなく運転した。この国のドライバーは予測がつかない。

道端にはいくつか自動車販売店があり、ガソリンスタンドは無数にあった。ティラナをあとにするとき、堂々として人目を引く、ネオクラシカルな建物の前を通りすぎた。まるでウエディングケーキのようだ。

「あれは？」おれは尋ねた。

「ホテルです」タナスが答える。「もう何年も建設中です」バックミラーで目が合うと、タナスは肩をすくめた。

「へえ」

二月のわりに、低地は肥沃で緑豊かだった。草原には点々と、ずんぐりした赤い屋根の家が見える。運転しながら、タナスが語るアルバニアの簡単な歴史と、タナス自身についての話に耳を傾けた。両親は共産主義政権崩壊を生き延び、どちらも共産主義政権下では禁止されていたＢＢ

Cワールドを通じて英語を学んだ。どうやらBBCだけでなく、イギリスのほとんどのものは、アルバニアでは高く評価されているらしい。だれもがイギリスへ行きたがっている。もしくはアメリカに。

トムとおれは目配せをした。

ドリタは小さな声でタナスに話し、それをタナスが英語に訳した。クカスは二〇〇〇年に、ノーベル平和賞にノミネートされたそうだ。理由はコソボ紛争時に何百何千という難民を受け入れたから。

これはおれも知っていた。クカスについて、それからアルバニアのいろいろなことについて、トレヴェシック村のパブで話してくれたアレシアの誇らしげな顔を思い出す。

アレシアがいなくなって二日だというのに、片腕をもぎ取られたような気分だった。

どこにいる、愛しい人？

クカス行きの高速道路に乗ってほどなく、おれたちは冷たい青空のなかに突入していった。順調に緯度があがると、雪をかぶった雄大なアルバニアアルプスの峰が近づいてきて、シャル山脈とコラプ山も見えてきた。峡谷には澄んだ水の流れる川があり、岩だらけでぎざぎざの急な崖もある。みごとな景色だ。この現代的な高速道路をのぞけば、周囲の土地は時間の影響を受けていないかに思える。ときどき、テラコッタのタイル張りの家々が集まった村落に出会った。煙を立ちのぼらせる煙突、ところどころに雪が積もった干し草の山、洗濯物がつるされた物干し綱、自由な山羊、つながれた山羊——これがアレシアの国だ。

おれの大切な人。

どうか無事でいてくれ。

もうすぐ迎えにいく。


緯度があがるにつれて、気温はさがってきた。トムが運転手役を交代してくれたので、おれは車内DJをし、携帯電話で写真を撮った。タナスとドリタは静かで、景色を楽しみながら、おれのiPhoneからカーステレオを通して流れるハッスル&ドローンの曲を聞いている。やがて長いトンネルを抜けると、峰々のどまんなかにいた。峰は雪をかぶっているものの、驚くほど山肌があらわで、木々がほとんどない。タナスの説明によると、共産主義政権が倒れたあとに燃料不足が起きたので、場所によっては地元住民が木々を切り倒して薪にしたのだという。

「樹木限界線の上まで来たのかと思った」トムが言う。

岩の多いこの原始林のなかで、料金所に出くわした。数台の古びた車やトラックの後ろに並んだとき、携帯電話が鳴った。ロンドンにいるオリバーからだ。東欧のこの山中で電波が入るとは、驚きだ。

「オリバー、どうした?」

「忙しいところにすまない、マキシム。だが、警察から連絡があった。ぜひともきみの……その……婚約者のミス・デマチから話を聞きたいそうだ」

ああ……オリバーにも知られてしまったか。彼の言葉のなかの、婚約者の部分は無視して答えた。「知ってのとおり、アレシアはアルバニアに帰ったから、ロンドンへ戻るまで待ってもらうしかない」

「やはりそうか」

「ほかに、警察はなにか？」

「きみのノートパソコンと音響機器を取り戻せたそうだよ」

「ありがたい！」

「それから、この事件はいまやロンドン警視庁の扱いになった。どうやらミス・デマチを襲った連中は警察に把握されていて、ほかの犯罪で指名手配されていたらしい」

「ロンドン警視庁？　すばらしい。連中には前科があるかもしれないと、ナンカロー巡査部長も言っていたんだ」

　トムがちらりと横目で見た。

「告訴は？」

「ぼくの知るかぎりでは、まだだ」

「進捗状況をなるべく知らせてくれ。告訴されたのか、保釈されるのか、知りたい」

「わかった」

「ミス・デマチについては、警察にはこう伝えてくれ。家族の緊急事態でアルバニアに帰らなくてはならなかった、と。ほかに困ったことはないかな？」

「万事順調、バッチグーだ」

「バッチグー？」おれは鼻で笑った。「すばらしい」電話を切って、料金所で払うための五ユーロ札をトムに渡した。

ダンテとその共犯者がいまも拘留中なら、警察はこの件を真剣に扱っているということだろう。あるいは人身売買の容疑がかけられているのかもしれない。そうだといい。あのくずどもを監獄に入れて、鍵を捨て去ってもらいたい。

少し経つとクカス方面の標識が見えてきて、心が躍った。ああ、もうすぐだ。ほどなく道路の脇に大きな湖が見えてきたと思ったが、グーグルマップによれば、実際は川だという。フィエルサ湖に注ぐドリン川。アレシアが町の風景についてとても熱心に語っていたのを思い出した。期待がぐんとふくらむ。ハンドルを握るトムに、もっと早くとけしかけた。アレシアに会えるのだ。アレシアを救うのだ。願わくば。

彼女は救いなど必要としていないかもしれない。

ここで暮らしたいのかもしれない。

だめだ、それは考えるな。

高速道路の大きなカーブを曲がると、ついにクカスが見えてきた。谷にいだかれ、手前には幅広い青緑色の川と湖があって、目をみはるような山々に囲まれている。想像以上の景色に声も出ない。

これこそ、アレシアが毎日見ていたもの。

川にかかる頑丈な橋を渡った。ふと上を見ると、人気《ひとけ》のない建物がぼんやりと建っている。これもまた未完成のホテルなのだろうかとおれは思った。

モンテネグロの主要な町の一つ、ニクシッチの郊外で、アナトリが道路沿いのカフェの駐車場に車を停めた。アレシアは関心もなく、窓の外を眺めた。

「腹が減った。おまえもだろう。行くぞ」アナトリが言う。アレシアは反論もせず彼のあとに続き、心地よく清潔な店内に入った。比較的新しい店で、店内装飾は自動車という一風変わったテーマで統一されており、バーの上方には真っ赤な改造自動車が描かれていた。楽しい店だが、アナトリにはそうではないらしい。この数時間、ほかのドライバーに激怒して、何度もハンドルに手のひらをたたきつけては大声で罵《ののし》っていた。忍耐はアナトリの得意分野ではない。

「二人分の注文をしろ。おれは手洗いに行ってくる。逃げるなよ。逃げてもかならず見つけるからな」怖い顔でアレシアを見てから、テーブル選びを任せて去っていった。

アレシアは、いまや早く家に帰りたくてたまらなかった。昨夜のアナトリの行動を考えると、もう一晩、二人きりで過ごすのは避けたい。それなら父と対面するほうがましだ。メニューに目を走らせ、英語かアルバニア語に共通する単語を探すものの、疲労のせいで集中できない。そこへアナトリが戻ってきた。こちらも疲れて見える。もう何日も続けて運転しているのだから当然のことだが、同情する気などなかった。

「なにを注文した?」アナトリがぶっきらぼうに言う。

「まだよ。はい、メニュー」文句を言われる前に手渡すと、ちょうどウエイターが来たので、アナトリはなにが食べたいかとアレシアに訊くこともせず注文をすませた。驚いたことに、アナトリはモンテネグロ語も流暢に話せるらしい。ウエイターがいそいそと去っていくと、アナトリは携帯電話を取りだした。

冷たい青い目がアレシアの目を見つめる。「静かにしていろ」そう言ってから、番号を押した。

「どうも、シュプレーサ、ヤークはいるかな」

母さん！

アレシアは思わず席から腰を浮かせた。すっかり聞き耳をたてていた。電話の相手は母さんだ。

「ああ……それなら伝えてくれ、今夜八時ごろに家に着くだろうと……」アナトリの目がアレシアをちらりと見る。「ああ、一緒だ。元気にしている……いや……いまは手洗いだ」

「嘘！」

アナトリが人差し指を唇に当てた。

「母さんと話をさせて」アレシアは片手を携帯電話のほうに突きだして、きっぱりと言った。

「ああ。それじゃあ今夜」アナトリはそう言って電話を切った。

「アナトリ！」怒りの涙がこみあげて、のどが狭まる。いまほど家を恋しく思ったことはない。

母さん。

ほんの二言、三言も交わさせてくれないなんて。

「おまえがもう少し素直で愛想よくしていたら、話くらいさせてやっただろうが」アナトリが言う。「おまえのために、ずいぶん骨を折ったんだぞ」

アレシアは彼をにらみつけたが、やがて視線を落とした。こんな男の挑戦に応じたくなかった。ひどい仕打ちをされた直後に、その張本人を見ているのは耐えられなかった。残酷で執念深く、気が短くて子どもっぽい男。怒りが全身の血管にひたひたと染みこんでいく。

この男のしてきたことを考えると、絶対に許す気にはなれない。

絶対に。

唯一の希望は、この男と結婚させないでと父にすがることにかかっている。

近づいてみると、クカスはおれが思っていた町とは違った。風雨にさらされたソビエト風の集合住宅がブロックごとに並ぶ、さして特徴のない町だ。ドリタがタナスを介して教えてくれたところによると、建てられたのは一九七〇年代だという。もともとのクカスの町は、いまや湖の底にある。峡谷は、周辺地域に電力を供給する水力ダムの源となるべく、水没させられたのだ。道路の両側には樅の木が並び、地面は雪の毛布で覆われ、通りは静かだ。いくつか店があって、日用品や衣類、農機具を売っており、スーパーマーケットも二店ほどあった。ほかには銀行と薬局、そしてたくさんのカフェ。ここでもやはり男たちが戸外の椅子に腰かけて、寒さを寄せつけまいと服を着こみ、午後の陽光のなかでコーヒーを飲んでいた。

あらためて、女性はどこにいる？

町のいちばんの特徴は、どこを歩いても通りの端に堂々たる山がそびえていることだった。その雄大な美しさに囲まれていると、ライカを持ってくればよかったという思いが自然と生じる。旅行代理店が予約してくれたホテルは、よりによって〈アメリカ〉という名だった。グーグルマップの案内で裏通りを進み、ホテルにたどり着く。新旧が興味深く入り混じった建物で、とりわけこの時期の雪をうっすらかぶったエントランスは、まるでサンタの洞窟（イギリスのデパート等でクリスマス前に設置される洞窟に模した空間。子どもがサンタとじかに触れ合える）に見えた。

なかは、ほかに例を見ないほど安っぽくごちゃごちゃと飾りつけられていた。アメリカ合衆国から仕入れたのであろう観光客向けの小物のなかには、プラスチック製の自由の女神像まである。

装飾様式はどう定義したものか、いろいろなスタイルの寄せ集めなのだが、全体的には……明るくて親しみやすい雰囲気をかもしだしていた。ホテルのオーナーはあごひげを生やした痩せ型の男性で、年は三十代、おれたちを温かく歓迎してたどたどしい英語で挨拶をしてから、小さなエレベーターで上階の部屋に案内してくれた。トムとおれはツインルームを取り、ダブルルームはタナスとドリタに譲った。

「この場所までの行き方をオーナーに訊いてくれないか？」おれはしわくちゃの紙切れをタナスに渡した。アレシアの生家の住所が記されたメモだ。

「はい。何時に行きたいですか？」

「五分後に。荷ほどきだけしたら、すぐに出たい」

「まあ待て、トレヴェシック」トムが割って入る。「先に一杯やれないか？」

なるほど……父もよく言っていた、酒の勢いはいつだって助けになる、と。

「手短にだぞ。それから一杯だけだ。いいな？　おれはこれから未来の妻の両親に会うんだ――酔っ払いたくはない」トムは熱心にうなずいて、ドアに近いほうのベッドを選んだ。「いびきをかかないでくれよ」おれは言い、荷ほどきを始めた。

一時間後、おれたちは幹線道路脇の小さな一時停止区域に車を停めた。前方には、大きな錆びついた金属製の両開き門がある。そして門の向こうのコンクリート製の私道の先に、テラコッタ屋根の家が一軒、ドリン川のほとりにぽつんと建っていた。ここからは屋根しか見えない。

「タナス、悪いが一緒に来てくれ」おれは言い、ドリタとトムを残して車をおりた。沈む太陽の光が私道に長い影を落とす。広い敷地を囲むのは裸木がほとんどだが、樅の木が何本か、それに手入れの行き届いた大きな菜園もあった。家の壁は淡い緑色に塗られ、三階建てで、見たところ、川に面したバルコニーが二つある。ここへ来る途中で目にしたほかの家より大きい。アレシアの家族は裕福なのか、どうなのか。湖はみごとな眺めで、薄れゆく冬の夕日の色に輝いていた。

家の外にパラボラアンテナがあるのを見て、アレシアとの会話を思い出した。

〝テレビを見てアメリカへも行った〟

〝アメリカのテレビ番組？〟

〝そう。ネットフリックスや、ＨＢＯ〟

玄関らしきドアをノックした。良質で頑丈な木でできているので、音がちゃんと聞こえるよう、もう一度、やや強くノックする。心臓がドキドキして、寒いというのに背中を汗が伝った。

ついにこのときが来た。

気合を入れろ。

未来の義理の家族と顔を合わせようとしている――向こうはまだそれを知らないが。

ドアが半分開き、後ろから射す細い光で、現れたのが頭にスカーフを巻いた、ほっそりした中年の女性だとわかった。薄れゆく陽光のなか、女性がこちらに向けた怪訝な顔は、少しアレシアに似ていた。

「ミセス・デマチ？」

「ええ」当惑が顔に浮かぶ。

「マキシム・トレヴェリアンといいます。お嬢さんのことで来ました」

夫人は息を呑んで激しくまばたきをし、もう少しドアを開いた。肩幅は狭く、かさばるスカートにぶかぶかのブラウスという野暮ったい服装だ。髪はスカーフの下に隠れていて、この女性の娘と初めて会ったとき、彼女が怯えたうさぎのように玄関ホールに立ち尽くしていたのを思い出した。

「アレシア?」夫人がささやくように言う。

「はい」

夫人は眉をひそめた。「夫は……留守で」彼女の英語にはざらりとした響きがあり、娘より訛りがきつい。不安そうにおれの向こうを見やり、私道に目を走らせる——なにを探しているのかはわからない——それからまっすぐおれを見た。「ここにいてはいけません」

「なぜ?」おれは尋ねた。

「夫が家にいないので」

「だがアレシアのことで、あなたに話があるんです。お嬢さんはいま、こちらへ向かっているはずだ」

夫人は急に警戒した様子で首を傾けた。「もうすぐ帰ってくる予定です。知っているんですか?」

その言葉に、心臓が飛びはねた。

アレシアはここに向かっている。思ったとおりだ。

「ええ。そしてわたしがここへ来たのは、あなたとご主人に許しを請うためです……」ごくりとつばを飲む。「……お嬢さんと結婚する許しを」

「これが最後の国境越えだ、愛しい人《カリッシマ》」アナトリが言う。「これで祖国に帰れるぞ。出ていったことも、盗人のようにこそこそ隠れていたことも、家族の名誉を汚したことも、しっかり反省するんだな。戻ったら、さんざん心配をかけてすまなかったと両親によく詫びろ」

アレシアは目をそらし、逃げたことに罪悪感をいだかせるアナトリを心のなかで罵った。わたしはあなたから逃げたのに！　アルバニア人男性の多くは外国で働くために国を出る——女性はそう簡単ではない。

「トランクに入るのもこれが最後だ。だがちょっと待て、先に取りだしたいものがある」アレシアは脇にさがり、西のほう、丘の向こうに消えていく太陽を眺めた。冷気が服のなかまで染みこんできて、心臓にからみつく。それはきっと、この世でたった一人の愛する男性に思い焦がれているからだ。不意にこみあげてきた涙を、まばたきでこらえた。

いまはだめ。

アナトリに満足感を与えたくない。

泣くのは今夜。

母さんと。

深く息を吸いこんだ。これが自由のにおい——冷たくて、馴染みがない。次に深呼吸をするときには、生まれた国にいるだろう。そして冒険は……マキシムはなんと言っていたっけ？　そう、若気の至りになるのだ。

「入れ。じきに夜だ」アナトリが鋭い声で言い、トランクを開けた。

夜は精霊《ジン》のもの。

いま、アレシアはその一人を見ている。アナトリはそれだ。擬人化した悪鬼。アレシアは文句も言わず、アナトリにはいっさい触れずにトランクに入った。家が近づいてきたのを実感し、このとき初めて、母に会うのを楽しみに思った。

「もうすぐだ、愛しい人《カリッシマ》」そう言うアナトリの目が不穏に光った。

「蓋を閉じて」アレシアは言い、懐中電灯を握りしめた。

アナトリが嘲笑を浮かべ、荒っぽくトランクを閉じると、アレシアは闇に包まれた。


ミセス・デマチは息を呑み、またちらりとおれの後ろを不安そうに見てから、脇にさがった。

「どうぞ」

「車で待っていてくれ」おれはタナスに言い、夫人に続いて狭い玄関口に入った。夫人が指差したので、見ると靴をのせる棚がある。

なるほど。急いでブーツを脱ぎながら、揃いの靴下を履いてきてよかったと思った。

それもこれも、アレシアのおかげだ……。

廊下は白いペンキで塗られ、つややかなタイル張りの床には鮮やかな色彩のキリムじゅうたんが敷かれている。夫人に手招きされて入ったすぐの部屋には、大胆かつカラフルな模様の覆いをかけた古いソファ二脚が向き合う形で置かれ、あいだには小さなテーブルがあり、こちらも色とりどりの布で覆われていた。奥には暖炉があって、マントルピースには古い写真がたくさん飾られている。おれは目を凝らし、アレシアを探した。真剣そうな大きな目をした少女がピアノの前に座っている写真を見つけた。

おれのアレシア！

火格子には薪が積んであるが、この寒さでも火はつけられていない。きっとここは客をもてなすための居間なのだろう。部屋のいちばんいい位置には、壁際に古いアップライトピアノが置かれていた。簡素で古びた一台だが、調律は完璧に違いない。ここで弾くのだ。

才能あふれる、おれのお姫さまが。

ピアノのそばには背の高い本棚があり、読みこまれた本がぎっしり詰まっている。

アレシアの母親がコートを脱ぐよう言わないところから察するに、長居はできないということだろう。

「座ってください」夫人が言った。

ソファの一つに腰かけると、夫人はもう一つのソファの端に腰かけ、全身から緊張感をにじみださせた。両手をしっかり組んで、期待の目でおれを見る。その目はアレシアと同じ濃い色だが、アレシアの目が謎に満ちているのに対して、母親の目は悲しみしかたたえていなかった。きっと娘が心配なのだろう。だがしわが刻まれた顔と白いものが混じりはじめた頭を見れば、楽な人生を歩んでこなかったことは聞かなくてもわかった。

〝クカスでの生活は、女性にとっては楽じゃないんです〟

アレシアが静かに語った言葉がよみがえってくる。

夫人が何度かまばたきをした。おれのせいで緊張と不安を感じているのだと気づいて、少し申し訳なくなった。

「友達のマグダから手紙が来ました。うちのアレシアを助けてくれて、マグダのことも助けてくれた男性がいたと。それはあなたですか？」おずおずとした、やわらかな声だった。

「はい」

「娘は元気ですか？」夫人が細い声で尋ねた。アレシアに関する情報がほしくてたまらないのだろう、じっとおれを見つめる。

「最後に会ったときは、元気でした。元気どころか、幸せでした。お嬢さんはわたしのところで働いていたんです。わたしの家に来て、掃除をしていました」アレシアの母親が理解できるよう、なるべく簡単な英語を心がけた。

「あなたはイギリスからわざわざ来たんですか？」

「そうです」

「アレシアのために？」

「はい。お嬢さんを愛しているんです。お嬢さんもわたしを愛していると思います」

夫人の目が丸くなった。「あの子が？」顔に警戒心が浮かぶ。

これは……期待していた反応ではない。

「はい。本人がそう言いました」

「それで、あなたは娘と結婚したい？」

「はい」

「娘があなたと結婚したがっていると、どうしてわかるんですか？」

おっと。

「正直に言うと、わかりません。お嬢さんに求婚する機会がなかったんです。ですがお嬢さんは自分の意志に反してアルバニアに連れ戻されようとしていると、わたしは信じています」

夫人は首をそらし、真偽をはかるような目でじっとおれを見た。

どうなる？

「友達のマグダはあなたのことをよく言っていました」夫人が言う。「だけどわたしはあなたを知らない。あなたと娘の結婚を、どうして夫が許すでしょう？」

「お嬢さんが、父親の選んだ男と結婚したがっていないことを、わたしは知っています」

「それも娘があなたに言った？」

「お嬢さんはすべて話してくれました。そしてわたしはきちんと耳を傾けた。お嬢さんを愛しているから」

ミセス・デマチが上唇を噛んだ。その癖が娘とそっくりなので、危うくおれはほほえみそうになった。「もうすぐ夫が帰ってきます。娘のことは夫が決めるでしょう。夫の気持ちは、許婚で固まっています。約束したのです」組んだ両手に視線を落とす。「一度娘を行かせて、わたしは悲しみに暮れました。もう一度、行かせる気にはなれないでしょう」

「お嬢さんが乱暴な男と結婚して、暴力をふるわれる人生を送ってもいいんですか？」

夫人がさっと顔をあげた。苦悩をのぞかせる目がおれの目を探り、やがて衝撃を浮かべる。それが夫人の人生だと、おれが知っていることへの衝撃を。

アレシアが自分の父親について語ったすべてがよみがえってきた。

ミセス・デマチが小声で言った。「帰ってください。いますぐ」そして立ちあがった。

まずい。

傷つけてしまった。

「すみませんでした」そう言って自分も立ちあがった。

するとと夫人が眉をひそめ、つかの間、戸惑いと迷いを顔に浮かべた。と思うや、いきなり口走った。「アレシアは今夜八時に戻ってきます。許婚と一緒に」そして一瞬、目をそらした。これほどの秘密を明かしてよかったのかと不安になったのだろう。

固く組まれた夫人の手を握りたくて手を伸ばしかけたものの、抑えた。触れるのは歓迎されないかもしれない。だから代わりに、心からの感謝をこめてほほえんだ。「ありがとうございます。わたしにとってお嬢さんはすべてなんです」

つかの間、夫人の態度がやわらいで、おずおずと笑みが返ってきた。その笑みにも少しアレシアを連想させられた。

玄関まで見送られてブーツを履くと、夫人がドアを開けた。「さようなら」

「わたしが来たことを、ご主人に言いますか？」

「いいえ」

「そうですか。わかります」励ますようにほほえんで、車に向かった。


ホテルに戻ったおれは、落ちつかなかった。テレビをつけてみたものの、トムもおれも自分がなにを見ているのか理解できなかった。本も開いてみたが、結局いまはバーにいる。屋上にあるので、日中はクカスの町と湖、それに周囲の山々の絶景がのぞめる。だがいまは暗く、ぼんやりと照らされた景色はなんの慰めも与えてくれない。

アレシアは故郷に向かっている。

乱暴な男と一緒に。

無事だといいが。

「座れ。そして酒でも飲め」トムに言われ、横目で友を見た。こういうときに、煙草を吸う人間だったならと思う。期待と緊張で爆発しそうだ。ぐいとウイスキーをあおると、もうそれ以上は耐えられなくなった。

「行こう」

「まだ早すぎる！」

「かまうものか。ここでじっと待ってなんかいられない。それならアレシアの家族と待つほうがましだ」


午後七時四十分、おれたちはデマチ家に戻った。

そろそろ大人になるときだ。

今回もトムとドリタを車内で待たせて、タナスと二人、私道を歩いた。「それから忘れないでくれ、おれはここに来たことはない。ミセス・デマチをもめごとに巻きこみたくないんだ」おれはタナスに念を押した。

「もめごと？」

「夫との」

「ああ。わかります」タナスは天を仰いだ。

「わかる?」

「ええ。ティラナとここは違いますからね。ここでの生活はかなり伝統的なんです。男と女のあり方も」タナスは顔をしかめた。

おれは汗ばんだ手のひらをコートにこすりつけた。これほど緊張するのは、イートン校の面接試験以来だ。アレシアの父親にいい印象を与えなくては。娘にとって、自分が選んだろくでなしよりいい選択肢だと思わせなくては。

まあ、アレシアがおれを望むならの話だが。

それは考えるな。

玄関をノックして、待った。

ミセス・デマチがドアを開け、タナスとおれを見比べる。

「ミセス・デマチですか?」おれは尋ねた。

夫人がうなずく。

「ご主人はいらっしゃいますか?」

夫人がもう一度うなずいたので、おれは声が家の奥まで届いていたときのため、最初に訪ねてきたときにした挨拶を、これが初めてのようにくり返した。

「どうぞ」夫人が言う。「夫と話してください」おれたちが靴を脱ぐと、夫人は二人分のコートをあずかって、廊下のフックにつるした。

家の奥の広い部屋に入っていくと、ミスター・デマチが立ちあがった。そこは風通しのいい、汚れ一つないキッチン兼リビングルームで、二つの空間はアーチで隔てられていた。ミスター・デマチの頭上の壁には、不吉にもポンプ連射式の散弾銃がかけられている。難なく手の届く範囲だと、気づかずにはいられなかった。

デマチは妻より年上で、顔は日焼けし、髪は黒より白いものが多かった。地味で濃い色のスーツを着ているせいで、マフィアの首領《ドン》のように見える。そして、その目はいっさいの感情を示さない。おれより頭半分、背が低くて助かった。

訪ねてきたおれたちがだれであるかを夫人が静かに説明していくうちに、デマチの顔はどんどん不信感に満ちていった。

おいおい。夫人はなにを言っている？

タナスが簡単に教えてくれた。「あなたが娘のことで父親と話したがってる、と言ってます」

「そうか。ありがとう」

デマチは曖昧な笑みを浮かべておれたちと握手を交わし、古い松材のソファを手で示して、座るようにとうながした。それからアレシアと同じ色の鋭い目でおれを品定めし、夫人のほうはアーチをくぐってキッチンに入っていった。

デマチがおれからタナスに視線を移し、しゃべりはじめる。深く豊かな響きで、聞いていると心が癒やされるようだ。タナスがすぐさま通訳にかかってくれた。

「妻の話では、娘のことでここへ来たそうだが」

「はい、ミスター・デマチ。アレシアはわたしのところで働いていました。ロンドンで」

「ロンドン？」一瞬、感心したような表情が浮かんだものの、すぐにシャッターがおりてそれを隠した。「具体的には、娘はなにをしていた？」

「わたしの家の掃除をしていました」

デマチはつかの間、目を閉じた。その姿は、まるでこれが聞くに堪えない話であるかのようで、おれは驚かされた。もしかしたら、他人の家の掃除など娘のやる仕事ではないと思ったのか……あるいは娘がいなくなって寂しいのか。わからないが、ともかくおれは息を吸いこんで暴れる神経を静め、先を続けた。「わたしがここへ来たのは、お嬢さんに結婚を申しこむためです」

デマチが驚いてぱっと目を開き、顔をしかめた。大げさな表情だったが、その目的はわからない。「娘にはもう約束した相手がいる」デマチは言った。

「お嬢さんはその男と結婚したがっていません。彼女が家を出たのは、その男が理由です」

包み隠さぬもの言いに、デマチは目を見開き、キッチンからは小さく息を呑む音が聞こえた。

「娘がそう言ったのか？」

「はい」

デマチの表情は読み取りがたかった。

いったいなにを考えている？

父親の眉間のしわが深くなった。「なぜ娘と結婚したい？」戸惑っているようだ。

「愛しているからです」

久しぶりのクカスは胸が痛いほど懐かしかった。たとえあたりは暗くても。アレシアは両親との再会に興奮しつつも怯えていた。父はきっと、ぶつだろう。母はぶたれた娘をしっかり抱いて、一緒に泣いてくれるだろう。

昔からずっとそうしてきたように。

アナトリが運転する車は橋を渡ってクカスに入り、左折した。早く家を目にしたくて、アレシアは軽く身を乗りだした。一分と経たないうちに両親の家の明かりが見えてきたものの、眉をひそめた。私道の手前に車が一台停まっており、二人がそれに寄りかかって、川を眺めながら煙草をふかしている、妙だと思いつつ、目前に迫った両親との再会で頭がいっぱいだったので、気にしないことにした。アナトリがハンドルを切り、停まっている車をよけて私道に入っていった。

車が完全に停まる前にアレシアは助手席のドアを開け、小道を駆けあがって玄関をくぐった。

そのまま靴も脱がずに廊下を走る。

「母さん！」大声で呼びながらリビングルームに駆けこんだ。母がそこにいると信じて。

男性が二人、立ちあがった。父と一緒に座っていたらしい。その父はいま、アレシアをじっと見あげている。

世界が止まり、体が凍りつくなか、見ているものをどうにか理解しようとした。

何度かまばたきすると、心臓がよみがえった。目は一人の男性しか見ていなかった。

マキシムがここにいる。

第31章

おれの心臓はありえない速さで脈打った。アレシアが部屋の中央に立っている。仰天した顔で。

やっと会えた。

ついに会えた。驚愕に見開かれた濃い色の目が、じっとおれを見つめ返す。

ああ、迎えに来たよ。

離すものか、永遠に。

アレシアは、はっとするほど美しかった。すらりとして、しなやかで、髪をおろして。だが肌は青白い。これまでに見たことがないほど血色が悪く、片方の頬にはすり傷が、もう片方にはあざがある。目の下には黒いくまが広がり、目そのものは潤んでいた。

おれはのどが狭まるのを感じた。

いったいどんな目に遭った、愛しい人？

「やあ」おれはそっと声をかけた。「さよならも言わずにいなくなったから」

マキシムが来てくれた。わたしのために。室内にいるほかの全員が消えて、マキシムしか見えなくなる。髪は乱れ、疲れた青白い顔をしているけれど、ほっとした表情だ。目の覚めるようなあの緑の目にじっと見つめられ、投げかけられた言葉には心が震えた。ブレントフォードまで追ってきてくれたときと同じ言葉。けれど、すがるようなその顔は問いかけてもいる。なぜ行ってしまったのかと尋ねている。マキシムは、わたしの気持ちを知らないのに、それでもここまで来てくれた。

わたしのもとへ。

キャロラインのそばにいるのではなく。

彼を疑えるはずがない。彼に疑われるはずもない。

アレシアは小さな叫び声をあげて、待ち受ける腕のなかに飛びこんだ。たくましい胸板が抱きとめて、強い腕が抱きしめる。アレシアは息を吸いこんだ。清潔で温かくて、馴染み深い香り。

マキシムのにおい。

二度と離さないで。

視界の隅でなにかが動いた。ソファから立ちあがった父が、唖然としてこちらを見ている。その父がなにか言おうとして口を開いたとき――

「帰ったぞ！」玄関のほうからアナトリが大声で言い、アレシアのダッフルバッグを手に、ふんぞり返って入ってきた。英雄にふさわしい歓迎を期待して。

「わたしを信じて」アレシアはマキシムにささやいた。

マキシムは愛にあふれる顔でじっとアレシアの目を見つめ、頭のてっぺんにキスをした。「いつだって信じてる」

アナトリが戸口でぴたりと足を止め、驚きに言葉を失った。


アレシアが、さっと父親のほうを向いた。その父親は、娘を誘拐したならず者とおれたちを見比べている。アンソニー？　アントニオ？　名前は覚えていないが、なかなか二枚目な男だ。冷たい青い目は当惑で見開かれていたが、やがてまぶたが狭められ、おれとおれの腕のなかにいる女性を冷ややかに検分した。おれは腕の下にアレシアを囲いこみ、ろくでなしからも父親からも守ろうとした。

「ババ」アレシアが父親に言う。「メ・ドゥケ・セ・ヤム・シュタヅェーネ・デ・アイ・エシュテ・イ・アティ」

衝撃に息を呑む音が部屋中に響いた。

いま、なんと言った？

「なんだと？」ろくでなしが英語で怒鳴り、ダッフルバッグを床に落として怒りに顔を歪めた。

父親のほうはものも言えずに娘とおれをにらみつけ、ますます顔を真っ赤にする。

タナスがおれのほうに身を乗りだしてささやいた。「彼女はいま父親に、自分は妊娠していて、赤ん坊の父親はあなただと言いました」

「なんだって？」

軽いめまいを覚えた。だが、ちょっと待て……そんなことはありえない……おれたちはいつも……避妊具を……。

アレシアは嘘をついている。

父親が散弾銃に手を伸ばした。

たいへんだ。


「月のものの最中だと言ったじゃないか！」アナトリがアレシアに向かってわめき、怒りでこめかみの血管をぴくぴくさせた。

母が泣きだす。

「あんなのは嘘よ！　あなたに触れられたくなかっただけ！」アレシアは父のほうを向いて訴えた。「父さん、お願い。あの人と結婚させないで。怒りっぽくて乱暴な男よ。結婚したら殺されるわ」

父にじっと見つめられた。どちらも困惑して憤っている。マキシムのそばでは見知らぬ青年が、アレシアの言ったすべてを静かに英語に訳していた。けれどいまは、その見知らぬ青年について考えている時間はない。「見て」父に言い、手早くコートの前を開けてセーターの襟ぐりをぐいと引っ張ると、首に残る青黒いあざをあらわにした。

母のむせび泣きが聞こえた。

「なんてことを！」マキシムが叫んでアナトリに突進し、襟首をつかんでもろともに床に倒れた。

殺してやる。

アドレナリンが噴出して全身をめぐり、おれはろくでなしに飛びかかって床に押し倒した。

「きさま、よくも！」馬乗りになってわめき、首の向きが変わるほど強く顔を殴る。もう一発殴ると、男はもがいて顔を殴り返そうとしたが、おれは寸前でよけた。それでも男の力は強く、激しく暴れるので、首をつかんで締めあげた。男はその両手をつかみ、体を揺すっておれを振り落とそうとする。さらに唇をすぼめ、おれの顔めがけてつばを吐いたが、こちらはそれもよけたので、つばは男自身の頬に落ちた。これには男もますます激昂し、ますます激しく暴れておれを振り落とそうとした。母国語でわめくものの、おれには理解できないし、正直どうでもよかった。

首を絞める手に力をこめた。

くたばれ、くず野郎。

男の顔が赤く染まり、目の玉が飛びだしてくる。

おれはつかんだ首を持ちあげて、キッチンのタイル張りの床に後頭部をたたきつけた。大きな音が耳に心地いい。

そのとき、背後のどこかで悲鳴が聞こえた。

アレシア。

「その、手を、離せ！」ろくでなしが途切れ途切れに英語で言う。

突然、おれは複数の手につかまれて、男から引き剝がされそうになった。それを振り払って身を乗りだし、くさい息がわかるほどそばまで顔を近づける。「あと一度でも彼女に触れてみろ、おれが殺してやる！」うなるように言った。

「トレヴェシック！　トレヴェシック！　マキシム！　マックス！」トムだ。おれの肩をつかんで引き離そうとしている。仕方なく、怒りと復讐欲で全身をわななかせながらも、深く息を吸いこんで立ちあがった。男がこちらをにらみあげ、アレシアの父親は散弾銃を手に、おれたちのあいだに割って入る。父親は怖い顔で銃身を振り、さがれとおれに合図した。

しぶしぶ従った。

「落ちつけ、マキシム。国際問題は起こしたくないだろう」トムが、タナスと一緒におれをさがらせながら言う。ろくでなしは純粋な嫌悪の渋面を浮かべて、よろよろと立ちあがった。

「イギリス男はみんな同じだな」男があざけるように言う。「やわで女々しい。そしてイギリス女は手強い」

「やわでもきさまをぶちのめすことはできるぞ、このうじ虫め」おれは言い返した。

赤いもやが晴れていくと、背後でアレシアがやきもきしているのがわかった。

ああ、ごめんよ。


父が二人の男性のあいだに立ち、衝撃の顔で両者を見比べるのを、アレシアは一歩さがったところから見守った。

「おれの家に暴力を持ちこむのか?　妻と娘の前で、よくもそんな真似を」父がマキシムと友人のトムに言う。

トムはどこから現れたのだろう?　アレシアには見当もつかなかった。トムにはブレントフォードで会ったし、マキシムのキッチンで鉢合わせしたときは脚に傷跡があるのを目撃した。そのトムが赤褐色の髪をかきあげて、アレシアの父を見た。

通訳の青年が身を乗りだし、父の言葉を英語でマキシムにささやく。マキシムは両手を掲げて一歩さがった。「申し訳ない、ミスター・デマチ。わたしはお嬢さんを愛しているので、どんな形であれ、彼女がつらい目に遭わされるのは耐えられないんだ。とりわけ男の手によって」マキシムが厳しい顔で父を見ると、父は眉をひそめ、今度はアナトリのほうを向いた。

「それからおまえも。娘を連れ戻したのはいいが、あざだらけだと?」

「自分の娘が活発なのは知っているだろう、ヤーク。わからせる必要があった」

「わからせる? こんな形でか?」そう言って、アレシアの首を指差す。

アナトリは肩をすくめた。「あれは女だ」その口調は、女などたいしたものではないと物語っていた。

いまの言葉が訳されると、マキシムは歯を食いしばって両手をこぶしに握り、緊張と怒りで総毛立った。

「だめ」アレシアは小声で言い、落ちつかせようとしてマキシムの腕に触れた。

「黙っていろ!」父が鋭い口調で言い、くるりとアレシアに向きなおった。「おまえがこんな屈辱を一家にもたらしたんだぞ。家出をして、娼婦になって戻ってきて。そのイギリス男に股を開いて」

アレシアは蒼白になってうなだれた。

「父さん、アナトリと一緒になったら、わたしは殺されるわ」アレシアは細い声で言った。「死んでほしいなら、いま手にしてるその銃で撃ち殺して。それなら、せめて愛してくれてるはずの人の手で死ねるから」

ちらりと見あげると、いまの言葉で父は青ざめていた。かたわらで青年がぼそぼそと通訳をする。

「だめだ」マキシムのきっぱりとした口調で、全員が彼のほうを向いた。マキシムがすばやく動いて、アレシアを背後に隠す。「彼女に触れるな。二人とも」

じっとマキシムを見つめる父が、怒っているのか感心しているのか、娘のアレシアにもわからなかった。

「あんたの娘は傷物だ、デマチ」アナトリが言う。「なぜおれが、よその男のお古とそのガキをほしがる？　娘はいらん。約束した金のことも忘れろ」

父が怖い顔でアナトリを見た。「おれにそんなことをしていいのか？」

「あんたの言うことは空っぽだ」アナトリはうなるように返した。

通訳の青年がいまのやりとりを小声で英語に訳す。「金？」マキシムがつぶやいた。わずかに首を回して、アレシアだけに聞こえるように言う。「あの馬鹿は、金できみを妻にしようとしたのか？」

アレシアは真っ赤になった。

マキシムがアレシアの父に向きなおる。「どんな額でもわたしが出しましょう」

「だめ！」アレシアは叫んだ。

父が激怒してマキシムをにらむ。

「いまのは父を侮辱したことになるわ」アレシアは小声で言った。

「愛しい人《カリッシマ》」アナトリが戸口から宣言するように言った。「チャンスがあったときに犯しておけばよかった」マキシムが理解できるよう、あえて英語で。

マキシムがまたかっとなってつかみかかろうとしたが、今度はアナトリも用意ができていた。外套のポケットからさっと拳銃を取りだし、マキシムの顔に銃口を向ける。

「だめ！」アレシアは叫び、すばやくマキシムの前に出て盾になった。

「撃つべきはおまえか、やつか」アナトリが母国語であざけるように言い、許可を求めてアレシアの父を見た。

父はまずアナトリをじっと見つめ、それから娘に視線を移した。

水を打ったような静寂が広がり、緊張感が分厚い毛布のごとく部屋全体を覆う。アレシアは身を乗りだした。「わたしを撃つ？　なにをするつもり、アナトリ？」そう言って、アナトリに人差し指を突きつける。「それとも彼を？」通訳の青年がこれも英語にする。

マキシムに腕をつかまれたが、アレシアはそれを振りほどいた。

「女の陰に隠れるとはな」アナトリが英語でせせら笑う。「心配しなくても、弾はじゅうぶんにある」

アナトリの勝利の表情に吐き気を覚えつつ、アレシアはきっぱりと返した。「いいえ、ないわ」

アナトリが眉をひそめた。「どういうことだ？」そして手のなかの銃の重みをたしかめる。

「今朝、ザグレブで、あなたが眠ってるうちに弾を抜いたの」

アレシアに銃口を向けて、アナトリが引き金に指をかけた。

「やめろ！」アレシアの父が叫び、散弾銃の床尾でアナトリを殴りつけた。その勢いで床に倒れたアナトリは、怒り任せに銃口を今度はアレシアの父に向け、引き金を引いた。

「いや！」アレシアと母が同時に叫ぶ。が、なにも起こらなかった。撃鉄がかちっと鳴って、空の薬室に反響した。

「くそっ！」アナトリがわめき、アレシアをにらみあげる。不思議なことに、その顔には軽蔑と賞賛の両方があった。「本当にいらいらさせる女だ」つぶやいて、ゆっくりと起きあがる。

「出ていけ！」父が怒鳴った。「いますぐにだ、アナトリ。おれに撃たれる前にな。一族同士の血の復讐を始めたくはないだろう？」

「あんたの娼婦をめぐってか？」

「あれはおれの娘だし、ここにいるのはおれの家の客人だ。さあ行け。おまえはもう、ここでは招かれざる客だ」

アナトリは父を見つめた。激しい怒りと、なにもできることはないという理解が、こわばった顔にありありと刻まれていく。「これで終わりと思うなよ」父とマキシムに向けてうなるように言うと、くるりと向きを変えてトムを押しのけ、部屋から出ていった。数秒後、荒っぽく玄関が閉まる大きな音が響いた。


ゆっくりとアレシアのほうを向いたデマチの目は燃えていた。おれなど存在しないかのごとく、恐ろしい顔を娘だけに向ける。「おまえはおれに恥をかかせた」タナスが通訳してくれた。「家族にも、町にも。そのうえ、そんな状態で戻ってくるとは」手でアレシアの全身を示す。「おまえは自分自身を貶めた」

アレシアが羞恥心に顔を伏せ、その頬を一筋の涙が伝った。

「こっちを見ろ」デマチがうなるように言う。アレシアが顔をあげると、デマチは手を振りかぶって平手打ちしようとしたが、おれがすかさずアレシアの腕をつかんで父親の手が届かない距離まで遠ざけた。アレシアは震えていた。

「髪の毛一本にも触れるな」おれはアレシアの父親を見おろすようにして言い放った。「この女性は悪夢のような目に遭ってきたんだ。それもこれも、あなたと、あなたの婿選びが間違っていたせいで。彼女は、女性に体を売らせる目的で密入国を手引する連中にさらわれて、それでもその連中のもとから逃げだして、食べるものもないなか、何日も歩いて生き延びたんだ。そんな思いをしてもなお、ほとんど助けもなしに仕事を見つけて、自分を失うことがなかった。そんな彼女に、なぜこんな扱いができるんです？　いったいどんな父親ですか。あなたの名誉は、誇りは、どこにあるというんです？」

「マキシム！　これはわたしの父よ」アレシアが驚愕の表情で、彼女の父親とやらを激しく非難するおれの腕をつかんだ。だがおれは止まらなかった。タナスも遅れまいと必死で通訳してくれていた。

「彼女にそんな扱いをしておいて、よく名誉だの誇りだのの話ができるものだ。それに、あなたの孫がお腹にいるかもしれないんですよ？　それなのに、暴力で脅すのか？」

視界の端に、アレシアの母親がいるのがわかった。両手でエプロンを握りしめ、満面に恐怖を浮かべている。これにはおれも頭を冷やされた。

デマチは完全にいかれた人間を見るような目で、おれを見つめていた。視線をアレシアに移し、ふたたびおれに戻す。暗い目には怒りと嫌悪がありありと浮かんでいた。「よくも人の家に入ってきて、その家の主人にふるまい方を教えられたものだ。おまえこそ、そのイチモツをズボンのなかに収めておくべきだった。おれに名誉や誇りの話をするんじゃない」タナスが訳しながら青くなる。「おまえはおれたち全員に恥をかかせた。娘に恥をかかせた。それでも、おまえにできることが一つある」食いしばった歯のあいだから絞りだすように言い、流れるような動きで散弾銃の撃鉄を起こした。かちりと大きな音がする。

しまった。

言いすぎた。

殺される。

戸口でトムが凍りついたのを、見るというより感じた。

デマチが銃口をこちらに向けて、大声で言った。「ド・テ・マルトヘーシュ・メ・ティーメ・ビーエ！」

デマチ以外のアルバニア人は全員、ぽかんとした顔になり、トムはすぐにでも飛びかかれる体勢をとった。アレシアとその母親、それにタナスの視線がおれに注がれる。三人とも、衝撃に唖然としていた。タナスが思い出したように小声で通訳した。「おれの娘と結婚しろ」

第32章

父さん、そんな！

妊娠という嘘についてしっかり考えていなかったことを、アレシアはいまさら悟った。どうにかマキシムに真実を説明しようと、散弾銃を振りまわす父から慌てて向きなおる。強制的に結婚させられるなんて、マキシムにはしてほしくない。

ところがマキシムは、見たこともないほど大きな笑みを浮かべていた。

だれが見ても、その目は喜びに輝いている。

その表情に、アレシアは息をするのも忘れた。

マキシムがゆっくりと床に片方の膝をつき、ジャケットの内ポケットから取りだした……指輪を。美しいダイヤの指輪。アレシアは息を呑み、驚きのあまり両手で頬を覆った。

「アレシア・デマチ」マキシムが言う。「どうかおれの伯爵夫人になってくれないか。愛してる。ずっときみのそばにいたい。一生をともにしよう。永遠を誓う。おれと結婚してくれ」

アレシアの目に涙があふれた。

マキシムは指輪を持ってきてくれた。

そのためにわざわざここまで来たのだ。

わたしに求婚するために。

衝撃で息もできない。

そのとき、ようやく理解した。うれしさで天にものぼる心地になる。マキシムは本当にわたしを愛しているのだ。一緒にいたいのだ。キャロラインとではなく、わたしと。永遠にそばにいてほしいのだ。

「はい《イエス》」アレシアはささやいた。喜びの涙が幾筋も頰を伝う。だれもがアレシアに負けないくらい驚いて、ものも言えずに見守るなか、マキシムが指輪をアレシアの指にはめて手の甲にキスをした。そして歓喜の声をあげて跳ね起きると、アレシアを腕のなかに抱きあげた。

「愛しているよ、アレシア・デマチ」おれはささやいてアレシアを床におろし、唇を重ねた。目を閉じて、激しく。観客がいるのもかまわなかった。アレシアの父親がまだ散弾銃をこちらに向けているのも、母親がまだキッチンにいて、目を丸くしてすすり泣いているのも。親友の一人が、正気を失った人間を見るような目でこちらを見ているのも。

いま、ここで、アルバニアはクカスで、おれは人生最高の幸せを感じていた。

アレシアがイエスと言ってくれた。

重ねた唇はやわらかで、舌は舌にからみつく。たった数日会わなかっただけで、もうこれほど恋しくなっていた。

アレシアの涙がおれの頬を濡らし、心を癒やす。

ああ、心の底から愛している。

ミスター・デマチの大きな咳払いで、アレシアとおれは我に返った。息が切れ、幸せのあまりめまいを覚える。ミスター・デマチが散弾銃の銃口をおれたちのあいだで振ったので、二人とも身を引いたものの、おれはアレシアの手をしっかり握っていた。二度と離さない。アレシアがバラ色の頬でにこにこしているのを見て、愛おしさがあふれた。

「コンテーシェ?」父親が眉間にしわを寄せて、タナスに尋ねた。タナスはおれを見たが、おれには意味がわからない。

「伯爵夫人?」タナスが訳してくれた。

「ああ、うん。伯爵夫人だ。アレシアはレディ・トレヴェシックになる。トレヴェシック伯爵夫人に」

「コンテーシェ……?」父親がくり返した。言葉自体とその意味を手探りでたしかめているようだ。

おれはうなずいた。

「父さん《ババ》、ミスター・マキシムは伯爵なの《ゾーティ・マクシム・アーシュタ・コント》」

三人のアルバニア人がいっせいにおれとアレシアのほうを向いた。頭がもう一つ生えてきた人を見るような顔で。

「バイロン卿みたいな?」タナスが尋ねる。

バイロン?

「彼は男爵だったと思う。だがそうだな、貴族には変わりない」

ミスター・デマチは散弾銃をおろしたが、唖然としておれを見つめるのはやめなかった。室内のだれ一人として、動きもしゃべりもしない。

なんとも気詰まりだ。

トムがゆっくり前に出てきた。「おめでとう、トレヴェシック。まさかこの場でプロポーズするとはな」そして両腕をおれに回し、力強く背中をたたいた。

「ありがとう、トム」

「孫に聞かせるいい話ができたじゃないか」

おれは笑った。

「おめでとう、アレシア」トムが言って小さくお辞儀をすると、アレシアはまばゆい笑みを返した。

ミスター・デマチが妻のほうを向き、なにやら大声で指示した。すると夫人はすぐさまキッチンの奥へ向かい、戻ってきたときには透明な液体の入った瓶と四つのグラスを手にしていた。

ちらりとアレシアを見ると、光り輝いていた。この部屋に入ってきたときの、苦悩に苛まれた女性はもうどこにもいない。

輝いている。笑顔も、目も。はっとするほどに。

おれは幸運な男だ。

夫人がグラスに液体を注ぎ、男だけに配る。アレシアの父親がグラスを掲げた。「ゲズアル」そう言うデマチの鋭い目には、安堵の色があった。

今回は言葉の意味がわかったので、おれもグラスを掲げて応じた。「乾杯《ゲズアル》」タナスとトムも乾杯に応じ、四人全員がグラスを傾けて一息に飲み干した。これほど焼けるような液体をのどに注ぎこんだのは初めてだった。

咳をしないようにこらえたが、失敗した。

「おいしい酒だ」嘘をついた。

「これがラキよ」アレシアが笑みをこらえながら小声で言った。

デマチがグラスを置いてお代わりを注ぎ、ほかの者のグラスにも注いだ。

もう一杯？　しょうがない。おれは密かに覚悟を決めた。

アレシアの父親がもう一度、ラキを掲げる。「ビーア・イーメ・ターニ・エシュテ・プロブレム・イートゥ・ゼー・ド・テ・マルトヘーニ、ケトゥ、ブレンダ・ヤーヴェス」そしてまた一息に飲み干し、歓喜の顔で散弾銃を振りまわした。

タナスが小声で英語に訳す。「今後、娘のことはおまえが責任を持て。おまえたちはここで、一週間以内に結婚しろ」

なんだって？

まさかの展開だ。

第33章

一週間！

戸惑いの笑みでアレシアを見ると、アレシアはにっこりしておれの手を離した。

「母さん！」急に叫んで、辛抱強くキッチンに控えていた母親のもとへ駆けだす。二人はもう二度と離れないと言わんばかりにしっかりと抱き合い、女性がしばしば見せるやり方で、声もなく泣いた。

じつに……感動的だった。

母娘が互いの不在を寂しく思っていたのは訊くまでもなかった。寂しいどころではなかったに違いない。

夫人が娘の涙を拭い、母国語で早口にしゃべる。いったいなにを話しているのだろう？　アレシアが涙で詰まったのどで笑い、二人はもう一度、抱き合った。

それを見ていた父親が、おれのほうを向いた。

「女というのは、感情的だな」タナスが英語に訳してくれる。そう言いつつも、デマチは安堵しているように見えた。

「そうですね」おれの声も感情でくぐもっていたが、どうにか男らしく聞こえるよう願いつつ、言った。「彼女は母親を恋しがっていましたから」

父親のことは、それほど。

母親が娘を離すと、アレシアは父親のほうに歩み寄った。「父さん」また目を見開いて、小声で話しかける。

父親が少しでも暴力をふるおうものなら阻止しようと、おれは息を詰めて見守った。

デマチが片手をあげて、やさしくアレシアのあごをつかんだ。「モース・ウ・ヤールゴ・ペルセーリ。ヌーク・エシュテ・ミレ・ペル・ネネン・テンデ」

アレシアがおずおずとほほえむと、父親はかがみこんで娘のひたいにキスをした。目を閉じて、ささやくように続ける。「ヌーク・エシュテ・ミレ・アス・ペル・ムア」

通訳を期待してタナスを見たが、青年は顔を背けて、父娘に二人だけの時間を与えていた――ああ、おれもそうするべきだろう。


夜更けで心身ともに疲れきっていたが、おれは眠れなかった。あまりにもいろいろなことが起きたせいで、頭が冴えていた。眠れないままベッドに横たわり、天井で踊る水のような影を眺める。それらが形作る模様にはじつに覚えがあるので、つい笑みが浮かんだ。天にものぼりそうなこの喜びを、みごとに映している。ここはロンドンではなく、近い未来の義理の実家だ。そして天井に映っているのは、フィエルサ湖の深く暗い水の上で踊る満月の反射。

どこに泊まるかについて、おれに決定権はなかった――ミスター・デマチが、ここ以外にありえないと言い張ったのだ。部屋は一階で家具は少ないが、居心地がよくて暖かく、湖のすばらしい景色が望めた。

ドアのほうから衣ずれの音が聞こえたと思うや、アレシアがこっそり入ってきて、ドアを閉じた。とたんに全感覚が目を覚まし、鼓動が高鳴る。忍び足でベッドに近づいてくるアレシアは、いかにも乙女らしい、全身をすっぽりと覆うビクトリア朝風のナイトガウンを着ていた。急に自分がゴシック小説の登場人物になった気がして、この状況の滑稽さを笑いたくなった。だがそのとき、アレシアが自分の唇に指を当て、一気にナイトガウンを頭から引き抜いて床に放った。

息が止まった。

美しい裸身が淡い月光を浴びる。

完璧だ。

あらゆる面で。

口が渇き、体が反応した。

布団をめくると、アレシアがとなりに滑りこんできた。生まれたままの姿で。

「やあ、アレシア」ささやいて唇を重ねた。

そのあとは言葉もなく再会を祝福し、おれはアレシアの情熱に圧倒された。彼女は解き放たれていた。指も手も、舌も唇も、おれの肌を求める。そしておれは、アレシアの肌を求めた。

我を忘れ、アレシアで満たされる。

ああ、この感覚。

アレシアが恍惚として首をそらしたとき、その口をふさいで悲鳴を押し殺した。そのままやわらかな黒髪に顔をうずめて、おれも絶頂に達した。

二人の鼓動が落ちつくと、アレシアはおれの腕に抱かれて体をからみつかせたまま、浅い眠りに落ちた。きっと疲れ果てているのだろう。

満足感が骨まで染みる。

ついにアレシアを取り戻した。最愛の女性が腕のなかにいる。いるべき場所に。まあ、ここにいることが父親に知られたら、間違いなく二人ともあの散弾銃で撃たれるだろうが。

この数時間、両親と一緒にいるアレシアを見ていて、たくさんのことを学んだ。母親との――そして父親との――心の再会には感動させられた。父親も娘を愛していることがよくわかった。とても愛していることが。

だがどうやらアレシアは、おれと出会う前から、生まれ育った環境や教えこまれた〝常識〟と闘って、本当の自分になろうとしていたらしい。そして成功した。おまけにおれを壮大な冒険に乗りださせ、自分を見つけさせてくれた。残りの人生をこの女性と過ごしたい。心から愛するこの女性にすべてを捧げたい。そうされるのがふさわしい女性だ。

アレシアが身じろぎして、目を開けた。おれを見あげてにっこりすると、その笑みが室内を照らす。

「愛してるよ」おれはささやいた。

「わたしも愛してる」アレシアが手を伸ばしておれの頰を撫で、無精ひげをくすぐった。「わたしをあきらめないでいてくれて、ありがとう」夏のそよ風のようにやさしい声だった。

「あきらめるものか。ずっとそばにいる。もう離さない」

「わたしもあなたを離さない」

「ここにいるのが知られたら、おれはお父さんに撃ち殺されるだろうな」

「あら、撃たれるのはわたしよ。父はあなたが好きみたい」

「好きなのは肩書じゃないか？」

「まあ、それも」

「大丈夫か？」真顔になって尋ねた。この数日、どんな苦痛に耐えてきたのだろうと、手がかりを求めて顔を探る。

「もうあなたと一緒だもの、なにも怖くない」

「もしまたあの男がきみのそばに来たら、おれが殺す」

アレシアが指で唇をふさいだ。「彼の話はやめましょう」

「わかった」

「ごめんなさい。嘘をついて」

「嘘？　妊娠のことか？」

アレシアがうなずく。

「アレシア、あれは天才的だった。それに、何人か子どもがいるのも悪くない」

後継者と予備《スペア》。

アレシアがほほえみ、伸びあがってキスをした。舌で唇を翻弄されて、またその気になってしまう。

そっと仰向けに押し倒して、もう一度愛し合うことにした。

細やかで美しく、すべてをかける価値がある。

それが愛というものだ。

今週末、おれたちは結婚する。

待ちきれない。

あとは、母に報告するだけだ……。

アレシアの演奏曲

第2章
「かっこう」　ルイ＝クロード・ダカン作（アレシアの指慣らし曲）
前奏曲　第2番　ハ短調　BWV847　J・S・バッハ作（アレシアの怒りのバッハ前奏曲）

第4章
前奏曲　第3番　嬰ハ長調　BWV848　J・S・バッハ作

第6章
前奏曲とフーガ　第15番　ト長調　BWV884　J・S・バッハ作
前奏曲　第3番　嬰ハ長調　BWV872　J・S・バッハ作

第7章

『巡礼の年　第3年』S163 4「エステ荘の噴水」フランツ・リスト作

第12章

前奏曲　第2番　ハ短調　BWV847　J・S・バッハ作

第13章

前奏曲　第8番　変ホ短調　BWV853　J・S・バッハ作

第18章

ピアノ協奏曲　第2番　第1楽章　Op. 18　ハ短調　セルゲイ・ラフマニノフ作

第23章

前奏曲　第15番「雨だれ」変ニ長調　フレデリック・ショパン作

「かっこう」ルイ＝クロード・ダカン作

ピアノ・ソナタ　第17番「テンペスト」Op. 31-2　ニ短調　ルートヴィヒ・ヴァン・ベートーヴェン作

第26章

前奏曲　第23番　ロ長調　BWV868　J・S・バッハ作

第28章

前奏曲　第6番　ニ短調　BWV851　J・S・バッハ作

謝辞

出版者にして編集者にして親友のアン・メシットに、心から感謝します。〈クノッフ〉社と〈ヴィンテージブックス〉のみなさまには大いに助けてもらいました。その細やかさと熱意と支えは比類のないものです。すばらしいチームでした。なかでも、トニー・キリコ、リディア・ブシュラー、ポール・ボガード、ラッセル・ペロー、エイミー・ブロジー、ジェシカ・デイッチャー、キャスリン・ハリガン、アンディ・ヒューズ、ベス・ラム、アニー・ロック、モリーン・サグデン、イレーナ・ヴーコウ＝ケンデス、メガン・ウィルソン、クリス・ザッカーに、特別な感謝を。

セリーナ・ウォーカー、スーザン・サンドン、そして〈コーナーストーン〉の全員にもお礼を申しあげます。すばらしい仕事ぶりと情熱、そしてユーモア精神に深い感謝を。

アルバニア語翻訳で助けてくれたマヌシャチェ・バコにも、ありがとう。

夫であり、よりどころでもあるナイオール・レナード。最初に原稿を見てくれたこと、数えきれないほどお茶を淹れてくれたこと、感謝しているわ。

たぐいまれなエージェントのヴァレリー・ホスキンスにも、ありがとう。その気配りとジョークに救われました。

ニッキー・ケネディと〈ＩＬＡ〉のスタッフにも感謝を。

ジュリー・マックイーンには常に支えてもらいました。

国璽部のグラント・バヴィスター、〈グリフィス・エクルスＬＬＰ〉のクリス・エクルス、クリス・スコフィールド、アン・フィルキンスには、伯爵位や紋章学、不動産関連でお世話になりました。

ジェイムズ・レナードからは、いまどきの若いイギリス人男性が使う言葉について、レクチャーしてもらいました。

クレー射撃のことを一から教えてくれたダニエル・ミッチェルとジャック・レナードにも、ありがとう。

βリーダーのキャスリーン・ブランディーノとケリー・ベクストロム、プレリーダーのルース・クランペット、リヴ・モリス、ジェン・ワトソン。あなたたちが寄せてくれた感想やコメントに感謝します。そこにいてくれて、本当によかった。

わたしの旅につきあってくれた〈バンカー〉に――もう十年になるのね。作家仲間に――だれのことかはわかるでしょう。日々、刺激をありがとう。それから〈バンカー３・０〉の住人に。いつも支えてくれて感謝しています。

〝メジャー〟と〝マイナー〟にも、ありがとう。音楽のことで助けてくれて、また、並外れた青年でいてくれて。輝け、息子たち。あなたたちを誇りに思います。

最後になりましたが、わたしの本を読んで、映画を見て、物語を楽しんでくれたすべての人に、尽きない感謝を捧げます。あなたたちがいたからこそ、驚きに満ちたこの冒険が可能になりました。

訳者あとがき

デビュー作『フィフティ・シェイズ・オブ・グレイ』で世界中を魅了したE L ジェイムズが新たに送る正統派ロマンス、と聞いて興味をもたない人がいるでしょうか。ハンサムな遊び人にして裕福な伯爵家の次男坊マキシムと、ヨーロッパの小国アルバニアからやむにやまれぬ事情でロンドンにやって来た、秘密を抱えた美女アレシア。まったく異なる環境で育った二人がひょんなことから出会って恋に落ち、危険や困難に見まわれながらも真実の愛にいたるまでを描いた本作『ミスター』は、著者デビュー作とはまたひと味違うロマンティックでスリリングな物語です。

それにしても、訳していてなにより楽しかったのは、星の数ほど女性を落としてきたマキシムが、純真で音楽的な才能にあふれるアレシアを前にすると、まるで十代の少年のようにうろたえたり、彼女の反応一つに一喜一憂したりする姿でした。冒頭ではけっこうなダメ男（笑）だった彼が、アレシアとの出会いを経て自分を見つめなおし、成長していく姿にもどうぞご注目ください。また、最初こそぎこちなかった二人が少しずつ互いを知って距離を縮めていく過程には、恋が始まって間もないころの楽しくてそわそわする気持ちを思い出すこと間違いなし。著者ならではの濃厚なラブシーンだけでなく、そんな恋のときめきもお楽しみいただけると幸いです。

さて、ここでアレシアの出身国であるアルバニア共和国について、少しご紹介しましょう。一九一二年にオスマントルコから独立したアルバニアは、地理的な条件からも、東西両方の影響を受けてきました。長く共産主義政権下で鎖国政策がとられていましたが、東欧革命の影響もあり、一九九〇年ごろから徐々に対外的な開放が進んでいきます。その後、一九九七年にはねずみ講が大流行して（なんと国民の半分が参加していたとか）経済破綻まで引き起こし、各地で暴動が起きて一時は内戦状態に陥ったそうです。そんな独特の歴史を有しながら、現在ではＮＡＴＯに加盟しＥＵ加盟候補国の地位も獲得しているアルバニア。国や文化自体にあまり馴染みのない方も多いでしょうから、アレシアの外見的なイメージも湧きにくいかもしれませんが、作中にあるとおりミュージシャンのデュア・リパはアルバニア系ですし、映画版『フィフティ・シェイズ・オブ・グレイ』でクリスチャン・グレイの妹ミア役を演じたリタ・オラも両親がアルバニア系だといいます。彼女たちをヒントに、それぞれのアレシアをイメージしてみてはいかがでしょう。

ところで、ラスト近くに出てくるアレシアの父親のセリフ、アルバニア語でしか記されていませんが、なんて言ったんだろうと気になりませんか？　ここでは通訳の青年タナスにならって、日本語ではなく英語でのみ紹介することにします。

“Don't leave again. It's not good for your mother.—It's not good for me either.”

伝統的な社会において、これが父親から娘への精一杯の愛情表現なのかもしれません。娘の結婚を機に、少しは変わるといいな、なんて思っています。

それでは、アルバニア語で締めくくるとしましょう。

この世のすべての恋人たちに、乾杯《ゲズアル》。

訳者略歴　広島県出身，英米文学翻訳家　訳書『青の瞳をもつ天使』ナリーニ・シン（早川書房刊），『夜の果てにこの愛を』レスリー・テントラー，『その唇に触れたくて』サブリナ・ジェフリーズ他多数

ミスター
〔下〕

2019年12月10日　初版印刷
2019年12月15日　初版発行

著者　ＥＬジェイムズ
訳者　石原未奈子《いしはらみなこ》
発行者　早川　浩
発行所　株式会社早川書房
東京都千代田区神田多町2－2
電話　03－3252－3111
振替　00160－3－47799
https://www.hayakawa-online.co.jp

印刷所　中央精版印刷株式会社
製本所　中央精版印刷株式会社

Printed and bound in Japan

ISBN978-4-15-209904-4 C0097

乱丁・落丁本は小社制作部宛お送り下さい。
送料小社負担にてお取りかえいたします。